2023 年
第二辑

吴思敬　主编

诗探索

Poetry

Exploration

首都师范大学出版社
CAPITAL NORMAL UNIVERSITY PRESS

图书在版编目(CIP)数据

诗探索.2023年.第二辑/吴思敬主编.—北京：首都师范大学出版社，2023.11

ISBN 978-7-5656-7926-1

Ⅰ.①诗…　Ⅱ.①吴…　Ⅲ.①诗歌—世界—丛刊 ②诗歌理论—文集　Ⅳ.①I106.2-55 ②I052-53

中国国家版本馆 CIP 数据核字(2023)第 230370 号

SHI TANSUO 2023 NIAN DI-ER JI

诗探索　2023 年　第二辑

吴思敬　主编

责任编辑　马　岩　宋　慈
首都师范大学出版社出版发行
地　址　北京西三环北路 105 号
邮　编　100048
电　话　68418523(总编室)　68982468(发行部)
网　址　http：//cnupn.cnu.edu.cn
印　刷　中煤（北京）印务有限公司
经　销　全国新华书店
版　次　2023 年 11 月第 1 版
印　次　2023 年 11 月第 1 次印刷
开　本　710mm×1000mm　1/16
印　张　13.5
字　数　186 千
定　价　49.80 元

主办单位

首都师范大学中国诗歌研究中心
北京大学中国诗歌研究院
中国当代文学研究会

《诗探索》编辑委员会

主任：谢 冕 杨匡汉 吴思敬
委员（以汉语拼音为序）：
　　　　陈 亮 陈旭光 高立平 林 莽 刘福春
　　　　马富丽 苏历铭 孙晓娅 王光明 王士强
　　　　吴思敬 谢 冕 杨匡汉 张桃洲 邹 进
主编：吴思敬

通信地址：北京市西三环北路 83 号首都师范大学
　　　　　中国诗歌研究中心《诗探索》编辑部
邮政编码：100089
电子信箱：poetry-cn@163.com
主编助理：王士强

目录 MULU

诗歌叙述学研究

《诗歌叙述学前沿文汇》序言 …………………………… 孙基林（2）

纪念郑敏

死亡是最后的艺术
　　——回忆郑敏晚年生活片段 ………………… 童　蔚（14）
布谷鸟的欢歌在心中久久回荡
　　——郑敏的英国浪漫主义诗歌情 ……………… 章　燕（37）
古典与后现代的融汇
　　——试析郑敏的后期创作 ………………… 彭　杰　孙晓娅（49）
郑敏诗歌的跨文化译介、经典化与国际声誉 ………… 刘　燕（63）
"希望能开始一些新的，或老的路子的新试……"
　　——从郑敏先生的复信说起 …………………… 子　张（80）

海子研究

论海子诗剧仪式性的残酷美
　　——以《太阳·弑》为中心的考察 ………… 臧梓洁　蒋登科（90）
"隐身女诗人"考
　　——关于若干海子诗的传记式批评 ……………… 胡　亮（107）

结识一位诗人

"时刻都有一列火车，从我的身体里穿行而过"
　　——江一苇诗歌的现实与变形 …………………… 吴丹凤（120）

"谁此时孤独，就永远孤独"
　　——读江一苇的《在小镇》·················· 薛红云（126）
梦境与现实的缠绕
　　——江一苇《梦见父亲》浅析 ·············· 李艳爽（129）
诗歌于我，是一场意外 ····················· 江一苇（132）

一首诗的诞生

不可避免的生活 ·························· 黄沙子（136）
散步者：致修辞的拐弯 ···················· 徐俊国（138）
我爱那些不停扇动的翅膀，也爱它们的影子 ········· 吴乙一（141）
我的身体 ····························· 路　亚（144）

姿态与尺度

夹缝里的光
　　——论当代口语诗歌的先驱王小龙 ············ 陈大为（148）
细节的诗性
　　——读朱燕的诗 ···················· 叶　橹（164）
从云之写真到现代经验
　　——解读李少君诗歌"云"意象 ············· 官雪莹（169）
驻足在生命风景中的诗意书写
　　——漫谈武兆强的诗歌创作与审美向度 ·········· 王巨川（179）

外国诗论译丛

关于有机形式的笔记
　·········· [美国]丹妮斯·莱维托芙著　刘瑞英译　章燕审校（198）

诗歌叙述学
研究

《诗歌叙述学前沿文汇》序言

孙基林

人类自古便有叙述或叙事能力、叙述行为以及叙述性文本，但并没有关于叙述的理论或叙述学。自 20 世纪 60 年代末期在法国产生了叙述理论之后，便迅即成为世界范围内的一门显学，并且在不长的时间内经由经典叙事学进入后经典叙述学阶段。其研究对象也由虚构叙事作品（主要是小说）为中心，扩展到虚构叙事作品之外的诸多文学艺术体裁、领域或者媒介，包括音乐、绘画、电影电视、戏剧，甚或历史、新闻等，出现了诸如音乐叙事学、绘画叙事学、电影叙事学等多个学科领域或门类。尽管如此，作为文学门类的诗歌叙述问题却迟迟无人问津，无论中国还是西方皆是如此。究其原因，恐怕与人们对诗歌的一种传统观念或理解、认知有关，即诗歌是门抒情的艺术，自然无须去探究什么叙事问题。然而事实上并非如此。因为诗歌这种体类，不要说剧诗、叙事诗（史诗）曾在西方文学史上占有重要位置，甚至在叙述学理论形成过程中也曾起到重要作用；即便是单就所谓的抒情诗而言，同样存在着叙事、述物问题。被认为是中国上古第一首诗的《弹歌》——"断竹，续竹，飞土，逐肉"，显然就是一首叙述性诗歌，只不过叙述的维度长期以来被偏于抒情的诗歌认知给遮蔽了。闻一多先生曾就"诗言志"中的"志"字给予知识考古意义上的正名、考辨，认为它有三个含义：一是记忆，二是记录、记载，三是怀抱、理想。所以被称作中国诗学纲领的"诗言志"，除抒情言志之外，其实蕴含着记事、叙述的原典意义。在闻一多那里，诗《三百篇》中的《国风》《小雅》便是"情"与"事"合作中最完满的部分。[①] 这样看来，无论西方还是中国，叙述学研究不去涉猎诗歌叙述文本和叙事现象，显然是个有待质疑、考辨的学术前沿问

---

① 闻一多：《歌与诗》，《神话与诗》，武汉大学出版社 2009 年版，第 159 页。

题。尤其是 20 世纪 80 年代以降，中国诗歌书写出现了大面积的叙述潮流，甚至成为一种主流写作范式，这尤为需要我们面对文本给予合理性阐述。加之西方叙述学理论的引鉴、参照以及对诗歌叙事问题的关注，这为我们思考、建构诗歌叙述学提供了良好的契机和创作理论资源。

有关诗歌叙述问题，虽然其研究姗姗来迟，多有不逮，然近年来在学界勠力拓展、颇见成色的基础上已将此推进至诗学前沿领域，并取得了可喜的研究成果。对此我们注意到，其实西方自古就有对诗剧、史诗等诗歌叙事问题的分析、研究，如亚里士多德的《诗学》对悲剧、史诗的"模仿"、叙述艺术多有论述，但古时毕竟没有叙事学，更无系统的诗歌叙述理论。在经典叙事学向后经典叙述学嬗变过程中，德国汉堡大学跨学科叙述学研究中心的学者较早关注并开始研究诗歌叙述问题。2001—2004 年，德国学者彼德·霍恩和杨·舍内特领导了一个叙事学研究小组，专事就"叙事学诗歌分析"项目开展重点研究，并相继发表了《跨文类叙事学：对抒情诗歌的应用》《抒情诗的情节化：诗歌中的叙述形式》等系列文章，对抒情诗叙事研究的可能性和价值意义作了初步探讨。2005—2007 年，作为子项目的研究成果《抒情诗叙事学分析：16—20 世纪英诗研究》①《抒情诗与叙事学：德语诗歌文本分析》等两部著作相继出版。著作对抒情诗歌的叙事问题作了大量实证性分析，并进一步阐释和印证了诗歌叙事学研究的可能性及其学术价值。2009 年，美国叙事学家、俄亥俄州立大学教授布赖恩·麦克黑尔发表《关于诗歌叙事的思考》②一文，除对此领域研究少人问津表达不满和质疑之外，对诗歌叙事理论建构和文本研究作了初步思考。与此同时，南非的西北大学、自由州大学及荷兰蒂尔堡大学的教授们共同组织了一个研究项目"诗与叙事文：抒情诗中的叙事结构与技巧"，并在西北大学成立了研究工作

① 此书已有中译本。参见彼得·霍恩、詹斯·基弗：《抒情诗叙事学分析：16—20世纪英诗研究》，谭君强译，北京师范大学出版社 2020 年版。
② 参见谭君强、付立春：《国外 21 世纪以来诗歌叙事学研究述评》，《外语与外语教学》2017 年第 4 期。布赖恩·麦克黑尔：《关于诗歌叙事的思考》，可互见布赖恩·麦克黑尔：《关于建构诗歌叙事学的设想》，尚必武、汪筱玲译，《江西社会科学》2009 年第 6 期。译名不同。

坊，汇集多国学者协同开展研究，并相继提交了 17 篇相关研究论文，就抒情诗叙事层面及叙事学分析的理论维度等相关话题进行了多层面研究、探讨，还在此基础上于 2010 年出版了两卷论文集，分别涉及英语、荷兰语诗歌和非洲诗歌，从而有效推动了此领域研究的开展。在论文集中可以看到，他们最为关注的诗歌叙述问题主要包括：抒情诗中的叙述结构、技巧和叙事内容的运用；抒情诗中的叙事性问题；抒情诗中叙事性的呈现以及"叙事转向"；抒情诗中叙事内容、结构和技巧在后现代文学中是否已成为一种潮流；诗歌叙述分析方法和概念的运用如何对后经典叙述学做出应有贡献等。这些有关抒情诗的叙事思考和分析、探讨，对诗歌叙述研究和理论建设均起到了有力的推进作用。近年来，西方学者关于抒情诗的叙述学研究出现一些新的动向，比如有的学者热心于诗歌类型如自传性抒情诗的叙事研究，并且通过作者与抒情主人公的会合以及副文本形式来确认这种自传性类型，从而建构一种逻辑进路；还有不少学者关注诗歌叙述基本理论，比如对抒情诗叙述研究中同样涉及的事件与事件性问题进行研究，认为这种事件或事件性与一般传统上认为的叙事文本相比，往往呈现出了不一样的性质与形式。①

　　诗歌叙述研究在中国，除一些基本理论及相关思考具有共同性，与欧美等西方国家相比，却也有着不一样的发生语境、源头与观察视点、研究路径。就其涉猎、关注和研究的时间点上说，中国与世界几乎是同步的，但在一些研究领域或维度上，或许还更为集中、多元而又深入，这大概与中国特有的社会文化语境、书写历史及其观念的变化有关。新时期初始，随着一代诗人对朦胧诗意象抒情诗学的反叛，诗坛出现了大范围的"语言转向"与口语化叙述思潮。尤其在大学校园，短暂的朦胧诗模仿期之后，大学生诗歌开始从朦胧诗的内心化写作转向现象学的外部世界与日常生活存在，冷态抒情诗、热态生活诗这时便形成先锋诗坛最为显在的变化痕迹和写作生态图式。与抒情性、意象化倾向不同，"口语化""叙事性"似乎成了这类诗歌形态的一种风格标志，这在校园诗歌热态生活诗中表现得

---

　　① 参见谭君强、付立春：《国外 21 世纪以来诗歌叙事学研究述评》，《外语与外语教学》2017 年第 4 期。

最为明显："热态生活诗的总体艺术特征之一，是它的叙事性。在叙事文学纷纷心理化而趋近诗的同时，而诗歌却默默地向叙事文学借鉴着什么。自然这类热态生活诗的叙事并非有清晰的事件逻辑，它常常是间断的、浓缩型的……尤其是新生活宣叙诗，它多半是自我的宣言式介绍，因而事件的密度就难于化开。""由于叙事性的强化，铺排就成为热态生活诗的一种基本艺术方式。新生活颂诗的铺排是事件铺排。……但在叙事过程中，往往事件进展缓慢，铺展过多，常常中断事件，铺排想象或作无边际的升华。……新生活宣叙诗的铺排表现为句式和篇幅的绵长，他们写得洋洋洒洒、随随便便，似乎不太经意"①。读了他们的诗，"给人一种笑眯眯甚至懒洋洋的感觉，大方阵的队伍似乎随意地组合在一起；黑压压貌似缓慢实则急煎煎地扑过来，似一大段嘈杂的闹响，聒耳而来……"②这类表述似乎可指向于坚早期那类热态诗如《节日的中国大街》等的美学特征。无论生活颂诗还是宣叙诗，都有一股青春的热血在涌动、奔走，从而构成事件包括心理的或行为的叙说和热度。而冷态抒情诗显然有些不同，它似乎更在意于一种冷色调的陈述和叙说，在言语拒绝绚烂之后，已复归于一种朴素、自然和平静之中，于不动声色的叙述中似乎又暗含着某些意蕴，像韩东的《山民》《老渔夫》以及再后来的《有关大雁塔》那样。后来的评论多以热态生活、宣叙调、冷抒情、客观化、零度写作等名之，在学术话语中也渐次出现了"语感""描述""口语化""叙述流""叙事性"等语词、概念，表达了对这类诗最初的感知与命名。及至20世纪90年代中后期，由第三代诗歌或新生代诗分化出来的知识分子写作似乎形成了一种范式特征，学院派的批评家将此名之为"叙事性"，并且断言："90年代诗歌带来了'叙事性'"。其理论代表人物程光炜分别在《九十年代诗歌：另一意义的命名》《九十年代诗歌：叙事策略及其他》《不知所终的旅行——九十年

---

① 吴开晋主编，吴开晋、耿建华、孙基林撰：《新时期诗潮论》，济南出版社1991年版，第195页。

② 于慈江：《新诗的一种宣叙调》，《当代文艺探索》1985年第4期。

5

代诗歌综论》①等系列论述中，集中观察和分析了"90年代诗歌带来了叙事性"这一重要命题。正是这一命题和论述所确立的"共识"效应，引发了"90年代诗歌叙事性"研究及其说不尽的话题热度。然而在我看来，与其说是"90年代诗歌带来了叙事性"，不如说是这种言说本身带来了90年代诗歌的叙事性问题意识及其追问，这或许更为中肯和确切。因为据前所述，诗的"叙事性"特质并非由知识分子写作而显现并走进学术视野。但不可否认的是，知识分子写作的"叙事性"及相关言说引发了对诗歌叙事性问题广泛而持久的关注及探究。21世纪后，这一话题持续发酵，魏天无撰写刊发了《从抒情性到叙事性：诗歌"知识型构"的转换》②，在对叙事性观念进行清理、辨析后认为，"叙事性并未改变诗歌的抒情性品质"，它是随社会转型而实现或达成的一种"知识型构"的转换。钱文亮的《1990年代诗歌中的叙事性问题》③，从叙事性实践追求、诗学策略与观念、重大审美转向等三个维度响应和系统阐释了90年代诗歌的"叙事性"问题。罗振亚的《九十年代先锋诗歌的"叙事诗学"》④则从诗与现实关系的角度系统论述了这种由及物性或叙事性写作所建构起来的"叙事诗学"及其症候表现，所谓"走向日常诗意，进行'物'的本质性澄明，注重理性想象的'空间构筑''过程还原'与文本的包容性、语言的陈述性"，并强调了其作为"抒情实质"的所谓"亚叙事"特征。臧棣的《记忆的诗歌叙事学——细读西渡的〈一个钟表匠的记忆〉》⑤从个案和文本分析入手，揭示了"记忆的诗歌叙事学"，在现代诗学研究领域提出"诗歌叙事学"这一概念术语。姜飞的《叙事与现代汉语诗歌的硬度——举例以说兼及"诗歌叙事学"的初步设想》⑥则将诗的叙事研究扩展到整个现

① 程光炜：《九十年代诗歌：另一意义的命名》（《山花》1997年第3期）、《九十年代诗歌：叙事策略及其他》（《大家》1997年第3期）、《不知所终的旅行——九十年代诗歌综论》（《山花》1997年第11期）。
② 魏天无：《从抒情性到叙事性：诗歌"知识型构"的转换》，《同济大学学报（社会科学版）》2011年第5期。
③ 钱文亮：《1990年代诗歌中的叙事性问题》，《文艺争鸣》2002年第6期。
④ 罗振亚：《九十年代先锋诗歌的"叙事诗学"》，《文学评论》2003年第2期。
⑤ 臧棣：《记忆的诗歌叙事学——细读西渡的〈一个钟表匠的记忆〉》，《诗探索》2002年第1～2辑，天津社会科学院出版社2002年版。
⑥ 姜飞：《叙事与现代汉语诗歌的硬度——举例以说兼及"诗歌叙事学"的初步设想》，《钦州师范高等专科学校学报》2006年第4期。

代汉语诗歌领域，认为"现代汉语的自由赋予了叙事以方便"，"诗歌同样可以成为叙事学研究的对象"，由此为"诗歌叙事学"研究方法提供了初步的设想与思考。孙基林从"'叙事性'的问题意识"出发认为：80年代初校园诗歌的叙事性进入第三代诗歌主潮时显然已发生些微变化，因为第三代诗歌并不追求讲出故事，而只是通过语感去描述或陈述、呈现生命体验或者生活事件、行为过程，也许称作"叙述性"更为确切。由此孙基林撰写发表了《一种叙述性诗学及其前景（纲要）》①，及至后来在《当代诗歌叙述及其诗学问题——兼及诗歌叙述学的一点思考》②中又提出了"诗歌叙述学"这一学科概念。这一命题认为诗歌虽然并不追求讲出故事，但它内蕴着各种事与物或者事物、事件元素，呈现、讲述世界，叙事述物，是诗歌叙述也是诗学研究的应有之义。由此，诗歌叙述学的研究对象不仅指向90年代诗歌的"叙事性"，也指向80年代第三代诗的"叙述性"；不仅指向现代诗，也指向古典诗；不仅指向中国诗，也包括外国诗；不仅指向抒情诗，也包括各种体类的诗，尤其是叙事诗、剧诗，总之它面向所有诗、一切诗。

如从学科术语溯源角度，目下所见李万钧于1993年4月发表在《外国文学研究》上的《中国古诗的叙事传统和叙事理论——中西文学的一个类型比较》一文，第一次提出"诗歌叙事学"概念。这篇文章开篇便说："中国是诗的大国，但这'诗'的概念，不仅指抒情诗，还包括叙事诗，尤其包括大量抒情叙事相结合的诗。遗憾的是有些评论家们往往只强调中国的抒情诗，贬低叙事诗，不谈抒情叙事结合的诗。"他认为《诗经》是"中国第一部抒情叙事诗歌总集"，还有屈原的《九歌》《离骚》《天问》，包括汉乐府、南北朝民歌、唐诗等，许多诗都具有典型的抒情叙事结构，中国也有许多有成就的诗人，"都珍视'叙事'这个法宝"。他还尤其谈到诗论家，比如钟嵘对"赋"的诠释，他认为是"第一次极明白地指出'赋'的叙事功能"，体现了"他对中国诗歌叙事的重大贡献"。除钟嵘外，他说"中国诗歌叙事学的贡献者

---

① 孙基林：《一种叙述性诗学及其前景（纲要）》，《中外诗歌研究》2006年第4期。
② 孙基林：《当代诗歌叙述及其诗学问题——兼及诗歌叙述学的一点思考》，《诗刊》2010年第7期。

还可以举出白居易"，理由是："第一，他反复强调诗歌的叙事功能。……第二，他反复强调叙人民疾苦的事。"①虽然不能说作者此文即已具有了确切的诗歌叙事学学科意识，但他对中国古典诗的抒情叙事形态及其叙事诗学观念已经有了明确的揭示与认知。

当然如果再往前追溯，在古典诗学叙述研究维度，闻一多先生可谓最早也最明确地自觉到诗歌叙事的本体性及其叙述研究的必要意义。他在 20 世纪 30 年代末于《中央日报》发表的《歌与诗》一文，不仅通过文字辨证与知识考古，发现并揭示出"歌""诗"的本体原素：抒情与记载，以及"志"与"诗"的同构一体本相，而且通过对《诗经》"国风""小雅"中一些作品的分析，指出中国正典诗歌中抒情与叙事结合所形成的范式特征："歌诗的平等合作，'情''事'的平均发展"，"一部最脍炙人口的《国风》与《小雅》，也是《三百篇》的最精彩部分，便是诗歌合作中最美满的成绩。"②虽然这只是闻一多先生个人心目中的诗歌标准和理想形态，但他所发现和揭示的诗歌叙事的本体价值和"情""事"合作的批评维度，却具有重要的理论批评启示和诗学建构意义。在中国传统诗学概念中，其实并不存在如西方所谓叙事诗、抒情诗和诗剧三分的说法，中国也缺乏西方那种宏大的英雄史诗（叙事诗），所以更多的是闻一多所谓"事""情"相结合的诗，也可称作叙事抒情诗。这类诗有的偏于抒情，有的则偏于叙事，不一定如闻一多所说如《诗经》中作品那么均等、平衡。但后来或是因为"诗缘情"与"境界说"的加持、强化，抒情的维度似乎成了诗学的纲领，进而建构了中国诗歌及其诗学的抒情传统，其叙述的传统显然给遮蔽了。在这一点上《歌与诗》算是回到了"诗歌"，尤其是"诗"的源头。近些年来，中国诗学叙事传统的再次发现和构建重又回到学术视野，愈来愈受到学界的关注和重视。早在新时期初始学术方兴之时，董乃斌便在《唐代新乐府和诗歌叙事艺术的发展——兼及中国文学史上一种现象的探讨》一文中，论及新乐府诗人"因事立题""即事名篇"的叙事意识及艺术方法，认为他们"主动自觉地觅事以作诗，作诗以叙

---

① 李万钧：《中国古诗的叙事传统和叙事理论——中西文学的一个类型比较》，《外国文学研究》1993 年第 1 期。

② 闻一多：《歌与诗》，《神话与诗》，武汉大学出版社 2009 年版，第 159 页。

事"，推进"叙事诗在中唐时代出现了繁荣局面"①。虽然这还只是在叙事诗的范畴里谈论叙事艺术，但它毕竟彰显出一种叙事体诗歌及其诗的叙事意识。李万钧"诗歌叙事学"概念的提出，明显强化了此一学科领域的叙事理论观念。而董乃斌的《古典诗词研究的叙事视角》②则自觉地从叙事学的研究视角出发，分析探讨古典抒情诗词中的叙事问题，从而揭示出中国诗歌抒情传统之外的另一种叙事诗学传统。他目前所主持的国家社科重大招标项目"中国诗歌叙事传统研究"也让人充满期待，相信必将给中国诗歌叙述学研究做出奠基性贡献。

尽管西方英语世界一般使用抒情诗叙事理论或诗歌叙事理论，并未使用"诗歌叙事学"这样的概念，但尚必武、汪筱玲在翻译介绍麦克黑尔的相关论述时，还是使用了"诗歌叙事学"这样的术语概念，由此形成了与中国"诗歌叙述学"研究的呼应与对话。在中国的西方诗学与比较研究学界，一些学者对此学科领域的研究和关注，首先表现为译介、接受与借鉴，然后在此基础上，对其研究路径、理论方法建构给予了较为具体而又多层面的思考。比如尚必武的《"跨文类"的叙事研究与诗歌叙事学的建构》③从超越小说叙事的跨文类新领域谈论后经典转向的诗歌叙事学，并对兴起语境、建构路径和批评实践作了具体探讨、解读；罗军的《走向当代西方叙事理论新领域：诗歌叙事学》④着重于对学科概念、研究领域和内容的分析探讨；乔国强的《论诗歌的叙事研究》⑤立足中国古典文论和哲人思想，引入元、宗、道等理念运用于诗歌叙事研究架构，从而形成抒情叙事相辅相成，元、宗、道一体同构的研究框架，体现了独到的中国式建构路径和思考；李孝弟的《叙述学发展的诗歌向度及其基点：关于构建诗歌叙述学的思考》⑥，从向度和基点出发，认为诗歌叙述学要以

---

① 董乃斌：《唐代新乐府和诗歌叙事艺术的发展——兼及中国文学史上一种现象的探讨》，《文学遗产》1984 年第 4 期。

② 董乃斌：《古典诗词研究的叙事视角》，《文学评论》2010 年第 1 期。

③ 尚必武：《"跨文类"的叙事研究与诗歌叙事学的建构》，《国外文学》2012 年第 2 期。

④ 罗军：《走向当代西方叙事理论新领域：诗歌叙事学》，《长春理工大学学报》2012 年第 4 期。

⑤ 乔国强：《论诗歌的叙事研究》，《外语与外语教学》2017 年第 4 期。

⑥ 李孝弟：《叙述学发展的诗歌向度及其基点：关于构建诗歌叙述学的思考》，《外语与外语教学》2017 年第 4 期。

诗歌文本为基础，借鉴保留叙述学理论中适用于诗歌叙述分析的成分，由此对取消诗的抒情与叙事二元对立、重新界定内容与形式所指、注重运用隐喻思维方式等给予了具体而清晰的探讨、论述。谭君强是著名叙事学家，早前在其著作《叙事学导论：从经典叙事学到后经典叙事学》①中并未将抒情诗纳入叙事学研究范畴，但在其著作修订版②中却改变了这一观念，并且身体力行投入相关文献的译介和研究中，除翻译出版《抒情诗叙事学分析：16—20 世纪英诗研究》等多种译著译述之外，还发表出版多种撰著，如系列论文《论抒情诗的叙事学研究：诗歌叙事学》《论抒情诗的空间叙事》《诗歌叙事学：跨文类研究》《论抒情诗的叙述交流语境》《时间与抒情诗的叙述时间》等③，从译介到研究，从诗歌叙述理论到具体文本分析，从西方诗歌到中国古典诗歌，谭君强凭借开阔的视域，于高屋建瓴中精心思考、探究，进行了多层面理论建构和文本分析、解读，在诗歌叙述基础理论与批评实践方面作了大量前沿性、引领性研究。

　　一个时期以来，我们一直关注着这个领域。前此，也已对先锋诗歌的"叙事性"或"叙述学"观察与探讨做过陈述。为了有效组织、倡导和推动这个领域学术研究的开展，我们默默地学习、努力着。在威海校区期间，我们曾组织博士、硕士研究生举办过诗歌叙述学讨论班，自 2012 年至 2020 年大约 9 年时间，我们连续举办了 9 届。每届讨论班的学习、讨论均设定议题、任务，紧紧围绕诗歌叙述话题展开系列对话、研讨活动。对此，讨论班的同学们不仅兴致盎然，以创新学术的姿态积极参与，而且在提出问题和解决问题的讨论过程中收获也颇丰硕。其中不少同学在刊物发表学术论文，不少同学提交论文积极参与诗歌叙述学专题和前沿论坛研讨，还有的以此作

　　① 谭君强：《叙事学导论：从经典叙事学到后经典叙事学》，高等教育出版社 2008 年版。

　　② 谭君强：《叙事学导论：从经典叙事学到后经典叙事学（第 2 版）》，高等教育出版社 2014 年版。

　　③ 谭君强系列撰著举例：《论抒情诗的叙事学研究：诗歌叙事学》（《思想战线》2013 年第 4 期）、《论抒情诗的空间叙事》（《思想战线》2014 年第 3 期）、《诗歌叙事学：跨文类研究》（《思想战线》2015 年第 5 期）、《论抒情诗的叙述交流语境》（《云南大学学报（社会科学版）》2016 年第 1 期）、《时间与抒情诗的叙述时间》（《思想战线》2017 年第 3 期）。

为博士、硕士研究生毕业论文选题，对此做出更为系统独到的研究。① 与此同时，讨论班的同学还有不少尚未发表的论述文字、学习功课笔记、讨论内容记录等一并积累留存下来，成为见证他们参与讨论班活动及其成长的珍贵资料。记得 2013 年 9 月初秋时候，"21世纪中国现代诗第七届研讨会"在山东大学威海校区举行，这是由中国当代文学研究会和山东大学文化传播学院联合主办的全国性会议，会议的主要议题是"新时期以来中国诗歌的抒情与叙述问题"。这或许是在如此规模的会议上第一次集中讨论"诗歌叙述"问题，不仅聚焦集中、热烈，而且深入，时有观点与言语的交锋、对话。待 2019年山东大学诗学高等研究中心成立之后，我们便将"诗歌叙述学"作为主要研究方向之一，并试图整合现代诗学、古典诗学和外国诗学不同领域的专家学者进行协同会通研究。近两三年来，受疫情影响，我们从 2020 年 10 月开始举办第一届，已连续举办了两届"诗歌叙述学前沿学术论坛"，并取得了超越预期的学术成果和影响效应。2022年 10 月我们还将举办第三届②。

令人欣慰的是，或许受到诗歌写作叙述风气和学术研究氛围的影响，诗歌叙述学研究也日渐形成新的气象，不仅成果迭出，就连在硕士、博士研究生论文选题中也愈来愈成为一个热点领域。③ 眼下

---

① 据不完全统计，讨论班同学发表相关学术论文 20 余篇，提交论文参与论坛讨论 20余人次。这里仅以博士、硕士学位论文为例说明，博士论文主要有：李建平《中国现代诗歌叙述研究——以抒情诗为中心》(2015)；硕士论文主要有：王继强《论于坚诗歌中的"事件"书写》(2014)、王瑞玉《当代叙事性诗歌的话语分析与诗性构建》(2015)、徐珂《于坚诗歌的本体性叙述研究》(2019)、边巧宇《冯至诗歌叙述研究》(2021)、李自菲《新时期诗歌叙述聚焦研究——以组诗为中心》(2021)、于昊杰《冯至〈十四行集〉新探：从诗歌叙述学的视角》(2022)等。

② "第三届诗歌叙述学前沿学术论坛"已实际于 2022 年 11 月成功举办："(2022 年)11 月 19 日，由山东大学人文社会科学青岛研究院、山东大学诗学高等研究中心主办的'第三届诗歌叙述学前沿学术论坛'在青岛蓝谷国际酒店以线上线下相结合的方式举行，来自南开大学、北京师范大学、中山大学等高校的 50 余位专家学者参加会议。"消息见《诗学高等研究中心举办"第三届诗歌叙述学前沿学术论坛"》，https://www.qdxq.sdu.edu.cn/info/1015/32839.htm。编者注。

③ 这里对研究成果不作具体列举，仅就部分博士论文选题举例以说，其中有周剑之《宋诗叙事性研究》(北京大学 2011 年)、杨亮《新时期先锋诗歌的"叙事性"研究》(南开大学2012 年)、李建平《中国现代诗歌叙述研究——以抒情诗为中心》(山东大学 2015 年)、杨四平《20 世纪上半叶现代汉诗的叙事形态》(南京师范大学 2015 年)、傅华《中国现代抒情诗叙事性研究》(中山大学 2016 年)、魏文文《20 世纪 20 年代中国新诗叙述研究》(安徽师范大学2019 年)、张芳丽《叙事学视野下的叶赛宁长诗研究》(上海外国语大学 2019 年)等。

这部《诗歌叙述学前沿文汇》既是我们前此诗歌叙述学前沿研究的论坛文汇，也是一次成果的集中展示，这在国内还是第一次，也是第一部聚焦诗歌叙述学研究的著作。对此我们深怀希望，也相信并期待着《诗歌叙述学前沿文汇》的出版将会给该领域研究带来积极的影响，并推动诗歌叙述学前沿学术研究朝向更深更广的领域进一步开展、推进！

［作者单位：山东大学诗学高等研究中心］

纪念郑敏

[编者的话]

2022 年 1 月 3 日，102 岁高龄的诗人郑敏先生在北京逝世，"九叶"诗人群的最后一片叶子凋落了。郑敏先生是《诗探索》同仁的好朋友，也是支持《诗探索》最有力的作者。为了表达对郑敏先生的敬仰与怀念，我们特编辑了"纪念郑敏"专栏，刊发了郑敏先生的亲属、学生和其他学者从不同角度怀念与研究她的文章。我们特别感激郑敏先生的女儿童蔚应邀写了回忆郑敏先生晚年生活状态的文章，郑敏先生终生以诗歌为伴，她临终前的平静与旷达，印证了她在《最后的诞生》一诗中所预言的："一颗小小的粒子重新/飘浮在宇宙母亲的身体里/我并没有消失/从遥远遥远的星河/我在倾听人类的信息……"相信郑敏先生正在天上看着我们，她永远和我们在一起。

死亡是最后的艺术

——回忆郑敏晚年生活片段①

童　蔚

（这是一篇私人笔记，侧重叙述母亲最后的时光，她如何面对死亡以及发生在她身边的人与事。我没有按照时间的顺序书写，而是以回忆母亲的一幕幕场景来呈现。）

> 山阴杉桧的板屋
> 雨且落下来吧
> 修竹般的你
> 暂时也会多留一阵
> ——日本诗人　良宽

---

① 本文涉及郑敏的资料未经作者许可，不得引用。

一

妈妈。2021 年 12 月 21 日，妈妈跟我讲，她是从一张白纸上下来的；之前的一天，她和我说，"我还有两个月时间"。我现在怎么也找不见记录了，这句话，是哪天讲的呢，由于事关生死，我印象很深。如果生命只有两个月了，那就要进入到时间的精算区，那么什么是最值得做的呢？

妈妈说这话（"她是从一张白纸上下来的"）时，正用她那像飞鸟爪子一样的手给我梳头发，这是我们之间最温存的时刻。我的头发还黑还厚实时，她用梳子给我梳头，现在我的头发像枯草，乱蓬蓬的，她用手指头就能拢开，头发稀薄了却容易打结，她老人家一旦开始，就非坚持把它们理顺了。此刻，我仿佛还能感觉到她的每一根手指划过头发时的力度，是很粗糙的皮肤和很糟糕的头发之间摩擦出的强烈的温暖。所以是最好的。

2022 年 1 月 3 日清晨，我被医院的电话叫醒时，妈妈的血压正往下降，我第一个反应是，如果给她注射升压药会不会很痛苦？大夫说，是。我说，那就不要。我和我弟童朗还有我儿子林轩一直遵循很朴素的医疗观念，老太太①最后的救治，必须竭尽全力，之后也要懂得顺从天命。如果因为等我而让她受罪那是万万要不得的。虽然我也懂得让母亲安息在怀抱里，那是多么大的福分。

我打车到 5.2 公里外的医院。冲进病房时看到一个轮廓，然后见到的是灰色，这是一种颜色，清晰可见。之前父亲去世的颜色好像不是这样，但这时也顾不得多想，就和护工小新一起给母亲穿衣服。我记得那双红色的鞋，是棉布制作的，中间敞开，没有鞋带方便套上，鞋底是粗麻纳上的。这一身红色棉衣上有红绣球图案，外面是同款的红色大氅，都是头一天医生发布病重通知后送进去的，102 岁了，老太太配得上这朱砂红色的寿衣。

2021 年 12 月 25 日，在美国的弟弟童朗终于和老太太在微信视

---

① 长期以来，诗歌界的朋友们喜欢背后称呼郑敏"老太太"。我以为这是一种亲切的表达。写这篇文章时，我也会不自觉地称呼她"老太太"，特别是写到公众场合，用其代指我妈妈郑敏，也带出最为自然的亲切感。

频里连线了，老太太当时情绪极好，反应灵敏，认出照片里的小男孩儿，她努劲儿说出"孙子"这两个字。童朗告知她第二天就带自己的小儿子来微信视频，可她老人家见到儿子后的当天就陷入自己的沉睡里。12 月 29 日，医生让我到病区签字，同意给老太太使用麻药。大夫发现她眉头紧锁，估计身体不舒服。

17 年前，父亲临终前嘱咐我，你要小心，以你母亲的脾气，她得病恐怕会"很快"的。我后来多次想起这话，心中暗笑，父亲哪里想得到，他走后，妈妈好好地活了 17 年，虽然摔跤五六次，其间也有各种问题，可都自愈了。但那时没注意是指"最后"，如父亲说的，老太太的病情从相对平稳期到突变，真是迅急。死亡证明显示的死亡时间是 1 月 3 日 7 点 31 分；前一天大夫发出病重通知，以父亲患病后期的经验来看，会多次告知"病危"，所以第一时间我没太在意。2 日晚上约 12 点，一个极度恐怖的幻象清晰浮现脑海，我急忙询问情况，护工手机录像，显示血氧指标 93，我放心了。老太太让大家睡了一个安稳觉，到了早上 7 点血氧掉到 54，她老人家真的要"走了"……

她曾经是多么沉稳地宛如坐在生命的岩石上修行，没有一点慌张，长时间保持一种生命力的"固态"。可到了 2021 年 8 月的最后一天，发病了，呕吐，我们没敢耽搁一分钟急送医院。

上了救护车，她躺在急救床上眼睛一扫，立刻指向头顶斜上方，医生和我们扭头才发现，上面有个柜门没关严实，她怕里面有东西掉下来，"哎哟"，急救大夫惊异这百岁人的眼力与思维反应怎比年轻人还厉害，比健康人还敏捷。我心说，不厉害、大大咧咧的，怎能就活过百岁？

她离去前一天送寿衣时，在楼道里，接待我的大夫讲述情况，我眼睛望着别处，倾听着，不知为何很怕看大夫，后来转过脸来，看见值班大夫说话时流出眼泪，我的心软了下来，真想抱住她。老年科大夫不知送走多少患者，她还动了感情，而我那时还懵懂着，期待奇迹再现。所以第二天，我进病房看到的仿佛不是妈妈，是一幅画作，叫"撒手人寰"。这是熟知的成语，我却第一次领悟并且沉思于她老人家此刻的灵魂，是在这里，还是已然到了别处呢？想到她顶喜爱说"物质不灭"，我连忙跪下来磕头。妈妈走后，我和儿子几次三番给她磕头，我爸爸走的时候我们连一滴泪都流不出来，更不要说有这样的祭拜，老太太活到了让人无比心疼的份儿上，她也一定希望我们这样做的……

那首名曲《顺其自然》（*Let It Be*），是一首英伦摇滚，也是整个疫情时期支撑我精神的力量源泉。歌中唱道：

> 当我发现自己深陷困境
> 玛利亚来到我身边
> 述说着智慧的话语 顺其自然
> 在我最黑暗的时刻
> 她就站在我面前
> 述说着智慧的话语 顺其自然
> 顺其自然 顺其自然
> ……
> 低语着智慧的话语 顺其自然
> 所有伤心的人们
> 生活在这个世界上
> 都将会有一个答案 顺其自然
> 即使他们被迫分离
> 他们仍有机会相见
> 都将会有一个答案 顺其自然
> ……

二

妈妈住院前，我的叔叔和堂叔，他们80多岁，因患病而孤独地离去，临终前，没有亲人可以来到身边照顾，没有那种最亲密的声音陪伴，我也没能去送送他们。在这样的时刻离去，人类的孤独仿佛得到了集中的体现。

人降生时也特别孤独，母亲尤甚。一岁多时（这个时间点还待

考)患脑膜炎，家人把她放在地上，已然放弃了。病床上还躺着她患肺病的生父王子沅，面对两个垂危的至亲，外祖母选择了照顾丈夫。就在这时候，王子沅的同乡挚友来了——他是民国政府当时的文官长(后来他成了母亲的养父)，他走进病房，见到放在地下的小婴儿(估计她发出微弱的声音了)，就说这孩子恐还有救，让人喂她蛋羹，这样就真的活过来了——生命原来如此顽强而且完美，甚至活过了101 周岁。顺其自然。"这回应该算喜丧了"，我反复给自己"洗脑"。反复听那首《顺其自然》。

　　从 2005 年 7 月之后，我一直践行对父亲的承诺。父亲病极重时让我发誓，好好照顾妈妈。我答应了。我知道答应的就要尽力去做，这是生而为人的准则。可我不知为何就是没告诉妈妈父亲在万般紧急时刻的万分叮嘱。其实，父亲当时的担心是有道理的，因为之前我会为了逞口舌之快说些"真话"，母女难免会有争执，而妈妈是极度认真的知识分子，她会真生气、恼怒的。我本性情中人，经过老父亲走后 17 年和老太太朝夕相处的"修炼"，我没多少长进，可眼见老太太彻底改变了。

　　她从每日写作、思考大事，回归到看似一无所求地顺其自然，灵感却依然不间断涌现，时时会有灵光乍现。她会很认真地告知我，"我的脑袋里头装满了肉，吃肉太多了"(其实那时期，她停止了一生爱吃红烧肉的习惯，也不好好吃饭了)；"我最近最喜欢和我们同学，总在一起"(其实她那一辈的同学都比她"性子急了点"，先走了。莫非是讲她教过的那些后生"同学"？)；"你怎么钻入我肚子里的?"(咳，这话，可怎么接好呢？还有几次，她说我是她的妈妈，有时候又说我们当然是同一个母亲生的，我还是她的姐姐。我想，在我们家似乎总有一个超然的母亲，她超越了岁数，辈分甚至是可逆的，甚至不管是不是亲生的。"妈妈"成为一个很特别、很有复杂意味的词语。在进医院之前的一两个月，我们独处时，她几次和我讲，"我真想我的妈妈啊，不知她现在怎么样了?"关于"妈妈"的奇异幻觉，似无还有，我听着，但不敢追问是哪位妈妈；这一切都与她早年离开了亲生母亲有关，因此，"母亲"这个词语在她的情感历程中刻写了独特烙印。)

有一回，她说，"大师没有了，我只能没有"（我忙说"您是大师……"）。她还说，"我越来越爱你了。"老太太是能用语言融化冰山的诗人，这样的甜话也非我独享，她从急诊抢救室转入病房后，曾一度垂危，就拉住护工的手说，"你是我的灵魂！"老天！护工说，"老妈妈，你这样说，我就是累死了都不知是怎么死的！"的确，医院对护理员要求严格，每夜每隔一两个小时，必须起来给患者翻身，以防止生褥疮。灵魂到此刻，更多作用于辅助身体。很难想象，一个诗人有一天不思考灵魂，有一天彻底丧失灵性，所以到了最后我们关注的焦点愈加是灵魂与肉体合一的一系列方案。又比如，妈妈生病前瞥见了猫咪，会走过来和我说，咱家猫咪保养得很好是因为它对中国文化有所吸收。原来，真诗人就是不写一字也尽得风流，她说出的话总是别有情趣。

1980年盛夏的一天，我姥姥病倒了。在清华校医院，妈妈让我和她一起值夜班。那是我第一次面对垂危的亲人，妈妈让我端着脸盆接姥姥吐出的血，可那血是巧克力颜色的，我有点畏惧，下意识往后退了一步，妈妈狠狠地推了我的头，我那时候并不知道她为何那样火辣辣地心急。

我姥姥是我童年的心病。我姥姥没给我妈一点母爱，她是物质充裕，精神却极度苦闷的女人。

我姥姥是我妈妈的养母，也是她的亲姨妈。她很疼爱我妈的亲哥哥，我的舅舅王勉（笔名鲲西）。我想起若干年前，舅舅告知我，当年我的亲外婆为外公下葬，一家人乘船渡河（福州马尾亭江流域），他还小呢不知见到什么站起身，当即被我外婆狠狠打了一下脑袋，就乖乖坐下了。他跟我讲，"你知道为什么？就因为我搅扰了母亲渡河时哀恸的心境，一定是这样的。"听我舅这样讲，我才联想起，我妈那天狠狠推我，也必有缘故，她心里焦急万分。

后来见到她写给友人的信才略知。

80年代，妈妈恢复了写信的习惯。有一封信写给王辛笛，提及由于家人生病占据了她的宝贵时间，她很着急。那封信还透露她对"九叶"出版的急切关注。

那段时间，她经常一天发出数封信，那些信，短句子，语气坚

定，除了交代具体事宜，谈见解，还时不时咒骂几句阻挡进步的恶势力，透出真正属于那个时代的强大感，她全情投入，但她也说，自己总是想很多，懒于行动。写得太痛快之后，也不忘叮嘱人家，"这封信只给你俩看！"（给赵瑞蕻、杨苡的信函）

我不擅记忆，但近年确有好心人转来一些当年她发出的信件，见信如面晤，就知道她当年写作、思考的状态，她拿出全部的精力面对她所追求的事业。

　　杨苡、瑞蕻：

　　　　南京之行只五天，但能有一天和你们在一起，在匆匆的人生里，这也是十分难得的了。感谢你们的款待，尤其是有机会欣赏了你们屋子里的两幅画，它们将永远和我对你们的记忆连在一起。

　　　　回北京后，生活又纳入紧张和枯燥的常规。在南京和成都激起的一些浪花在开始淡薄了。但工作，工作，总是可靠的岩石，它不会消失。在工作中也会听到朋友们的声音，而得到了鼓励和支持。

　　　　很高兴，这次见到了章品镇，他是一个很正派、有责任感、有热情的编辑，请代我向他致谢，并问候。有的人一看就让你觉得他是为理想，为我们的事业而生活。有的人使你觉得不那么踏实。我相信你们俩的判断是很正确的。

　　　　最近答应为北京一家出版社编一本外国诗歌欣赏，是为满足青年读者的需要。关于 Keats 的诗，瑞蕻除了夜莺颂外，还译过什么，及杨苡有些什么译著，盼提供，以便为这本小书"增辉"。歌德的抒情短诗应收入哪一些，盼建议。

　　　　有一事相托，为了报销，能否请刘开一封证明信，证明我曾去南京和江苏省文联(?)的诗歌小组座谈一次，据领导说如有证明(我自己口说无凭)就可以报南京—北京的路费。如果很不方便，就请不要为难，也不过是几十元的事。千万不要为你们带来不快。

　　　　　　　　　　　　　　　　　　　　　　　　　　敏
　　　　　　　　　　　　　　　　　　　　　　　　1980.12.
　　如来京，请一定预先告知。

我自然知道，对于母亲来说，写诗、作文章，包括写信是她最在意的事情，那种痴迷来源于对大事的内心困扰；家务事会阻碍她的专注与创造力，由此她是真正放得下日常的少数知识女性。她的魄力是关注社会问题并且通过西学的知识来提出自己的见解。她真的是"意见特别多"的知识分子，如果她的看法符合领导的意志那自然很好，如果不符合甚至完全相反，她从单位回家就会非常激动地慷慨陈词写上好几页信纸，但由于她所说的"懒于行动"，或"敏感于外界"，她会让其在抽屉里躺几天，之后就撕碎了丢进字纸篓。

她的判断告知她，说了根本就没用。而她真正恐惧的是被剥夺思考的权利，她绝不会把这样的自由拱手让给谁，思想是思考者最重视的自由。而思考，在情绪波动时也是最为有力的利器——她喜欢面对问题，不喜爱回避对问题的追问。这类思考，包括分析、推理，而最高境界恐怕还是领悟之余的豁然开朗……

我表哥詹煜告知我，老太太曾和他聊起，60年代，她和北师大系里的老师下放到山西搞"四清"，到了农忙时，下田干活又苦又累，有一次累得躺在草垛上睡着了，一觉醒来，看着天空，就想到，"哈哈！这是多么荒谬、多么可笑啊！"

她总能很快察觉到这个时代、这个社会患有某种疾病，并对理想抱有很高的期许。我想，对她这样的知识分子来说，这是由于她好辩论、爱智识、看透了一切之后还满怀信心，她的乐观是从娘胎里带来的，又由于她是喝奶妈奶水养大的，她有着一般民国大小姐所没有的原始活力的执着与豁达。

有一种权宜之计就是写诗吧。谁能懂呢，谁能不懂呢，在卷入朦胧诗之争的时期，她真正热血沸腾，仿佛那是旋转的砂轮可以磨亮一把思维匕首，如果没有争辩、没有深入探讨，她就觉得没有活生生的存在感。

最近我和运燮都卷入一些关于诗的难易问题的争论，《诗刊》8月份有一篇晓鸣写的《谈谈诗的难易》就是我写的，老杜的文章可能在9月份登出，也许今后我们都会面临一些批评。（选自给诗人赵瑞蕻的信。1980年8月6日。）

《文艺研究》80 年第 6 期的广告在 80 年 12 月 23 日就登出了，但至今未见书，不知有否什么临时更动。当我们在成都开会的时候，这里也开了重要的宣传工作会议，因此新的精神正在贯彻中，也许成都的会要晚些开，就很不一样了。我们这里尚未传达，从迹象上看要更高举马列主义的文艺旗帜。因此，我也不急于编那本诗集，也许那也是不利于对青年的教育的，等更加明确新精神后再动手，以免徒劳。这会不会影响《九叶集》的出版，也得等一阵才知道。瑞蕻的鲁迅书注，总是保险的，我们精力时间都有限，少干些徒劳的事要好，但人总是不能自已，常常忍不住又干起自己特别热衷的事，我对文学就像一个没有自知之明的爱人，总是死乞白赖（北京土话）的追求，看来还是翻译古典作品好，现代派也不知能否按成都会议所决定的那样介绍了。（给诗人赵瑞蕻的信。1981 年 1 月 14 日。）

我有时想，像老太太这样善论辩的学者，最怕生不逢时，因为真正令她狂热投入的是她最在意的思想者的竞技比赛（这当然也应是文科知识分子求真之根本），她思考时的状态像伴随情绪的"高血压"，说飙升就飙升，但另一方面，她也懂得吃些符合客观形势的"降压药"，正是这样的特质让她该发力时绝不丧失时机，不能书写时就充实自己，说不写诗，搁笔竟然也达三十年，等到"诗啊，我又找到你"，她又畅快地写起来。

然而，有些个辩论作用于家庭，却是另外的考验。我们的家庭氛围让她这个喜爱辩论的人，愈加感觉随意乃至惬意，只怕缺少听众。如果没有人回应她，她会真的动了怒气。她总感觉问题很严重，总有意见需要探讨……外孙林轩曾经试验过，今天他跟外婆辩论后，说答案是 A，她会反对，答案是 B。下次他抛出答案 B，结论还是错，答案是 A 或其他。除了诗人，妈妈是个理论家，这个角色不是出人头地的工具，不是挣饭钱的面具，而是她智力活动的底色。

特殊年代，我经常跟着妈妈到清华园友人的家里，参与"群众大辩论"。她激情言说时，有些像歌剧中的女高音。我那时上小学，除了读过车尔尼雪夫斯基的文学评论，其他众多的书籍还没机会读，观察妈妈的逻辑分析真是从 A 推导到 B 然后到 C，她说话的时候脑袋里好像有许多三角形（当然这是后来的归纳，但当时已有感触）。思辨是她身为知识分子活力的体现，是智力游戏，又是真实情感的流露。那时期，无论哪一派的论战话题，她均激动万分地投入。有时候想想，后来关乎诗学理论、人类文明、地球环保、结构解构的等等讨论，均为那时期肇始的论辩延伸而至学术层面，这一源头来自古希腊哲人苏格拉底，只是妈妈始终不习惯在大街上、广场上展开辩论。

某类东方思维是缄默的，冥想式的。父亲在家中的名言是"不辩论"。他需要安静地思考，而不是落入语言争论的诱惑。对他来说，那是言说的陷阱，他喜欢通过沉思达到顿悟，沉默地倾听然后意识到了什么……

在死神降临之前的最后的日子，妈妈陷入了沉默，这真是命运的捉弄，仿佛是一种难以逃出的宿命，超出了我的预判，也是让我们感到最为悲痛的时刻。医学也会无济于事。后来我从一篇关于脑科学的论文中了解到，这种失语，是脑部的损伤造成的（特别是卧床的病人容易出现这种情况，我甚至以为如果我在她身边，妈妈可能就不会断了这根语言表达的链条。想到这里，真是很懊恼）。此时患者可以明白无误地理解外界所发生的、听懂他人说的一切，却几乎无法说出一个字，这对于老太太来说是何等的残忍！

这是渐渐发生的，从更多的沉默到不言语，她住院后期我们每天的视频，也渐变为一场类似的哑剧。刚开始时，儿子批评我，说我根本不会安慰人，他说你必须每天都微笑地说，"老太太您今天看着很好啊！""您好漂亮啊，气色真好啊，我们都特惦念您！"句句实话，林轩这样说时，她还露出一丝慈和，可我照样说时，她的表情像雕像那么严肃，像一面墙上写着什么。什么呢？你得猜。老太太对我总有些个特别。

她在任何的社会场合都自带魅力，在医院的病房也如是。大夫、护士、护工都喜欢她。她喜欢人家呢，就是说不出来了，她会把手伸进护工的袖子里一直向上延伸抚摸胳膊，她会拉住护工的胳膊深深地亲吻。我听到人家说，老妈妈您可真亲呐！护士过来给她换药，

看到她，就说，"瞧这美的啊，头上扎两个小鬏鬏像个小龙女，你看看，这皮肤连皱纹都没有，年轻时不知怎么美呢，您那时候是个民国的大小姐，哈哈。"

前几天又看了这段视频，真让我不知所措。那时候她的眼睛如黑水晶那么亮。怎么可能就走了呢……

住院到最后，她就像一个无辜的婴儿，一句话都没有了。刚进急诊时她还能坐在轮椅上输液呢……

我想到"心象"这个词。"我们就在视频时玩眨眼睛的游戏吧。"她马上意识到。她眨眼时我也眨眼睛，不能抢拍子也不延迟，彼此这样看着，一直到泪水从心底里迸发，鼻子发酸，眼泪滚滚而落，这是我此生第一次见她流泪了……

2021 年底的一天，我们有一次机会能在她入院后见到她，那是推她去做核磁检查的路上，从病房到门诊楼有一片敞开的路面，天很冷，她戴着帽子捂着口罩，认出我，躺在床车上在大风里说，"我的任务都完成了！"是的，妈妈太努力了。我使劲儿点头。她生病住院后，撑到《九叶集》再版，"她是唯一一健在的"，我在简介中写过的，没写错；她撑到《落·诗幻》诗剧公演，导演、作曲家、演员们为了三代人还处于同一时空，真是拼了；撑到《燃烧时间的灰烬——北京当代诗人十九家》出版，她给予了勉励："祝愿他们继续写下去！"而我还希望用尽全力支持她，撑到疫情结束，和我弟弟见上一面（这当然是从世俗的角度，体会她心中的挂念）。

然后的一天，在这家医院分院的病房里，视频时，她像哑剧演员一样，表演了一个头向后仰双目紧闭的动作。告知我：死神即将降临！

妈妈在一句话不说之前，好几个晚上彻夜说话，那是旁人听不懂的谵妄之语，可还是得猜，我猜，她说过，"我难受"。

我的母亲有过一个非常寂寞的童年，这种寂寞在她还不是理论家时，她会用表演的方式告知外界：黄昏时，大人们下班回来，她站在山坡上呼喊某人的名字，大声疾呼"某某叔叔你好啊！"。她还会在家里搞些恶作剧，寂寞犹如钻到心里的蛇，最爱咬噬敏感的心，迫使那人搞出一些惊世骇俗。

可她写于 40 年代的那首《寂寞》则是抒发出温润而情感丰沛的"寂寞"，适宜朗读，那种自然而然的情感流露附以对客观事物的比照，反而比直呼胸臆或诅咒命运来得深刻而感人。

要知道老年人的精神故乡，同样是寂寞。

妈妈用自己的办法尽量维持一种微妙的脑平衡。当记忆减退时她保持对新事物格外的重视和喜爱，试图逃离必然衰减。80 岁高龄，开始学电脑，在本子上记录怎样开机、打开文档，怎样使用手写板录入、存盘。每天看着操作提示，继续创作。

但不知从哪一天开始，她离开了电脑桌，她不倦地追问，"你爸爸哪去了?"直到最后的日子还在担心，跟我说，"我最担心的是他的健康。"她希望抱住将来的他，此刻的已然不存在，那是深感寂寞的空无，她也许暗自嫉妒父亲的不告而别(当然不是)，她已然无法站到一个"真实的角度"看待我父亲的"不在场"，寂寞会让人活在幻境里，而且执拗地不肯出来。寂寞却没有禁止她依然充满乐观地应对每一天，没有丧失爱热闹的天性，她会根据大家的要求演唱英文名曲；她会推着轮椅在屋子里快走，展现身体的灵巧。她会表演洗脸，也不管那水和毛巾是否足够干净，导致一次耳仓感染，挨了手术刀子。她所做的一切，以及她渴望做的一切，是让大家一起高兴。

有一天她意识到，她的时光落入人生最后的寂寞，她是怎样想的呢?……

三

在急诊抢救室里，趁着护士点数一大堆药品时，我冲到妈妈面前，她见我来了，挪动了一下身体，示意我和她躺在一起。还没等我说话，护士们把我推向门外，她们说抢救室里有开放手术，不许停留。旁边床的年轻男子正疯狂捶打自己的脑袋，高声呼喊什么，只见老太太摇摇头，表示"吵死了!"。我想，她一定很失望。

我的堂弟童文从加拿大回国来北京，专门赶到医院探望老太太。我移开衣服、毯子，请他坐下，他落座后笑说，"这是你的地盘哈……"我想，童文和老太太交情很深，他翻译过祖父给她的英文信函并作了长篇详注，此次疫情期间又特意来看她，就拿出药方跟门

口的老大爷说，要找大夫了解情况，想顺便把童文带进去见一面。看门大爷瞅我一眼，说，"这里的规矩是大夫找你，再说，也得由我告诉你……"医院附近人潮汹涌，没有安静地方说话，也不敢随意离开，我们只好退回到极度混乱的座位，聊了一个多小时，直到他赶往机场。我妈妈的大脑则已不能再接收疫情的消息，因而无法理解为何家人不在身边。

"昨天晚上，走了四个。"护工小艾告知我。

那时我已能够区分从那扇门里推出来的病床，凡用白被子盖住的病人，是去做 CT、核磁检查的；用紫红色丝绒罩住的，就是刚刚离开这个世界的患者。

后来想起来，那段时间林轩、护工和我，24 小时轮流在抢救室门口值班，这 19 天，是我和轩儿离老太太最近的日子。由于必须由家属送药进去，所以，一天有几次机会来到她床前紧张探望，护士后来说，"你们不办急诊住院，是不是因为可以进来看老太太呀？"

是。也不是。事后证明我们的选择是对的，这个急诊抢救病房进去容易，能否出来可就玄了。我们让老太太待在这里等着最后的转机，老太太的好运也在关键时刻启动了，最终，她经历了一次手术后，进了正规病房，两个月后的一天，查房的大夫说，"哎哟，奇迹发生了！"她的肠梗阻实施手术后得到缓解且肠穿孔似乎弥合了。

仍然困扰我和林轩的是，由于疫情我们不能进病房看到她。

每天视频只能见到她最好的一面。我们对她的感情类似移情别恋一样投射到每一位护工及医务人员身上；妈妈也以她的天赋魅力吸引了每一位大夫、护士的注意，他们对她用药及观察、照顾得都很仔细。如果说，人的性格有甜酸苦辣，老太太晚年更多地属于福建人爱吃的"甜"，就因为这样，每位照料她的人都没少掉眼泪。小艾阿姨第一天来我家就很霸气地叫她"妈妈"，她嘱咐我，妈妈要是没有了，要哭出一条河来为她送行。

老太太的一生有几个巧，非人力所为，属于命运的赐予：一个是出生后，濒危而复生；一个是从小抱给了好人家，享受到养父特别的疼爱，为她提供此生最好的教育；一个是早年求学时有个坎，遇到长者施救；一个是在西南联大时遇到恩师冯至先生，勉励与点拨她的诗歌创作；一个是我舅舅王勉对她青春期文学事业的引导与极力呵护；一个是40年代巴金先生编辑出版了她的第一本诗集；一个是留美时巧遇我父亲这样忠厚、成功的理工科教育家；一个是她最后住院，逃过一个很痛苦的劫难，走得相当平和顺畅。很重要的是，她始终有事业的同道人、支持者(如"九叶"、《诗探索》同仁以及年轻的诗人、诗评家等等)以及真正合格的弟子、高徒。这么多的机缘巧合，少了一两个，她都不能达到圆满，而成功嘛，她对此一定非常追求，也严肃地面对。重要的是，她负有使命感。

在还完全不能发表作品的年代，妈妈的外语也从没生疏过，后来，她又恢复用英文打字机写信，她和我祖父通信，谈论莎翁《恺撒大帝》的神秘寓意，用英文表达，似乎更为地道和有趣。我观察到，她总是从书本及其他学者那里获得更多的支持与启发。她和我祖父显然处于同等高度的智识，他们激动地相互交流着最前沿的看法，这些也属于她为了成就事业种种努力的一部分。

王家人(我外公这边人)讲究不提及自己家人的成就，最好留白，不便评价，我同意。但也想过似乎可以瞬间拼凑各家的说法，并将其系统化，想象那些评论仿佛可以将她从朴拙的地面拔高至更高，或是往泥土下深深地延伸，但那样的评论文章、书籍已然有了。我想说的，仅限于个人角度的观察(不求全面)——她为何成为她，是由于她用一生的时光打磨三把钥匙：其一是她对莎士比亚的研究；其二是她对中国古典文学的挚爱；其三是她对德里达哲学的深度钻研(除去阅读，她在美国讲学时聆听过德里达的讲座)。她用这三把钥匙打开文学批评的各种锁，而且总爱抓大问题、"重要的"，要引起更多人的注意，她要搅动被抑制住的思维之力，直到自己仿佛也意识到走入深深的"黑洞"。

妈妈晚年变得诙谐了，她会对我说，"鞋都说你好，因为你走得正啊！"我怎么会被这样的玩笑话弄晕了呢，但是我也知道，我却说不完全老太太的好，因为她的好埋在她的文字里，我侧重于对她日常生活和生命层次的理解。

吴思敬教授之前召开过"郑敏诗歌研讨会"，出版过关于她的评论文集，那天(告别仪式)来送老太太，他约我写一篇关于老太太的

文字，写好不敢说，但他已高龄，又在疫情期间赶来，这份心力我不能回绝。我想，他也许是懂我的，我尤其不喜欢"背靠大树好乘凉"，我懂得一个人把大树画得再大，能大过天吗？我只以一种平常心缅怀亲爱的"老太太"。

写诗、作文章是我们的教堂。母亲是成功的祈福者。我偏偏还须戴个头盔、面具，希望每一首诗不过是一个空弹壳，一次爆炸后残留的碎片，我们从小所受的教育，很有些无助；两代人所经历的也是决然不同的文明教化与思考标准。

恰好是在面对生命的方面，我们取得了统一的爱。林轩出生后，老太太破天荒地前来看望，之前她绝对不会浪费时间走动的。1989 年 11 月后的一段时间，我妈拉着我爸，坚持每周到百万庄来看这个刚刚来到世上的小婴儿。这似乎是一件让她快乐的事情。她穿一件大红毛衣围着纱巾，抱着"土豆"（林轩小名）照相，很喜气。可到底这每周一次的到来，随着北风来袭，热情渐退了，但她老人家到底还是彻底感动了我一回，凡出于良善本能而非形式主义的都让我感动，我实在记不得父母当年从清华是挤公交来的，还是乘出租车来的，1989 年的北京，出租车还比较少，面的刚刚诞生。

我父亲最后一刻的牵念是我儿子的中考，他说梦见他围着操场跑了三圈，结果未知。他走在外孙中考结果发布前。我母亲最后一刻牵念的是什么呢，一定是艺术吗？是语言！（她醉心交流）她会跟护工说，"你吓了我一跳，是快乐的一跳！""瞧把你高兴的，像个傻瓜！""死亡是一门艺术，我做得最好"，这是美国女诗人西尔维娅·普拉斯的名言，我妈妈是把语言艺术用到了死神的门槛，把自己交给了上天。死亡是一次平面的、最后的行为艺术（包括手机视频通话的平面感），死亡后面的维度我们谁都看不见了。

2020 年 12 月 24 日圣诞夜，王家新等一行诗人来家里探望老太太，她那时话不多，思维还迅捷，听力有偏差，先聊到联大、冯至先生与德国文学，之后说到诗歌。"你还记得你写的诗吗？""Poem。"有人说。老太太接话道，"混哪。"大家哄笑，也不知怎的后来就唱起了李叔同的那首《送别》，老太太立刻全情投入地唱起来，句句清清楚楚，我心想，天啊，这首歌，应该在另外场合吧……这时候诗人蓝蓝手疾眼快，将歌声配上字幕传到微信视频，其他人也一"唱"百应，跟上节奏：胡敏给老太太留影；高星后来写了一篇散文；那个聪明的女诗人冯晏把"今宵别梦寒"唱得真切，我仿佛置身时间之外，只感受知交半零落的境界……

曾经的老太太是各地年轻诗人的朋友。大约有 30 年她将艺术的表达与批评的睿思相结合，有不少艺术的同道者。而我个人则更欣赏她 40 年代的作品，当然这纯属个人的偏爱，似乎毫无缘由。海德格尔说，诗歌与哲学是近邻。我想，为何艺术不是诗歌的近邻而哲学是远亲呢？为何历史不是诗歌的近邻而哲学是远亲呢？为何自然不是诗歌的近邻而哲学是远亲呢？海氏是德国人，我们李杜的思维结构不是德式的，也非俄式的，我心存疑问可没和她探讨过。不可否认，她写于 90 年代的组诗《诗人与死》是历史经验与个人经验潜在的融合，她选择 14 行的形式或许是对冯至先生 27 首 14 行名作的回应，这组诗，是创伤情感压力下的作品，尤为集中地体现出她晚期创作的思维力度与修辞质感。

另一方面，她晚年的创作，特别追求思维的复杂和形象的简单，与 40 年代创作相比，更为智性。这或许与她长期从事理论研究导致的诗风转向有关。说到底，她的思维方式是西式的，而且她已然尽其所能发挥到极致。

下面这封信，反映了她创作时的心态：

唐祈兄：

　　下午为了赶在 5：30 前将稿子发出去，只匆匆写了几行字，请原谅。我这几天忙得厉害。因此原准备不写那篇稿子了，原来想写的题目较大，时间不够，且思考的不清楚，因此迟迟未能下笔。今天下午忽然想从这个角度，即庞德的革新精神先写一小小文章，因此就写了这 4000 字短文算是一个开头，但因只用了 5 个多小时写（虽然思考与材料是现成的）确实有些草率。如果不适合那个"大型"刊物就请不要为难，随信寄回，字迹也很潦草，别的刊物编辑想不能如你那么包含。总之，此文可谓心血来潮的产物。但对我来说作为一个课的开头还是可以的，

下面再慢慢的组织。美国现当代诗短史与诗论是我的两书计划，两者都还只在胚胎阶段，这其间可能有些副产品。和你通信往往促使我思考和计划，你所提出的要求，对我（无论文章能用否）往往对我是一种催促，使我必须快些行动起来。我这短文也是针对我国诗坛保守与过激两种倾向而发的，最后的禁忌单子是我的想法，如有不妥处，超出百家争鸣范围者务请你指出修改。我并不想做一个糊糊涂涂的犯错误者，我对诗坛的关心使我总不知不觉的发表自己的不成熟的意见，真是不可自制，然而我又不愿招灾惹祸，唯恐残年又被报销。我不知为什么总不能忘怀我们的文学事业，尤其是诗。在这点上我从心里佩服赵丹，他那么有勇气。而我却余悸极多。以致常影响你，希望我不会挫伤你的锐气。

近来我读了一些诗，很想它们能更凝炼些、坚实、清晰、明确而又形象化。可能比五彩缤纷，有奇句，但不清晰，欠准确要好。《诗刊》82 年第 2 期舒婷长诗不知你以为如何？

《诗刊》有"勇气"发这首诗，颇令我吃惊。也许把它当一首普通的情诗了吧？我觉得他们似乎怕严肃的题材（用象征手法写的）而抒情诗则放宽，殊不知抒情诗却不那么单纯，舒婷这首诗如果对她的境遇不了解恐怕很难看懂。而看懂了之后不由得感到《诗刊》这次十分"勇敢"。你是这样感觉吗，盼告。

湖北王家新与女朋友沈瑞花来玩。也读了第二个童年与海，很喜欢。北岛来信说要来看我。我觉得他是一个很有思想的青年，我也希望见他。

诗坛情况复杂，你大约比我了解得多。

再谈

敏

3.1

再补一段：

美当它完全没有基础时就失去了力量。现代主义尤其是 Eliot 一代，首先冲击的就是过了时的那种"美"。东方的美是很含蓄的。不过现在年青人有时追求浪漫主义＋现代派强烈色调的一种美。我觉得颇像满山野花，然而没有多少根。梦的模糊与满山遍野五色缤纷都不是我今天的意境。我想我的境界是清淡的情调与复杂的思维的结合。寄上的两首长诗中后者占了上风，但也还是用形象思维的。

用诗来感受世界，思考时代是今天的特点。我们不要口号诗和标语诗，并不因为它有太多的历史，而是因为它完全没有活的历史。①

香港《诗风》《诗双月刊》主编王伟明告知我，老太太也是被提名诺奖的，她似乎对此无感。我不知是哪一年的提名，近日邮件请教他，伟明说，每年提名者成千上万，没进入前十的，只是虚名……说起来，荣誉，她真获得过不少，也都心平气和地接受，也确实实至名归（这里不一一列举）。

老太太走了之后，翟永明当天微信我，"102 岁，喜丧了，我们的榜样！"西川短信说，"老太太高龄过世也算享天福"，叮嘱我保重。唐晓渡书写了运思隽永的挽联；挽幛，是从他撰写的挽联中摘取的，仿佛老太太的教诲给予后人："思运诗哲 启蒙世界先启蒙自己/语动声像 雕刻时光也雕刻内心"。唐晓渡说他写不来那种塑料话，我完全赞同。邹静之的挽联是："心中的声音 海底的石像/痛悼郑敏先生"。

老太太百岁后，叫她"妈妈"的人太多了，她晚年成了许多人的"妈妈"，我把她借给了许多人。她是祖母级的诗人，在这样的时刻写平淡是一种奢侈，点缀着疫情时期难以言说的愤怒和眼泪。我母亲和我之间的情感，联系过一些读者，也因为她而联系"老童家"和"闽出一溪"的亲戚。因为我丢失太多的记忆但依然记得 80 年代我家有点"外星来客"的感觉——不少深夜还在谈论诗歌的诗人，迫使我想起这些恰好到来的人们，包括 90 年代我弟弟的同学曾勇也在一个风雪交加的夜晚和她在客厅里边喝酒边争论经济与哲思交界的话题，那真是一场印象深刻的交流。

---

① 该信邮戳为"兰州：1982.3.4"。唐祈女儿唐真找到的信函，张天佑教授辑注，见《新文学史料》2022 年第 2 期。

　　据诗人林莽回忆，80年代的一天，"北岛、芒克、江河、多多、顾城、杨炼、一平、严力、小青等，我们一行十几个人骑着自行车涌到郑先生家里"（那天我大约不在家）；而我妈妈最喜欢这样子的涌现了。在我的想象中，那是一股诗歌的外层空间凝固在17公寓上面。北岛和老太太谈论诗歌，最少也有三四回。有一次北岛带多多来，极力向老太太推荐多多的作品。那期间，还有邵燕祥、刘年玲、王伟明夫妇、唐晓峰、唐晓渡、崔卫平、王家新、沈睿、莫非、马高明、黑大春、沈奇、西川、汉乐逸教授等人，来我家那个混乱不堪的客厅落座。我不知那些年，诗意的语言碰撞是否引发创作的激情与升华，反正在经济起飞之后，那种热度已然蒸发掉了……

　　我的发小高小刚2022年1月电话里说，老太太的离去让他感觉好像一位亲人离别一样，80年代他和黄子平夫妇与妈妈有过数次智性的交流。我想，那时期"诗性的外星人"纷纷降落我们家，是一个迹象，即从70年代末到80年代肇始的新诗创作，是指向"异端"的（类似天文学意义上是地球绕着太阳转还是太阳绕着地球转，引申至诗歌是仅仅为宣传还是为人类美学做出新贡献）……而在她的晚年，除了北师大等单位，诗人根子、钟文、史保嘉、金重、少况（王伟庆）、宋逖、鲁双芹、莫非、赵蘅、汤潮、"九叶"的后代，还有她的"亲生"弟子等等诗人朋友，包括《诗探索》等同仁，时常给她带来惊喜，也是友人之间相互的温暖——人到暮年的心灵之光在妈妈则是格外的通透、明锐。

四

　　老太太的告别仪式，1月7日在八宝山菊厅举行。

　　北京的天气特别凉，寒风如此强猛，我一边因会场布置不妥，把屏幕上的字挡住了着急；一边请求化妆师取下老太太头上的帽子，这样她安详的面容才得以显露出来。化妆师用梳子把她银亮的发丝丝丝缕缕地梳开，再喷发胶定型，老人家晚年的仙气立马毫发毕现。

　　"长亭外，古道边，芳草碧连天。晚风拂柳笛声残……"我们选择的还是这首《送别》，以替代殡仪馆的《哀乐》。据北师大提供的消息，告别会收到作协主席铁凝女士、北师大校长办公室、《诗探索》

（谢冕、杨匡汉、吴思敬、林莽等全体同仁）、《诗刊》、《文艺研究》、中国人民大学文学院等个人及单位发来的唁电和花圈。

北师大外国语学院苗兴伟院长和众多同事到场和赠送花圈；妈妈的弟子章燕教授和丈夫沈文海、萧莎（社科院副编审）等亲自来送别导师。以关门弟子李永毅教授（因故不能到场）写给妈妈的评价作为会场主屏显示："杰出的诗人、睿智的师者、正直的学者，您永远活在我们心中！"

还有闻讯而来的诗界理论家、诗人朋友：吴思敬教授和夫人高桂香、唐晓渡、张清华、西川、欧阳江河、谭五昌、张桃洲和夫人赵梅芳、蓝蓝、高星、宋逖、鲁双芹、张高峰、刘燕、林喜杰、刘晓翠等。

我为那天万般不周而无比自责，那天，没有做到的此时已无法弥补。我们全家人的共识，老人家活着的时候尽全力最重要，人走了，大家的心意收下，至为感恩。老太太进急诊抢救时跟我说过，"要干净、简单"。

告别会后，我把唐晓渡毛笔书写的挽联和高星书写的挽联都抱回家，还有老贺、宋逖、张弛、蓝蓝、张高峰、汪剑钊、田庄、阿坚等人的。我对高星说，这些手写的，只有科学证明烧了后老太太能收到，我才舍得那样做。

父亲晚年曾私底下打趣，唤妈妈"老疯婆子"（关于这一点是否披露，我想询问他人，后来想到，因为她的个性是特例，加之疯狂是与才华相关的，甚至与精致的手艺、极端爱挑剔有关），我想，如果父亲不是真心赞赏她的特别，对她有一种痴迷的认知，不懂她的人怎能这样称呼。老太太对这样的称谓才不介意呢，我父亲还为她写过不少押韵的顺口溜，他是真心不入眼新诗，喜爱评书、相声的科学家，也不习惯用西洋的方式表达爱意。我理解内向的父亲时常用幽默而非一本正经，表达生命是与疯狂有关的学问。

著名的文学理论家爱德华·萨义德说，"历史是流动的……历史不会冻结在某一个时间点，历史里没有不变的事，历史里没有超越理智、无法理解、无法分析的事。"

妈妈在 1943 年，面对联大郊外一片田畴抒写《金黄的稻束》，那

首诗的结句，"历史也不过是/脚下一条流去的小河"，我姑且认为，这是她面对目之所及一条具体河流的描写，同时亦为暗喻——历史是鲜活、流动的发展过程，由于这句之后紧接的那句显然更具有强调作用——"而你们，站在那儿，/将成为人类的一个思想"。由此可见，在她的意识里，思想能贯穿和超越流动的历史（"小河"与"思想"在两行诗句之间显示出轻重、大小之区分）。的确，她的一生都将理性置于情感之上，即使她受过民国时期的教育，经历战乱、西式文化的提升与沉浸，中年落入事业低谷以及经历特殊年代，之后也曾返回美国、前往欧洲参加诗歌活动或访学，但她始终不太关注记忆日常流动的画面，而是侧重从情感记忆中提取理性的辨识。她注意知识分子、诗人、公民应该有发出自己声音的空间及可能。她在论文中涉及对文化弊端的各种质疑，向二元对立思维提出挑战……但很明显的一点是，她对解构理论大力传播、阐释的同时，在创作方面仍保持自己一贯的审美，深受多恩、艾略特、里尔克、冯至等诗人的影响，她永远不会解构自己的诗歌体系。理论和创作像两个朋友，一个强调睿思，一个侧重神秘的魔力，有时候也会分道扬镳。写作需要诚实，她宣扬了她所相信的，也愈加含蓄地抒写她对世界的关注和对人性的理解，侧重以 20 世纪现代派诗风从事创作，这也许是明智的选择。

　　另一方面，很早以前她在沉思之后，低声说过，"如果我彻底明白了一切，我可能就无路可走了"。这话也体现出老庄思想对她产生过潜移默化的影响。

　　1 月 7 日那天，鲜花和绢花太多了，听说，仪式后那些灿然盛开的花儿要送到一间屋子里用机器粉碎，我回绝，那太可惜了，不要让鲜花受伤，哪怕反复使用也好。老太太爱花是有名的。我又想起日本诗人良宽的诗句：

　　　　花是主人——啊，
　　　　我们听从花言：
　　　　今日开啊，
　　　　喝酒！明日也

开啊，喝酒！

我们需要祭酒。面对 102 岁的老太太，像熟睡一样安稳地要离开人世间的刹那，我们全家真心感谢长久以来给予她关爱和鼓励的友人——胡东成教授、曾勇教授、吉吟东教授、丁晓燕女士、林鸣夫妇、赵体威夫妇……

我母亲在这世界上还留有许多亲人：福州、上海、南京的亲人们，以及居住在海内外"老童家"的亲人们，这两脉亲人（无法一一在这里介绍，敬请谅解），他们或送花圈或亲来道别。告别仪式后，我见到堂叔泪如雨下，我的心都要碎了！

现在结束了。我为了老太太最终的圆满而欣慰，为这世上的"句号"可以如此神妙深感敬畏，一个女诗人、诗歌理论家经历了中国百年历史之回旋的曲折，为此，她曾不屈不挠地奋斗过……也许，当她几经辗转和我父亲在天上重见时，父亲会低声告知她，他曾经让我发出的誓言。

写于 2022 年 2 月 22 日

另：

本文作者特别致谢：感谢刘福春教授撰写了《郑敏文学年表》。感谢蓬勃指挥和歌唱家齐悦在妈妈 101 岁母亲节当天请来两位音乐博士为她演唱《母亲教我的歌》，蓬指说，只要老人家高兴就好！感谢"中国诗歌学会"（黄怒波等同仁）、"柔刚诗歌奖"（黄梵等同仁）等机构对老太太的关怀。感谢女诗人明迪于2022 年 1 月 22 日，为她组织了 20 多种语言的诗人，线上朗读郑敏作品的悼念活动。感谢《翼·女性诗歌》（周瓒、陈思安）。感谢首师大的孙晓娅教授和中国诗歌网（安琪、花语）、北京文艺网（杨佴旻）等诗文机构，在她生前为其录制了视频和音频访谈。感谢清华大学自动化系、高等教育出版社等单位，在我父亲去世后，几乎每年都派同事来探望老太太。

感谢西南联大博物馆的龙美光老师、联大秘书沈颐老师亲临会场以及全体"八叶"后代和杨苡的女儿、作家赵蘅送来花圈。

感恩联大尊师潘际銮老先生（那时他老人家还健在）、父母亲的好友及联大前辈的后裔：冯姚平、冯姚明、关存敏、陈贯、张嘉弘、李晓庆、陈愉、王如骥、王靖、胡康健、周文业、周广业、郭励清女士、朱声绂先生的后代、李继侗先生的后人等等，前来送别或赠送花圈。感谢荷清苑小区居委会、楼长宝老师在妈妈百岁当天来家中给她庆生；还有我的发小何老师，我们一起送老太太这"最后一程"。

2022年5月补记

[作者单位：《中国妇女报》社]

布谷鸟的欢歌在心中久久回荡

——郑敏的英国浪漫主义诗歌情

章　燕

　　我自 1987 年跟随郑敏先生读硕士和博士，先后跟随她汲取了英国文学中大家名作的滋养，也初步领略了当代英美诗歌的艺术魅力，更走进了德里达西方解构主义理论的奇崛天地。然而，在与她的多年接触中，我切身体会到她对英国浪漫主义诗歌的深厚情感和深刻理解。这与她对西方现代主义诗歌的热衷相互勾连，也与她倾心的解构主义理论相互融通，从中可以看出她深得解构式的思维，以将过去与当下、将传统与现代相互贯通的方式对待文学发展长河的文学史观和思维观。因而，华兹华斯那布谷鸟的歌声在她的心中永久回荡。

一、浪漫主义没有消亡，也不会消亡

　　郑敏是著名的"九叶派"诗人。她早年进西南联大哲学系读书，在那里开启了她一生的诗歌之旅。20 世纪 40 年代，西南联大的师生中间流行的是欧美现代主义诗歌之风。在外文系，有深谙英美现代主义诗歌之道的燕卜逊教授亲自授课，又有一大批从欧美返回国内教书的青年教授带来的现代主义文学风潮，联大的学子在自己的诗歌创作中推崇现代主义的写作风格，是顺理成章的事。郑敏在这样的大环境下求学，诗歌创作自然也更多受到欧美现代主义诗风的影响。她尤其对奥地利现代主义诗人里尔克将深邃的哲理、冷峻的观察和含蓄的激情融为一体的诗风非常倾心。可以说，欧美的现代主义诗风是滋养"九叶派"诗人的一个重要元素，而英国浪漫主义诗歌在当时则被认为是过时的或不合时宜的。王佐良在他后来撰写的《英国浪漫主义诗歌史》的《序》中说道："30 年代后期，在昆明西南联大，

一群文学青年醉心于西方现代主义，对于英国浪漫主义诗歌则颇有反感。我们甚至相约不去上一位教授讲司各特的课。"①王佐良的这句话，让人们对于出自联大的"九叶派"诗人多受现代主义诗歌的影响而对浪漫主义诗歌"颇有反感"的情形确认无疑。

然而，浪漫主义诗歌在"九叶派"诗人后来的翻译和研究中却占有很大的分量。他们后来的诗歌创作也未远离浪漫诗风的影响。穆旦的诗被认为受到英国现代主义诗人奥顿的影响很大，但作为诗歌翻译家，他的诗歌翻译成就却主要在浪漫主义诗歌这一领域，包括拜伦、雪莱、济慈、布莱克、普希金的大量诗歌作品。"九叶派"诗人袁可嘉虽然主要研究西方现代派文学，但他也翻译了英国浪漫主义诗人彭斯的诗作。唐湜中晚年的诗作在很大程度上传承了古典的和浪漫的诗风。至于王佐良，他虽不是"九叶派"诗人，却与这些诗人多有交往，而他一生的研究更是涵盖了英国文学的多个领域，其中浪漫主义诗歌是他聚焦的一个重点。

作为"九叶派"诗人中的一员，郑敏在 40 年代的诗歌创作中受到现代主义诗歌的影响，这点不言而喻，而且，这种现代主义诗潮的影响一直延续到改革开放之后郑敏 30 多年的诗歌创作和研究的过程中。在 20 世纪 80 年代初期，郑敏撰写了多篇有关英美意象派诗歌、现代主义诗歌、当代美国诗歌等方面的学术论文，发表在《文艺研究》等学术杂志上，在诗歌界产生了广泛影响。

1987 年，我考取了北京师范大学的研究生，幸运地进入郑敏先生门下攻读英美文学的硕士研究生。那时，我虽然对她并没有深入的了解，但在文学爱好者中间广为流传的《九叶集》还是读过的，而且非常喜欢，知道这些诗人的创作风格与我以前较为熟知的诗人的创作风格不同，他们属于中国的现代派诗人。那时候，我作为刚刚接触西方文学不久的年轻人，对于英国浪漫主义诗歌有着很高的热情，但同时，也对西方的现当代文学和诗歌抱有更大的好奇心和求知欲，因而，刚刚进入郑敏门下读书时，我以为她所讲的可能会更多地侧重英美的现代主义文学和诗歌。但我的这个想法显然有些偏

---

① 王佐良:《英国浪漫主义诗歌史·序》,《王佐良全集·第三卷》,外语教学与研究出版社 2016 年版, 第 3 页。原书《英国浪漫主义诗歌史》为 1991 年初版。

狭了！进入她门下之后，她给我们开的第一门课程是英国文学选读，而她所选的作品主要就来自以下四位大家：文艺复兴时期的高峰莎士比亚、17世纪的玄学派诗人多恩、19世纪的浪漫派大诗人华兹华斯和英美现代派诗歌的旗手艾略特。她将现代主义诗歌的发生和发展放在整个英国文学的历史语境中去看待，从一个漫长的文学传统去观照现代主义文学，这应了她一贯的学术观点，即文学的创新在任何情况下都是带着它的传统往前走的，过去的文学如此，现当代文学也是如此；英美文学如此，中国文学亦如此！而在英美文学的历史长河中，英国浪漫主义文学以其汤汤的河水滋养着文学的大地。读本科时，我上的英国文学史课程以及所读的相关书籍大多以文学史的分期为基础来分析一个个不同的文学流派和文学思潮。这总使我以为每个新的流派和思潮的出现都是对前一个流派和思潮的否定和突破，却很少见到它们之间各种复杂的关联。因此，她的这种注重文学传统，在传统中去探求创新的观点给我留下了非常深刻的印象。

随着课程的推进，她又给我们陆续开设了美国当代诗歌、解构主义导论课程。在我攻读博士的阶段，她主要讲授的是德里达的解构主义理论，也讲海德格尔、尼采……这些课程所讲述的内容似乎远离了文学传统和浪漫主义诗潮，将目光投放在当代英美诗歌和当代西方哲学思潮上。但她对待文学传统的观念却绝非二元对立、非此即彼的。虽然她在和我的交流中也时常会提到，浪漫主义诗人所推崇的崇高的理念在解构主义理论看来是一种虚幻，但实际上，她对浪漫主义诗潮与现代诗歌，甚至后现代诗歌的关联都给予了及时的关注。在浪漫主义诗人对机械理性和城市文明的忧虑、浪漫主义诗人的想象力和心理关切对后现代主义诗歌的启迪、浪漫主义诗歌中的物我关系与现代主义诗歌非个人化的关联等问题上，她的认识相对于当时学界的看法是极为敏锐的，甚至是超前的。结合她在80、90年代撰写的相关论文，回顾她给我们授课时所讲授的内容和观点，以及她和我交流时透出的思想，我深深感到，她对浪漫主义诗歌的情怀从未消泯，相反，随着她对后现代哲学思想认识的深化，她对浪漫主义诗歌的认识也在不断更新。正如她所说："浪漫主义诗歌的

作品和理论虽然在 20 世纪失去它的势头，但它并没有消亡，也不会消亡。"①

二、浪漫主义诗人是"危机诗人"

1993 年，郑敏在《世界文学》上发表了一篇文章，谈王佐良撰写的《英国浪漫主义诗歌史》。其中她借用美国学者莫里斯·迪克斯坦（Morris Dickstein）的观点，提出浪漫主义诗人是"危机诗人"。② 当时我还在和她念博士，读到她的这篇文章，并注意到她的这个提法，颇有感触，甚至感到震撼。在当时人们的概念中，早期英国浪漫主义诗人，比如"湖畔派"诗人华兹华斯等，主要表现了他们对自然的热爱和歌咏，即便是拜伦、雪莱，人们也很少从"危机诗人"的角度予以理解。就浪漫主义诗人关注当时的社会向城市化和工业化转型过程中所遇到的精神危机、人性危机，并积极探求解决这些问题的路径而言，国内学界那时尚较少人涉及。而今天，学界对华兹华斯等浪漫主义诗人的研究开始深入到他们对社会的批判、对失去土地的人们的同情，从伦理视角、共同体理论等去观照他们的思想，这可以说就是从他们的危机意识出发而展开的研究。郑敏在 90 年代初就敏锐地意识到这个问题，可见她对浪漫主义诗人的认识，尤其对华兹华斯的认识是颇为深刻的。

国内学界对华兹华斯的认识经历了相当曲折的过程。晚清和民国时期的学者以及新文化运动的先锋大多推崇拜伦、雪莱等诗人倡导的自由民主思想，以唤醒当时民众的民族自觉，而华兹华斯则被看作隐居自然、安享闲适田园生活的一派。及至 1949 年之后，华兹华斯研究则受到苏联学界研究路向的影响，因他对法国革命后期的血腥暴力感到失望，被归为"消极浪漫主义诗人"。

改革开放之后，华兹华斯研究虽然得到恢复，但对他的重新定位并非一帆风顺，学者们大多肯定他的诗学价值和诗歌地位，但对他在法国革命之后的政治倾向则众说纷纭，将他同时视为浪漫主义

---

① 郑敏：《又听到布谷声——谈王佐良先生的〈英国浪漫主义诗歌史〉》，《世界文学》1993 年第 1 期。

② 郑敏：《又听到布谷声——谈王佐良先生的〈英国浪漫主义诗歌史〉》，《世界文学》1993 年第 1 期。

诗歌运动的主要倡导者和政治上的保守派，这在 80 年代的研究成果中仍然较为普遍。1980 年，王佐良的《英国浪漫主义诗歌的兴起》[①]发表，全面分析了华兹华斯的《抒情歌谣集》及其思想和诗学主张，对扭转华兹华斯"消极浪漫主义诗人"的定位起到开先河的作用。紧接着，《南京大学学报》在 1981 年第 4 期同时刊载了赵瑞蕻和郑敏的华兹华斯研究论文。[②]郑敏的文章从华兹华斯诗歌对现实的关切、他自然的哲学观、他对英国现代诗发展的影响、他诗歌的艺术造诣以及华兹华斯的评价问题这 5 个方面，对华兹华斯进行了全面而综合的再评价。可以说，三位从西南联大走来的老一辈学者的华兹华斯再评价对学界客观而全面地认识这位英国浪漫主义大诗人起到了重要作用，但他们的声音并未迅速扭转学界对华兹华斯的认识。

20 世纪 90 年代，学界对华兹华斯的研究进一步深化，尤其对他的诗学观、自然观和想象力等予以了充分关注，但他对现实的关注和批判仍较少引发人们的讨论。近年来，国内学界有不少学者关注到华兹华斯的现实关切。今天再读郑敏的这篇文章，可以发现她当时对我们今天华兹华斯研究路径的预见。比如，她认为"发生在世纪的转折点的资本主义工业革命给英国下层人民，特别是农民，在生活上带来了很大的震动"。华兹华斯的诗歌则"是 19 世纪工厂林立，农村凋零的英国社会的一个侧面。华兹华斯像一个雕塑家，把这些反映在他的诗里"。他的诗是"卓越的现实主义描绘"。[③]从华兹华斯是自然田园的歌者、隐逸的诗人，到他是消极的浪漫主义诗人，再到他是自我情感的表达者，及至他是对社会现实的观察者、思考者、批判者，学界经过多年才走到这一步，而她在 80 年代初就意识到了。"危机诗人"，这是她对华兹华斯颇具深意的认识。

在郑敏给我们讲授的华兹华斯的课上，我深深体会到她对华兹华斯的挚爱。她对我们讲，作为浪漫主义大诗人，华兹华斯有着对

---

① 王佐良：《英国浪漫主义诗歌的兴起》，《英国文学论文集》，外国文学出版社 1980 年版，第 77—92、103—120 页。同时收入《外国文学研究集刊（第 2 辑）》，中国社会科学出版社 1980 年版，第 48—115 页。

② 赵瑞蕻：《试说华兹华斯名作花鸟诗各一首》，《南京大学学报》1981 年第 4 期。郑敏：《英国浪漫主义大诗人华兹华斯的再评价》，《南京大学学报》1981 年第 4 期。

③ 郑敏：《英国浪漫主义大诗人华兹华斯的再评价》，《南京大学学报》1981 年第 4 期。

自然发自内心的深情，而这种深情蕴含着深刻的哲学和宗教的高度；他书写普通人的现实生活，诗中表现出对普通人生活和命运的关切，但他又尤其推崇想象力的崇高，主张情感的真诚流露，而这种真情的自发流露却是经过他在沉思和回忆中的沉淀蕴藉起来的。那时我们三个研究生一起每周到她家里去上课。她带我们读诗，每篇都读得很仔细。印象比较深刻的有《我们是七个》《露西·格雷》这些早期的带有叙事性的诗篇，写的是乡间的小姑娘的灵动与纯然，还有《廷腾寺》《颂：不朽的信息》这些带有哲学思想的重量级诗篇。她特别喜欢《致布谷鸟》这首诗，和我们多次讲到这首诗。在华兹华斯的诗中，布谷鸟仿佛是一种天外精灵，虽存于世间，却只听到声音，不见其踪影，给心灵带来超然的信息。我们随她那轻盈的话语，跟着华兹华斯笔下那只精灵般的布谷鸟感受大自然的不朽精神。我原本就喜欢华兹华斯的诗作，在她的引领下，华兹华斯的诗和形象在我的心中变得丰满了、立体了，他的深邃哲学、他的自然精神、他的人性关切、他的现实书写、他的情感流露、他的激情想象……这些都成为她带我理解华兹华斯的角度，而这一切都可以归为华兹华斯的"危机"，他所感到的现代化进程中的人性危机、诗歌创作路径的危机、诗歌语言的危机、思维观的危机……

在郑敏英国浪漫主义"危机诗人"的行列中，雪莱无疑也可以纳入其中。在 1993 年发表的《诗歌与科学：世纪末重读雪莱〈诗辩〉的震动与困惑》一文的开篇她就指出，"世纪末重读雪莱《诗辩》既震动又困惑。震动的是雪莱在《诗辩》中对工业革命早期的西方物质文明的实质及其所诱发的社会及意识、心态等方面的问题概括得如此之精确、透彻，以致预言了后工业时代的诸种问题和它对人类的挑战。困惑的是这些问题的核心是贪婪、愚昧、动物欲望与崇高信念间的矛盾，因此，与人性深处有实质性的联系，以致至今没有答案，成为人类文化历史中尚无法解决的问题。"①如果说她在 1981 年对华兹华斯的再评价还带有当时学界急需扭转人们对浪漫主义诗人偏狭认识的需求的话，那么，12 年之后，她重回浪漫派，重读雪莱的《诗

---

① 郑敏：《诗歌与科学：世纪末重读雪莱〈诗辩〉的震动与困惑》，《外国文学评论》1993 年第 1 期。

辩》则是她在当代英美诗歌和西方文论中浸淫多年之后的主动选择。这篇文章与她的《又听到布谷声——谈王佐良先生的〈英国浪漫主义诗歌史〉》一文均发表在 1993 年初，凸显了她在那个时期对浪漫派诗人的进一步理解。她将两位诗人均视为"危机诗人"，且将他们对当时工业文明给人性、心灵带来的危机与当下人类面临的问题联系起来进行考量，看到了浪漫主义诗人及其诗作与当下人类危机的关系，并认为浪漫派诗人所提出的问题时至今日仍未解决，这尤其值得人们深思，也令我认识到浪漫派诗歌精神的当下意义。

1993 年，我正在跟着郑敏先生读博士，更多地接触到德里达的解构主义理论。她在与我的交谈中也会提到，从解构主义理论的角度来看，浪漫主义诗人所抱有的那种崇高理想在今天看来的确是一种虚幻。带着这样的态度去回看浪漫主义，我也时常感到那种理想虽然美好却太过于空灵，不切实际。但她对浪漫主义诗人的理解却使我认识到，虽然他们的崇高理想有虚幻的一面，但他们提出的问题却是发人深省的，他们意识到的问题是自 18 世纪理性时代以来一直困扰着人类的问题。人类在文明进程中体验到的危机感正是起步于浪漫主义时期，它开启了人类文明进入现代主义的阶段。他们敏锐的忧患意识，他们探求解决人性危机的勇气，他们对现实的关切以及对普通人的同情，正是今天的人们所急需的。正如迪克斯坦所说，浪漫主义诗人"是作为危机诗人与我们对话，……他们是人类经历苦难和破碎现实的见证者和可能解救人们苦难的梦想家"。①

郑敏虽接受了德里达的解构主义理论反对以永恒不变的心态去接纳绝对真理的思想，但她从未采取二元对立的方式将浪漫主义的理想看作解构主义思潮的对立面，这或许正是她深得解构式思维的结果。她与王佐良一道，都将浪漫主义看作一个更大的诗歌现象而存在，它所提出的问题一直延续至今。王佐良在反思西南联大的青年学子对浪漫主义的态度时指出，"回想起来，这当中七分是追随文学时尚，三分是无知。……但是浪漫主义是一个更大的诗歌现象，在规模上，在影响上，在今天的余波上。现代主义的若干根子，就

---

① Morris Dickstein. *Keats and His Poetry：A Study in Development*，Chicago：Chicago University Press，1971，p. xii.

43

在浪漫主义之中；浪漫主义所追求的目标到今天也没有全部实现"。①
而郑敏对雪莱《诗辩》重读的分析正是对王佐良先生这一观点的印证。

三、浪漫主义与现代主义及后现代主义的关联

英美现代主义诗歌理论家艾略特在他著名的文论《传统与个人才
能》中说道："诗歌不是放纵感情，而是逃避感情，不是表现个性，
而是逃避个性。"②艾略特所说的诗歌对情感的放纵被人们认为直指浪
漫主义诗歌，而他所要逃避的也正是浪漫主义诗歌对感情的放纵。
或许恰是因为这个原因，王佐良所说的当时西南联大的那批年轻诗
人才"对于英国浪漫主义诗歌则颇有反感。……一写就觉得非写艾略
特和奥顿那路的诗不可，只有他们才有现代敏感和与之相应的现代
手法"。③ 美国文学批评家艾布拉姆斯在他著名的浪漫主义论著《镜与
灯》中将浪漫主义诗歌美学归为"表现论"一派④，他的一个重要依据
就是华兹华斯在 1802 年版的《抒情歌谣集》序言中所提出的"好诗是
强烈情感的自发流露"⑤这一观点。由于上述两位学者的广泛影响力，
人们在认识英国浪漫主义诗人的时候往往认为他们是自我情感的表
达者，是注重主观内心情感的诗人。他们的诗与此前文艺复兴时期
的文学注重对自然的模仿，与新古典主义的文学崇尚规则和理性不
同，浪漫主义诗人是自我的歌唱者、吟咏者。然而，人们却忽略了

---

① 王佐良：《英国浪漫主义诗歌史·序》，《王佐良全集·第三卷》，外语教学与研究
出版社 2016 年版，第 3—4 页。

② T. S. Eliot. "Tradition and the Individual Talent", in *The Norton Anthology of
English Literature*, Vol. 2, ed. by M. H. Abrams, W. W. Norton & Company, 2000, p.
2401. 英文原文为："Poetry is not a turning loose of emotion, but an escape from emotion;
it is not the expression of personality, but an escape from personality. But, of course, only
those who have personality and emotions know what it means to want to escape from these
things."

③ 王佐良：《英国浪漫主义诗歌史·序》，《王佐良全集·第三卷》，外语教学与研究
出版社 2016 年版，第 3 页。

④ 艾布拉姆斯：《镜与灯：浪漫主义文论及批评传统》，郦稚牛、张照进、童庆生
译，北京大学出版社 1989 年版，第 25 页。

⑤ William Wordsworth. "Preface" to *Lyrical Ballads*, in *The Norton Anthology of
English Literature*, Vol. 2, ed. by M. H. Abrams, W. W. Norton & Company, 2000, p.
250. 英文原文为："Poetry is the spontaneous overflow of powerful feelings: it takes its ori-
gin from emotion recollected in tranquility."

这样一个事实，即艾略特在说完上述"诗歌不是放纵感情，不是表现个性"的话之后紧接着就表示："但是，当然，只有拥有个性和情感的人才懂得逃避个性和情感的意义。"①这充分说明艾略特是认识到情感和个性在诗歌创作中的价值的。而华兹华斯虽然明确表示"好诗是强烈情感的自发流露"，但他又强调，这是"源自宁静中回忆起来的情感"。② 可见，华兹华斯在强调情感表达的同时，也并非无视理性思考的作用。而他们的观点却长期被人们忽视了。郑敏在这个问题上却有着高度的敏感和清醒的认识。

郑敏给我们上课，从不是从浪漫主义诗歌或现代主义文学的理论概念出发，而是让我们从文本入手去理解这些诗作。华兹华斯写过抒情诗，也写过不少描写乡间农人或孩子的叙事诗，从这些诗作的阅读中，我们感到了他诗中感情的隐蔽性。他实际上并不是将感情直接宣泄出来，而是在娓娓道来的讲述中隐含他的同情。同时，他情感丰沛的诗作中却总是浸润着他的哲思。艾略特的诗作中虽说较少有情感的直接流露，但他往往将情感通过"客观对应物"进行艺术转化。他不是没有情感、逃避情感，而是逃避直接的情感宣泄罢了。郑敏带我们读他们的诗，从中体味这些诗作本身的多样性和复杂性，而绝不是以一个概念轻易带过。因而，浪漫主义诗歌也好，现代主义诗歌也好，在我的心中都是活生生的，而不是概念化的。从这样的阅读中，我也充分感觉到了浪漫主义诗歌与现代主义诗歌之间的某种关联。80 年代初，郑敏也撰写一系列文章，其中探讨了浪漫主义与现代主义，以至后现代主义诗歌在语言、主客观关系、想象力等方面的联系。

在对华兹华斯再评价的文章中，郑敏专门辟了一个小节来论述华兹华斯对英国现代诗发展的影响。"没有华兹华斯的诗，英国诗怎样过渡到现代诗是很难想象的。华兹华斯的诗和诗的理论在 18、19

---

① T. S. Eliot. "Tradition and the Individual Talent", in *The Norton Anthology of English Literature*, Vol. 2, ed. by M. H. Abrams, W. W. Norton & Company, 2000, p. 2401.

② William Wordsworth. "Preface" to *Lyrical Ballads*, in *The Norton Anthology of English Literature*, Vol. 2, ed. by M. H. Abrams, W. W. Norton & Company, 2000, p. 250.

世纪英诗的发展史上起着承上启下的作用。因此，也是英国诗从 18 世纪不甚兴盛的情况转向 19 世纪浪漫主义高峰，又进入光怪陆离的现代诗的过程中所不可缺少的一个环节。"①此处，郑敏主要从诗风和诗语言的角度来探讨华兹华斯对新古典主义的背离和对现代诗的启迪。如果说华兹华斯的诗背离了 18 世纪新古典主义的语言和文风这一点得到了公认的话，那么，说华兹华斯从诗风到语言都启迪了现代主义诗歌，恐怕很多人并不能完全接受，毕竟，以艾略特的话来看，浪漫主义诗歌对感情的放纵是现代诗歌所不容的。然而，从整个英国文学的发展历程来看，浪漫主义之前的诗歌总体上迎合的是社会上层文化的趣味，诗歌的用词语汇等都是贵族气。华兹华斯所主张的写普通人和他们的生活，用"人们在真实生活中的语言"成为古典诗歌与现代诗歌的一个分水岭。虽然英美现代主义诗歌发生在 20 世纪，但现代诗歌的源头却可追溯到华兹华斯。英国 20 世纪诗人拉金所沿袭的正是从华兹华斯到哈代，再到奥顿诗歌的写现实这条脉络；美国诗人弗罗斯特和北爱尔兰诗人希尼注重描绘现代乡村，也可以说是受到了华兹华斯的很大影响。而就现代诗歌的语言来说，华兹华斯倡导的以普通人的语言入诗的主张更是推进了现代诗语言的变革："如果没有华兹华斯的努力，英诗的词汇将长期被禁锢在新古典主义特别喜爱和擅长的'委婉词汇'（euphemism）里。"②可以说，华兹华斯的诗语言观不仅开启了英诗语言的现代化，而且对我们五四新文化运动中的白话文运动起到过一定的推进作用。

　　1981 年，郑敏除发表了《英国浪漫主义大诗人华兹华斯的再评价》一文外，同一年还在《诗探索》上发表了《英美诗创作中的物我关系》。在文中她关注到浪漫主义诗歌中的主客观关系问题。她认为"抒情诗中渥兹渥斯与济慈在物我这个问题上创造性最大，从某种意义上讲，开了现代之风"，并说"渥兹渥斯在《我飘荡如白云》和《布谷鸟》中以客观的、记录的口吻报道诗人……的感受，借以写出人与环境、人的心灵活动与自然间的亲密关系"，而《希腊古瓮颂》则"是写

　　①　郑敏：《英国浪漫主义大诗人华兹华斯的再评价》，《南京大学学报》1981 年第 4 期。
　　②　郑敏：《英国浪漫主义大诗人华兹华斯的再评价》，《南京大学学报》1981 年第 4 期。

物有我，在客观中体现主观的咏物诗中的上品"。[①] 在她看来，浪漫主义诗歌虽然强调我的主观情感，但任何好诗都不可能完全以我为中心，都是物我的合一，只是侧重点不一样而已。浪漫派的诗是将物纳入到我中，现代派是将我融进物中，物都是经过了我的转化的物，而浪漫派的我实现了将物转化为我的过程。她对浪漫主义诗歌的这一看法在 80 年代初颇为独特，也更为全面，对艾伯拉姆斯的"表现论"作了补充。正如迪克斯坦所说："浪漫主义诗人的主体性不应该被局限在自我表达之中，不能被简化为艾略特所说的'放纵情感'或'个性表达'。浪漫主义诗人也不应该被合理地认为是与客观性和知识相对立的。这样的认识就是陷入了那种惯常的二元的思维观或者自我疏离（self-alienation）的观念中，而这正是浪漫主义者试图要克服的。"[②]随着国内学界对浪漫主义诗歌研究的深入，济慈的"客体感受力""诗人无自我个性"等观点开始引起人们的注意，他与艾略特"非个人化"诗学的传承关系也得到了广泛关注。应该说，她从浪漫主义诗歌传统与现代诗的相互关联中看待物我关系问题，这对后来国内学界在济慈和艾略特于非个人化诗学问题上的传承关系方面的研究是有所预见的。在她看来，浪漫派诗歌对现代诗存在某种"启下"的作用。

再进一步说，这种"启下"作用在郑敏看来不仅体现在浪漫派诗歌与现代诗的关系方面，甚至延展到浪漫主义的想象力与后现代思维的关联。后现代思维受到解构主义欲打破静止恒常、一元中心、二元对立认识观的影响，寻求常变而充满生命力的"踪迹"。在她那里，这与浪漫主义推崇的无限活跃的想象力之间存在某种联系。"打破静止的两极对立的思维方式，而在不停的运动中不断更新，看出万物的文本间的关系，任'踪迹'自由来去地进行创造。这岂不是和浪漫主义的'想象力'有着血缘吗？"[③]虽然解构思维否定了柏拉图式的

---

① 郑敏：《英美诗创作中的物我关系》，《诗探索》1981 年第 3 辑。"渥兹渥斯"即华兹华斯。

② Morris Dickstein. *Keats and His Poetry: A Study in Development*, Chicago: Chicago University Press, 1971, p. xi.

③ 郑敏：《诗歌与科学：世纪末重读雪莱〈诗辩〉的震动与困惑》，《外国文学评论》1993 年第 1 期。

本源和理想，但诗人的本心和诗的功能却如解构的"踪迹"一般充满了能动的力量和开拓性的创造精神，"它和雪莱所谓的诗的功能的非知性有相似之处。"①

20 世纪 80 年代末 90 年代初我开始跟随郑敏先生读德里达的解构主义理论。那时候，因解构主义理论晦涩艰深，在人们的眼中仿佛天书一般难解。而我在她的引领下边读这些难啃的资料，边与她一起讨论，那些难解艰涩的文字仿佛在她活跃的思维中跳荡起来，冥冥中成为活的因子，将传统与当下、现实与幻象、西方与东方联结起来。此时，思想并非沿着理性的逻辑行进，而是凭着悟性延展，这或许就是解构的踪迹所带动的生命力与想象力催生的灵动相互契合产生的结果吧。

郑敏早年入西南联合大学读哲学，诗歌创作受到现代主义诗人里尔克的影响，后又到美国布朗大学求学，念英国文学……在她人生的后几十年中，她又潜心研究现代主义诗歌美学和当代解构主义理论，然而，她从未远离曾经滋养过她的浪漫主义诗歌。她说，在她的一生中对她影响最大的有三位诗人：多恩、华兹华斯和里尔克。就英国浪漫主义诗歌而言，她曾沉浸于它博大的思想洪流之中感受那强劲的冲击力、深沉的哲理、现实的关怀、想象的飞腾……在探寻后现代思潮的过程中，她更坚持了一种多元、辩证的文学史观，将每一次革新都看作在文化历史长河中的一次过去与当下的对话。而在这样的对话中，她追寻的总是那充满灵动的生命气息的所在，仿佛那飘荡在空中的布谷鸟的歌声：

> 虽然我看不见你，歌唱的布谷，
> 你仍然是我的希望、梦想和爱慕！

2022 年 6 月 29 日

［作者单位：北京师范大学外文学院］

---

① 郑敏：《诗歌与科学：世纪末重读雪莱〈诗辩〉的震动与困惑》，《外国文学评论》1993 年第 1 期。

古典与后现代的融汇
——试析郑敏的后期创作

彭　杰　孙晓娅

在新诗史叙述中，新诗在借鉴古典诗歌资源的同时如何维系自身的美学特质，从新诗发生之初就存在着多种向度的思考与探索。20 世纪 80 年代以来，在对西方文化的大规模译介，以及"非非诗派"否定一切文化传统的背景下，新诗写作汲取古典诗歌传统的必要性愈发凸显。强调新诗与传统的勾连，并非要让新诗沦为传统的载体，而是尝试以古典诗歌积累的实践经验去扩张新诗的表现限度，继而更为准确地呈现当代人的生存境遇。本文以《诗人与死》等郑敏后期诗作作为切入点，探究郑敏因何种历史境遇与认识体系，执着于自我诗学的转型，以及在这一过程中，她如何将后现代主义理论化作"传统的现代化运用"的凭据，这一诗学探索又能为当下诗学维度的拓展提供怎样的思路。希望能对中国当代诗学建设有所启发。

一、生成场域与"应变"的书写

1990 年 1 月 20 日，"九叶诗人"之一的唐祈在兰州去世，当天上午他还在照常上课。此前两个月，另一片"叶子"陈敬容则因肺炎于北京去世。短短两月间，"九叶诗人"去世两位，唐湜在悼文中感慨地说，"再去了早年逝世的穆旦，就只剩下我们六个了。"[1]唐祈生前在"九叶派"诗人中，始终是对新诗的未来葆有最多期待的那个人。郑敏提及唐祈尽管"在新诗上的影响是非常大的"，却因故迟迟未能成为教授[2]。纵然在特殊年代里遭遇了种种不公的境遇，唐祈依然是一个"充满激情的理想主义者，言语间总仿佛真就要进入一个诗歌的

---

① 唐湜：《忆唐祈——悼念他猝然的死》，《诗刊》1990 年第 4 期。
② 徐丽松：《读郑敏的组诗〈诗人与死〉》，《诗探索》1996 年第 3 辑。

繁荣历史时期"①。唐祈的溘然长逝，宣告着"九叶诗人"中"蓬勃的心情"正走向寂灭。唐祈的逝世叠加自身的遭遇，唤醒的不只是郑敏单一的悼亡思绪："我这首诗写的时候意图是讲诗人的命运，在我们特有的情况下我们诗人的命运，也可以说是整个知识分子的命运。"②这段话揭示了《诗人与死》不仅仅是一首简单的悼亡诗。经由对唐祈的悼念，郑敏将感触深入到当下生活场景的内部纹理，使得这首诗在与"此时此地"的对话中，打破了文本封闭的审美空间。

此外，郑敏很早就试图从"死亡"题材里挖掘出更多样的创作维度。20 世纪 40 年代，郑敏已创作出包括《墓园》《时代与死》《死难者》等相当数量以"死"为主题的诗歌，她自述"死对于我来说本身就是一个重要的主题"。③ 需要指出，郑敏本科就读于西南联大哲学系，学哲学出身使得郑敏往往能让写作以对话、推衍、抽象等方式充分展现现实的纵深。郑敏自陈哲学对自己的重塑作用："冯先生（笔者注，即冯友兰）的'人生哲学'与'中国哲学史'课却像一种什么放射性物质，一旦进入我的心灵，却无时不在放出射线，影响着我的思维和感性结构。"④也因此，郑敏早期诗作并不沉陷于惯性认知中死亡覆盖与摧毁的效力，而是以逻辑推衍的方式切近死亡的本质。她将死亡处理为"生"认识自身的渠道，"生"唯有通过对死亡重负的承担，在死亡时刻迫近之时，才能够辨认出自身的存在。在逻辑的演变与缠绕中，"生"和"死"不再作为对立的两面，而是沟通起生命的两端，"你不会更深的领悟到生的完全/若不是当它最终化成静寂的死。"（《墓园》）

到《诗人与死》的创作阶段，郑敏又将"死"这一哲学命题发挥到了新的高度。早期郑敏的死亡观是一种静止的死亡观，在固定的观看装置中试图再现死亡与生命的逻辑对话，却悬置了抵达死亡所必经的肉体衰败与情感纠葛。《诗人与死》中，郑敏将"死亡"观念进行拆解，让"死亡"这一概念挣脱人的观念的制约，回归到世界不透明

---

① 郑敏：《郑敏诗集》，人民文学出版社 2000 年版，第 11 页。
② 徐丽松：《读郑敏的组诗〈诗人与死〉》，《诗探索》1996 年第 3 辑。
③ 徐丽松：《读郑敏的组诗〈诗人与死〉》，《诗探索》1996 年第 3 辑。
④ 郑敏：《忆冯友兰先生的"人生哲学"课》，郑家栋、陈鹏选编：《追忆冯友兰》，社会科学文献出版社 2002 年版，第 69 页。

的内部。"死亡"不可捉摸的晦暗性、流动性重塑了诗人的声音。因而，在内在思绪上，郑敏从早期的形而上的逻辑推衍，转变为后期"向死而生"的死亡观；对外的言说则从单纯地展现心迹，到呈现知识分子的整体命运。本文接下来从这两个向度来阐释《诗人与死》中郑敏转型的轨迹。

其一，死亡是晦暗不明、难以捉摸的。郑敏早期以"死亡"为题材的诗歌，就是将死亡的晦暗、沉寂与难以捉摸，塑形为肃穆、静谧的造型艺术，从而转化成无限趋近可能的言说。然而《诗人与死》的第一首就以喷薄的质问展开，将早期诗歌中"死亡"的塑形艺术"砸碎"：

是谁，是谁
是谁的有力的手指
折断这冬日的水仙
让白色的汁液溢出

翠绿的，葱白的茎条？
是谁，是谁
是谁的有力的拳头
把这典雅的古瓶砸碎

让生命的汁液
喷出他的胸膛
水仙枯萎

新娘幻灭
是那创造生命的手掌
又将没有唱完的歌索回。

除却对死亡溯源的疑虑，郑敏亢奋的语调中还汹涌着无奈与不安。"有力的手指"与"有力的拳头"，存在于作为生命场域的"古瓶"之外，它们的突然介入击碎了生命，不仅彰显着生命的易折，也营

造出死亡降临的氛围。此外，郑敏早期诗歌拥有近似古瓶的澄净气质，这首诗开篇亢奋的语调，也正是"砸碎"了她早期诗歌的言说口吻，让语言同让人不得不为之愤怒的现实之间相互渗透。郑敏自述从济慈《希腊的古瓶》①摘取出一个典故：古瓶上新婚的人永远在走近并因此感受到幸福，因这两个人永远没有真正结合在一起，他们两个人正走向最大的幸福，也因在这古瓶上无法抵达尽头，所以恰恰能维持那个高峰。但死亡终将切实地抵达终点，新婚者此时遭受的，并非自我的重构与存在姿态的转变，而是其中一方的新娘彻底"幻灭"。郑敏在诗的结尾展示出死亡的源头，它就是"创造生命的手掌"。不难发现，"创造生命的手掌"所呈现的诗学脉络，恰与郑敏早年的死亡观契合，"你不会更深的领悟到生的完全/若不是当它最终化成静寂的死。"（《墓园》）在郑敏看来，生与死从混沌中凸显，最终又必须撤回这片难以捉摸的领地。

　　第七首诗则从死亡不可估量的纵深中，打捞出另一种阐释的可能性："只剩下右手轻抚左手/一切都突然消失、死寂/生命的退潮不听你的挽留"。"右手轻抚左手"原是里尔克的诗句，现在却潜入郑敏的意识深处，作为"踪迹"为郑敏的"死亡"言说注入新的活力。这首诗中，"死亡"将精神意识隔绝在孤寂的场所，而肉身还在现实中继续存在。"死亡"在这首诗中不再作为沟通生死的中介，而成为肉身和精神分割的"剪刀"。郑敏将肉身与精神作为死亡时刻对立的两点来处理，从而拒绝前一首诗中确认的死亡观。这种开放、多元的书写视角，说明郑敏真正以"差异"为基础，认识到世界是"多元、歧义、常变和运动"的。郑敏将现实情境引入诗歌后，"死亡"也在现实情境与艺术空间的对比中成为新的认知准则。第十四首诗中，"死"固然意味着唐祈无可挽回地远离人间，只是"人间原来只是一条鸡肠/绕绕曲曲臭臭烘烘/塞满泥沙和掠来的不消化"，是不值得留恋的。借助与"人间"的对比，"死亡"被转化为自我净化的过程："只有在你被完全逐出鸡厂/来到洗净污染的遗忘湖/才能走近天体的耀眼

----

① 郑敏的诗歌座谈会上（具体见《读郑敏的组诗〈诗人与死〉》一文），郑敏称这首诗为《希腊的古瓶》；在郑敏《英美诗创作中的物我关系》一文中，郑敏又称这首诗为《希腊古瓶赋》。经核查，这两个译名均不存在，现在较为通行的译名为穆旦翻译的《希腊古瓮颂》。这种情况的出现应是郑敏记忆出现了偏差。

光华"。在对 20 世纪 80 年代知识分子的整体生存态势做出判断后，郑敏认为正因为现实生活的衬托，"死亡"与"悼念"才有了"耀眼光华"的意义。第十九首诗中，郑敏强化了这种"死亡"认知："诗人，你的最后沉寂/像无声的极光/比我们更自由地嬉戏。"在她看来，主体在世界之中，深陷于源自肉身与他者的苦难。对比之下，死亡无论朝向何种可能性，都意味着死者比生者"更自由"。郑敏看似是向死亡敞开自我，却通过死亡与现实的差异性，将批判的重心放置在了现实，通过重"死"的概念来激发"生"的抗争。

上述诗歌中，郑敏在理解死亡的不同方式间辗转，也常能跳出通识的维度去重审死亡。死亡时而是一种彻底的孤寂，意味着精神与身体感知的隔绝；时而又凸显出肉身与精神的联动，使得彼此或经由死亡而连接与辨认，或肉身与精神共同被死亡捕获。纵观全诗，"踪迹活动呈现出绝对的差异状态。它冲击并改变了原有的语言，为原有的语言带来新的力量与活力……它促使语言成为一种不断运动的、变化的、活的语言。"[1]郑敏并不讳于人的必死性与死亡的不可抵抗，却通过诗作中多种死亡观的交织、对话，将死亡呈现为无限的可能性。"一种本真的决断状态并不是让此在完全从在世界中存在那种被抛性中脱离出来，而是真正找到自己必须以本真的方式从属于其中的'处境'"[2]，郑敏呈现给读者的，恰是海德格尔所强调的"向死而生"。

其二，布莱希特认为，"挽歌以其声音，或更为平静的词语成为一种解放，因为它意味着，受难者已经开始生产某种东西……他已经从彻底的毁灭中产生某种东西，而观察已经介入。"[3]《诗人与死》虽因唐祈的经历而催生，但郑敏并不执着于悼亡唐祈，而是对具体事件做出"滑动"的处理。郑敏通过将事件处理为一系列隐喻，让文本不仅根植于唐祈的个体遭遇，也因事件的形变，将所指漫延至知识

---

[1] 章燕：《诗语言与无意识——浅论德里达的心灵书写语言观与无意识理论同诗语言的关系》，《诗探索》2000 年第 1—2 辑。

[2] 陈治国：《形而上学的远与近——海德格尔与形而上学之解构》，山东大学博士学位论文，2011 年。

[3] 转引自[英]特里·伊格尔顿：《如何读诗》，陈太胜译，北京大学出版社 2016 年版，第 101 页。

分子群体数十年来的境遇，试看这第四首诗：

> 那双疑虑的眼睛
> 看着云团后面的夕阳
> 满怀着幻想和天真
> 不情愿地被死亡蒙上
>
> 那双疑虑的眼睛
> 总不愿承认黑暗
> 即使曾穿过死亡的黑影
> 把怀中难友的尸体陪伴
>
> 不知为什么总不肯
> 从云端走下
> 承认生活的残酷
>
> 不知为什么总不肯
> 承认幻想的虚假
> 生活的无法宽恕

第三首诗末尾，郑敏这样描述唐祈的遭遇，"你的笔没有写完苦涩的字/伴随你的是沙漠的狂飙/黄沙淹没了早春的门窗"。第四首诗开头即是对第三首诗末尾的进一步阐述，从沉闷的悼亡衍生出疑虑，进而是无奈与感慨。"疑虑的眼睛"或许正是唐祈经历种种人世变迁后，仍葆有注视世界的尝试和努力。唐祈总认为一个诗歌的繁荣时代即将到来，并亲身为包括北岛、杨炼、顾城等人在内的诗人群体举办了多次诗歌活动。唐祈的逝世，使郑敏加固了自身对所处时代的认识与疑虑。她定义"疑虑的眼睛"，并非象征知识分子的理想主义，也不是一种向生活抗争的勇气，仅是"幻想和天真"的体现。

第五首诗中，郑敏从另一维度重新切近了哀悼。她期待唐祈在"一阵暴雨和雷鸣"，"世人都惊呼哭泣时"，仍能用英雄的姿态抵抗风暴，从而赋予死亡以一种超越性。郑敏的不满与哂笑蓄力到极致时，隐隐透露出对旁观现实的知识分子群体的不满："冬树的黑网在雨雪中/迷惘、冷漠、沉静/对春天信仰，虔诚而盲目。"古典诗歌的凝练意象搭建的场景中，兼存着后现代主义的解构。冬树寂静的造型艺术，指涉惯性认知内的坚韧与抵抗，但郑敏却将其进行拆解，重新阐释了这一现象。在她看来，如同知识分子过往的尝试一般，树枝在视觉中搭建的"黑网"试图拦截"雨雪"，显然缺乏效力。"迷惘、冷漠"的态度，也搁置了对"雨雪"源头的追溯。如同第六首诗中象征着手的"双翼"，始终"垂下"并"等待着"，用幻想来"催眠"自我。

第十六首诗中，郑敏再次延伸了批判与审视的触角，尝试通过批判、劝诫、自省等方式，以语言来平衡和修正现实。"我闭上眼睛，假装不知道谁在主宰/拖延，是所有这儿的大脑的策略"，郑敏所说的"拖延"，是指唐祈逝世之后，其讣告发表与遗体火化事宜因故迟迟未能落实。但郑敏并不以旁观者的身份进行评判，而是通过自省的方式，将囊括自身在内的所有知识分子都纳为解构的对象。郑敏的诗作指出，唐祈的境遇关联到"所有这儿的大脑"或天真而盲目，或一心谋利的心态。诗末"只有沉默的送葬者洒上乌云般的困恼"，也再次强调了自我行动力仍然在被搁置，依旧"沉默"，尚未将愤懑分化为改造现实的能量。参照郑敏的写作，我们有可能在面对自我的内在世界与当下现实时做出调整，不再沉湎于对虚构风景的观看，而是以象征着行动力的"手"，介入对现实的改造。如谢默斯·希尼所言，"诗歌首先作为一种纠正方式的力量——作为宣示和纠正不公正的媒介——正不断受到感召。"[①]

这些悼亡诗中，郑敏遵循唐祈的经历来延展诗行，从愤怒、悲痛、无奈等情绪的泥泞中很快挣脱。她用多弦的思维方式，将囊括自身在内的知识分子，以及知识分子的敌视者们进行了层层解剖，在保持着现实敏锐度的同时，巧妙结合个人生命体验，再现诗人进行伦理选择及确立伦理身份的过程。如曾立平所总结的，"郑敏不仅善于用一种宏大的历史叙事来体验死亡，将个体生命的死亡与国家、

---

① ［爱尔兰］谢默斯·希尼：《诗歌的纠正》，见［美］布罗茨基等著：《见证与愉悦》，黄灿然译，百花文艺出版社1999年版，第281页。

民族的命运紧密地连在一起，她还善于将死亡与历史文化联系起来思考，赋予死亡一种人文主义的终极关怀，使死亡获得一种形而上的哲学意义。"①郑敏本身也拥有着包括生活的记录者、建设未来者与诗人在内的多重身份，使得诗作不局限于对唐祈个人的悼亡，而是转向对知识分子病态心理的治疗。

二、面向"传统"的后现代"无意识"诗学观

郑敏的任何一首作品都不是孤立存在的，它们作为郑敏在不同写作向度上的尝试，又都与郑敏共时性的言说结构相勾连。剖析《诗人与死》的诗学特征，并尝试进入郑敏的其他作品，或许有助于更清晰、完整地认识郑敏的整体诗学构建。

首先，郑敏诗作的转变，除却缘于个人生命体验的积累与深化，更多来自郑敏 20 世纪 70 年代末以来认识观的重塑。写作《寻觅集》时，郑敏发现"我那时的感情是非常充沛的，可我的诗歌还没找到自己的语言"②，多半还是受了旧有思维模式的影响。陈思和将这种思维模式溯源至中华人民共和国成立前战争时代的特殊机制，"战争文化心理养成了二分法的思维习惯，这种思维习惯又造成了这个时期文学创作的各种雷同化模式。"③郑敏意欲挣脱旧有思维逻辑的桎梏，重新建构自身的认识体系，又长期缺乏契合她期待视野的理论系统。

直至 1985 年郑敏前往美国访学，才终于得以更新自我的认识装置与诗学体系。"美国当代诗的变异使我于 1986 年后很自然地从后现代主义诗学走向后现代的理论核心：解构主义。在那里我找到了自己当前诗歌写作的诗歌语言，结束了 40 年代的具有古典后现代主义色彩的里尔克式的诗歌语言。"④与美国诗人罗伯特·勃莱、约翰·阿什贝利⑤等人的相遇，使得郑敏得以沿着他们的"踪迹"进一步追

① 曾立平：《牵手死亡——郑敏诗歌死亡意象解析》，《湖南文理学院学报（社会科学版）》2005 年第 1 期。

② 徐丽松：《读郑敏的组诗〈诗人与死〉》，《诗探索》1996 年第 3 辑。

③ 陈思和：《中国当代文学关键词十讲》，复旦大学出版社 2002 年版，第 23 页。

④ 郑敏：《郑敏诗集》，人民文学出版社 2000 年版，第 14 页。

⑤ 需要指出，罗伯特·勃莱、约翰·阿什贝利的文本不能被简单归纳进后现代主义文学的范畴，郑敏可能出于认识的限度与迫切的审美期待，对这些文本存在着微妙的"误读"，在此不做展开。

溯，河流般倒回他们的写作源头之一——德里达的解构主义。在郑敏看来，解构主义构建起"开放的、变化中的宇宙观、人生观、历史观……走出了二元对抗的斗争定式，从对抗走向对话"。[①] 因而完全符合郑敏期待视野中宇宙观和历史观的发展。对以德里达为代表的解构主义理论进行更加深入的阅读后，郑敏也逐渐深挖出自己早年写作中的缺陷："我在 40 年代都是按一种非常逻辑的上意识写作，艾略特也都是在理性、逻辑那个层次的，没有进入无意识的混乱层次。"[②]向解构主义的漫溯，不仅是为了与旧有的政治思维划清界限，也关乎郑敏认为的诗歌源泉——创造力。郑敏指出："所有的创造性，都在下意识里。上意识都是别人说过的话，别人定的条条杠杠，有很多也是对的，但是就没有你个人的东西，你个人的东西是在下意识里。"[③]在后现代无意识写作的理论视野下，郑敏尝试以更加多元、开放和碎片化的视角去观看"死"。《诗人与死》的写作实践中，掺杂着无意识的流动，"我开始写《诗人与死》，几乎每天很规律地写成两首，很少修改。在写完 19 首后，满心想将组诗停在 20 首上，但却无论如何也没有出现那第 20 首，这组诗就这样莫名其妙地来了又去了。"[④]快速书写与较少删改，意味着郑敏受到上意识干扰的程度较浅，解构的语言活动生成于无意识心灵的自然裸露。"视觉形象与无意识心理活动的联系跨越了抽象思维的过程，跨越了逻辑的推理，与心灵直接相通。"[⑤]从而使得《诗人与死》这首诗，在文本实践过程中贴近了德里达所定义的"心灵书写"。

其次，德里达的"踪迹"理论认为，诗人所身处的民族、文化、历史，无一不影响着诗人的精神立场、个性气质与精神向度，并潜藏于个体无意识中。此外，语言本身即是一个互文本与潜文本的集合场地，诗人在阅读文本时，其表述也会受到这些文本内部"踪迹"的影响与催化。郑敏幼年接受过古典诗词的系统教育，中学时期即

---

① 郑敏：《对 21 世纪中华文化建设的期待》，《文艺研究》1999 年第 3 期。
② 徐丽松：《读郑敏的组诗〈诗人与死〉》，《诗探索》1996 年第 3 辑。
③ 徐丽松：《读郑敏的组诗〈诗人与死〉》，《诗探索》1996 年第 3 辑。
④ 郑敏：《郑敏诗集》，人民文学出版社 2000 年版，第 11 页。
⑤ 章燕：《诗语言与无意识——浅论德里达的心灵书写语言观与无意识理论同诗语言的关系》，《诗探索》2000 年第 1 辑。

偏爱废名、戴望舒等人的诗作①，而废名又恰恰是"晚唐诗"最热衷的提倡者。西南联大时期，郑敏在冯至引导下，跨进现代主义的写作范畴。尽管在 40 年代，"晚唐诗"尚未直接落地为郑敏的写作资源，但与"晚唐诗"倡导者们的来往，以及作为古典诗歌读者对特定审美感官的调用和训练，仍使得古典诗歌在郑敏的潜意识内留下"踪迹"。至 20 世纪 90 年代，郑敏"猛然回首"时，"懊恼一生都在汉文化传统的自我否定的批判中度过"②，也因此致力于从多个维度论证与实践新诗写作中古典文化的效用。在写《诗人与死》的过程中，"我充分体会到了格律诗对写诗者的启发和诱导。形式的不自由往往迫使诗人越过普通的思路，进入一个更幽深隐蔽的记忆的深谷，来寻找所需要的内容，这样就打断了单弦的逻辑推理式的思维，而在无意识的海底挖掘出久被自己遗忘了的一些感受和感情积淀。"③在郑敏看来，发掘无意识中古典文化的"踪迹"，有助于思维真正走出单弦运转的困局，解放写作者被上意识束缚的视野。

郑敏的吁求同样有着很强的现实针对性。在她看来，以"非非主义"诗人群为代表的"第三代诗人"，"无法对中西文化传统有系统的认识和鉴赏，离文化传统愈远他们的诗作自然也就愈单薄、单调，成为时尚中的墙头草，并无自己的根基"。同时，他们"一旦有机会进行较自由的创作，就以平地起高楼的心态想各立山头，自命为时代的最前沿的先锋诗人，殊不知无传统的创新是不存在的。"④郑敏承认，"非非"们确实引进了极为先进的带有"解构主义色彩"的语言观⑤，但却未能进入解构主义"开放、变化"的历史观。"非非主义"诗学的限度在于"否定崇尚传统"，"否定理性中心论，反文化至上"，

———————

① 刘燕辑录：《郑敏年表》，《郑敏文集：文论卷（下）》，北京师范大学出版社 2012 年版，第 931 页。

② 郑敏：《前言》，《郑敏文集：文论卷（中）》，北京师范大学出版社 2012 年版，第 314 页。

③ 郑敏：《郑敏诗集》，人民文学出版社 2000 年版，第 11 页。

④ 郑敏：《读蓉子诗所想到的》，（香港）《诗双月刊》1997 年第 2 期。

⑤ 郑敏：《回顾中国现代主义新诗的发展，并谈当前先锋派新诗创作》，《郑敏文集：文论卷（中）》，北京师范大学出版社 2012 年版，第 416 页。

只"写我"①，不能正视传统对写作创新的基石作用，由此导致 20 世纪 80 年代诗歌缺乏基本的评判尺度与面向现实的可能。当"非非主义"关注到了传统的压抑性质并采取较为激进的行动时，郑敏更强调开放传统诗学的文化结构，将传统诗学作为诗人诗学储备的一部分。在她看来，传统始终是一个国家与民族辨认自身时所必要的精神领域，缺失对传统的尊重，难免沦落为"文化漂浮者"②。正是在对当下书写生态进行全面关注，发现其中浮现的隐患后，郑敏反复强调传统文化对作品创新与民族自由的必要作用。

再者，郑敏对以白话文为载体的新诗写作始终抱有疑虑。在她看来，五四时期方才确认自身合法性地位的白话文与简体字，其内在蕴意的空间，较之于古典汉语更为逼仄，"要成为文学语言，或在日常生活中起着传达丰富信息作用的语言，都有待于使用者双方对语言有着深刻的钻研。"③她假想了这样一种新诗发展路径："潜心研究古典诗歌的魅力所在，就有可能更快地提高白话诗的艺术。"④以郑敏 1995 年创作的《孙闻森在美半岁，寄诗》为例："从千仞的峭壁上俯身注视大洋/在幽深的山谷里和浓雾同默想/可听见高峰中这儿白杨的呼唤/你原也属于月色中这一片荷塘。"不难看出，除外在整饬的形式与格律外，这首白话新诗的内核，也已然被替换成了古典诗歌的抒情特质。郑敏将"你"与"我"置身于尚未被祛魅的前现代世界观中，才会生发出"和浓雾同默想""属于月色中这一片荷塘"等诗句。前两句以物起兴，后两句则寄托对友人的怀念，同样是古典诗词中常见的写作手法。

因此，郑敏正是试图以后现代"踪迹"理论作为诗学资源，在《诗人与死》文本中围绕着"诗人"与"死"的联动展开，不断探索新的写作可能性。她通过将"古瓶""伊卡瑞斯""奥菲亚斯"等外来资源作为"踪迹"引入文本，使得受惯性认知驱动的"死亡"题材书写范式被撼动。诗作起初直接指涉对唐祈的悼念，但很快就铺展至对知识分子们过往遭遇的愤怒与省思。组诗中部分诗歌（例如第七、第八、第九、第

---

① 郑敏：《回顾中国现代主义新诗的发展，并谈当前先锋派新诗创作》，《郑敏文集：文论卷（中）》，北京师范大学出版社 2012 年版，第 416—417 页。

② 郑敏：《诗歌与文化——诗歌·文化·语言（上）》，《诗探索》1995 年第 1 辑。

③ 郑敏：《世纪末的回顾：汉语语言变革与中国新诗创作》，《文学评论》1993 年第 3 期。

④ 郑敏：《世纪末的回顾：汉语语言变革与中国新诗创作》，《文学评论》1993 年第 3 期。

十四首诗呈现的死亡观，就存在相互冲击与交错的现象）本身也处在"悬置"的状态——后一首诗或承接前一首诗的疑问，或将前一首诗描述的场景细化，使得彼此从固定的阐释轨道上抽离，一首诗在另一首诗中作为"踪迹"，最终两首诗的阐释空间都得到了扩展。郑敏在《诗人与死》中，有意识地用典以延伸文本的内涵，引入古典诗歌的押韵、意象与场景营造的手段，激活传统资源在当下诗歌书写的活力，赋予文本以流动的、开放的阐释空间，同时也沟通起深远的民族传统。

最后，这并不意味着郑敏将自身从里尔克的诗学传统阴影下，彻底移交到德里达的无意识写作与古典文化资源的调用，而是多种写作传统的并置及融会。郑敏自述："我写这组诗的时候，总的来讲受里尔克的影响很深……关于死当然是里尔克的一个很重要的题目，他那首奥菲亚斯十四行诗，本身就是关于一个小女孩的死。"[1]郑敏在强调"无意识写作"的同时，并不将"无意识"凝固为单一的准则，使得"无意识"成为丧失自身内涵的空洞符号。她真正注意到了德里达后现代思想中的开放性、对话性，德里达的思想在她的诗歌中始终鲜活地运转。《心象》这首诗中，郑敏即为我们呈现了这种全新视野下阐释的可能：

> 但，听，风的声音
> 不停的信息
> 在沉寂中形成
> 它来自夭折的年轻人
> 涌向你……

有趣的是，这几行诗实质上引用自里尔克的《杜伊诺哀歌》。郑敏早年在冯至的影响下，将里尔克视为自己最重要的外来书写资源，这首诗却在解构里尔克，将里尔克从既往的阐释轨道上抽离。请看里尔克的原句：

---

① 徐丽松：《读郑敏的组诗〈诗人与死〉》，《诗探索》1996 年第 3 辑。

但，听，风的声音

不停的信息在沉寂中形成

它来自夭折的年轻人，涌向你

结合原文后两行来阐释里尔克的这首诗，"无论何时你走进罗马和那不勒斯的教堂，/他们的命运不总是安静地向你申诉吗?"死者逝去后，他们仍在以自身存在的痕迹同我们进行单向度交谈。诗句诚言般的口吻下，闪烁着对近乎恐怖的宗教强制性传统微渺的畏惧与渴盼。郑敏则将这几行诗进行形式层面的处理后，置入自己的诗中。通过文本的择取和整体语境的压迫，以及将原诗的节奏打乱，代以尖利、迟疑的语调，对这几行诗进行了显著的重写：真正的言说始终是沉寂的，它精准地握住了不定的风的语息。即便这种同既定现实结构的对抗行为总是易于"夭折"，但郑敏仍要努力揭开工具理性、二元对立等形式结构覆盖下，人类本真的生存面貌。上述写作实践正如郑敏所说，"我觉得一个人怎样能打开自己的下意识很重要，但是也不可能扔掉上意识，形成文字总要有一定的逻辑性，所以这两者之间要对话，事实上一个最伟大的艺术家就是能在这两者之间进行最丰富的对话，那样他的创造性才会非常丰富。"[1]郑敏的发现，意味着她并非如"非非主义"诗人群那般，仅仅从理论中截取有利于佐证自身写作合法性的部分[2]，而是将德里达的后现代主义整体地落实于自我的认识、书写实践中。

上述关于"郑敏的后期创作及其生成场域"的呈现与分析正是想说明：新诗在寻求自身方向、出路时，或许应当暂时搁置对诗学资源伦理"合法性"的争议，更多关注诗学资源在书写实践中的"效力"。正是在以后现代主义为核心的诗学视野下，郑敏整合起德里达的后现代无意识理论与"踪迹"概念、以里尔克为代表的西方现代诗学传统，以及古典诗学传统等多种写作资源。郑敏的诗学实践激发了它

---

① 徐丽松：《读郑敏的组诗〈诗人与死〉》，《诗探索》1996 年第 3 辑。

② 值得注意的是，郑敏尽管秉持后现代主义的立场，却并未彻底开放新诗的"本体"。相反，她致力于以庞德、艾略特、范诺洛萨、海德格尔等西方哲学家、诗人的观点来佐证新诗"本体"的绝对化与自足性。通过剖析新诗的"本体"，郑敏继而推导出新诗写作中古典诗歌传统的必要性。郑敏似乎并未注意到这一行为同后现代主义立场之间的悖论。

们应有的潜力，使得 80 年代知识分子的思辨图景被清晰勾画出来，并且提供了一种调和文化传统与诗学探索的思路。但我们也必须时刻注意，这种诗学资源的"效力"，随时会因文化、历史和社会语境的变化而流失。

（本文系高校人文社会科学重点研究基地重大项目"历史语境与现代女性诗歌话语的生成及传播"阶段性成果。）

［作者单位：首都师范大学中国诗歌研究中心］

郑敏诗歌的跨文化译介、经典化与国际声誉

刘　燕

郑敏(1920—2022)是百年现代汉诗的亲历者与见证者，被誉为"中国女性现代性汉诗之母""东方与西方的女儿"[①]，也是享誉世界诗坛的优秀诗人。2021年12月23日，墨西哥新莱昂州首府蒙特雷(Monterrey)的"诗人广场"(Plaza de la Poesia)举办了"郑敏之树"命名仪式暨郑敏作品朗诵会。在这个风景如画的诗人花园中，伫立着一株窈窕多姿的"郑敏之树"，女诗人 Jeannette L. Clariond 用西班牙语朗诵《金黄的稻束》，这标志着郑敏与叶芝、米斯特拉尔、聂鲁达、帕斯、阿多尼斯、安东尼奥·加莫内达等著名诗人一样，在国际诗坛占据令人瞩目的一席之地。[②]

自20世纪60年代至今，郑敏的现代诗得到一些翻译家、汉学家、诗人与学者的青睐与译介，陆续被翻译为英、法、荷兰、瑞典、西班牙、日、韩等多个重要语种，选入海外具有代表性的中国现代诗歌选集、中国女性诗集或中国文学作品选集，出版了英汉双语本、日语单行本，在海内外学界获得恰当而高度的评价，逐渐进入世界文学的经典序列。半个多世纪以来，郑敏的诗从默默无闻到入选世界诗歌经典，这与其诗歌的现代性、写作身份、跨文化译介与国际传播有着复杂而密切的关联，体现了现代汉诗从边缘走向经典、从无声到被倾听的逐渐被确立与建构的历史进程。

一、郑敏诗歌在美国的英译与现代女性之声

郑敏其名其诗，首次为英语世界所知，始于1963年，得力于美

---

①　参见"2017年度北京文艺网诗人奖"有关郑敏获奖的新闻报道：http://www.chinawriter.com.cn/n1/2017/1113/c403992-29643323.html。

②　参见墨西哥"郑敏之树"命名仪式暨郑敏作品朗诵会，视频(第1部分)：https://www.poetrybj.com/detail/29697.html。

籍华裔学者许芥昱(Kai-Yu Hsu，1922—1982)的筚路蓝缕之功，并非偶然。许芥昱在 1940 年考入西南联合大学(比郑敏晚了一年)，痴爱文学与写作的他从主修工程转到了外语系，他熟悉兴盛的 40 年代的"联大作家群"(闻一多、冯至、沈从文、卞之琳、李广田、穆旦、袁可嘉等)，在校园中见过郑敏。多年以后，他还记得郑敏留给他的印象："1942 年，戴着眼镜、梳着两条长长马尾辫的郑敏静静地漫步在昆明西南联合大学的校园里。在抗战期间，这是中国许多诗人聚集并保持文学创作火花的地方：冯至、卞之琳、闻一多都在此参与各种讨论，他们成为许多年轻作家的灵感来源和维系力量。但是郑敏很少参加这些活动。她声音美丽，喜欢唱歌，更喜欢阅读哲学方面的书。在那些日子里，她安静地写作，发表的作品并不多，但每一首诗都带给读者一股清新的空气。"①许芥昱在斯坦福大学获得了中国现代文学博士学位，并在旧金山州立大学创立东亚系，担任系主任。他感到要让美国学生与读者了解中国现代诗歌，首先得进行翻译工作。1963 年，许芥昱翻译、主编的英语版《二十世纪中国诗选集》(*Twentieth Century Chinese Poetry：An Anthology*)出版(1970 年再版)，这是中国现代诗歌在海外译介的标志性作品，收录 1920—1940 年 44 位现代诗人的 350 首诗。这个选集并未收录穆旦、袁可嘉、唐湜、杜运燮等联大诗人之作，但郑敏在 1949 年出版的第一本诗集《诗集，1942—1947》中有 12 首入选，占据这本薄薄诗集的六分之一，令人刮目相看。许芥昱把郑敏归为"独立诗人"之列，指出："她对生活的阐释展示了一种惊人的复杂性……她的眼睛不停地审视着生活的地平线，城市与乡村，并对此进行沉思。"②寥寥数语，许芥昱准确地把握了郑敏诗歌的"复杂性""审视""沉思"等现代主义品质。毫无疑问，这个英译本奠定了郑敏进入现代英语诗歌视域、迈向国际化的基石，让西方学者与读者走出悠久而漫长的汉学(Sinology)传统，耳目一新地倾听到从遥远中国发出的现代诗歌之声。时过 30 年后的 1995 年，刘绍铭(Joseph S. M. Lau)与葛浩文(Howard Goldb-

①　Kai-Yu Hsu eds.，*Twentieth Century Chinese Poetry：An Anthology*，Ithaca：Cornell University Press，1963，p.213.

②　Kai-Yu Hsu eds.，*Twentieth Century Chinese Poetry：An Anthology*，Ithaca：Cornell University Press，1963，p.34.

latt)主编的《哥伦比亚现代中国文学作品选集》(*The Columbia An-thology of Modern Chinese Literature*，2007 年修订)隆重推出，这本选集的第四部分"1918—1949 年诗歌"，收录徐志摩、闻一多、李金发、冯至、戴望舒、卞之琳、艾青、何其芳、郑敏共 9 位诗人的 22 首诗歌，其中《一瞥》(*A Glance*)和《荷花》(*The Lotus Flower*)两首诗使用的是许芥昱的英译文。[①] 在某种意义上，郑敏诗歌有资格入选《哥伦比亚现代中国文学作品选集》，标志着她作为中国现当代的经典作家之一，在活着的时候已经获得了世界性的高度认可与国际声望。

如果考虑到郑敏是 9 位入选诗人中的唯一女性，我们更能够注意到她的与众不同。这大大得益于 20 世纪六七十年代风行一时的第二次女性主义运动。自 70 年代之后，郑敏的女性写作身份及其诗歌体现的女性独立意识引发了一些女性学者与译者的关注，其现代诗逐渐被发现、被译介、被阐发，得到了非同寻常的重视。此时正在威斯康星大学攻读比较文学博士学位、来自台湾地区的留学生钟玲(Ling Chung，1945—)便是其一。在一篇题为《灵敏的感触——评郑敏的诗》的文章中，她回忆在美国读博期间发现郑敏的一段经历："1971 年，美国诗人 Kenneth Rexroth(王红公)与我合作，英译一本中国历代女诗人集。搜集资料的时候，我由美国的图书馆里，找到了抗战时期崛起的女诗人郑敏的作品，即 1949 年上海文化生活出版社的版本。当时我惊喜交集。喜的是，在海外竟能找到这三十多年前的版本；惊的是，这么出色的诗人，我在台湾由小学念完大学，居然听都没听过她的大名。我们把郑敏与冰心、白薇，及台湾女诗人林泠、敻虹等的诗，都译成英文，收在那本集子里。"[②]王红公、钟玲合编的汉诗英译《兰舟：中国女诗人集》(*The Orchid Boat：Women Poets of China*，New York：McGraw Hill)在 1972 年出版，收录公元 3 世纪到 20 世纪 70 年代共 52 位中国女诗人的诗作，郑敏

① Joseph S. M. Lau & Howard Goldblatt eds.，*The Columbia Anthology of Modern Chinese Literature*，New York：Columbia University Press，2007，2nd，pp.525-526.

② 钟玲：《灵敏的感触——评郑敏的诗》，原载香港《八方》1980 年 9 月第 3 辑，亦见钟玲：《文学评论集》，(台北)时报出版公司 1985 年版，第 142 页。

是 12 位现代女诗人之一，2 首英译诗《学生》（*Student*）、《晚祷》（*Evening Rendezvous*）入选其中。1978 年，Carol Cosman、Joan Keefe、Kathleen Weaver 主编的《企鹅女性诗集》（*The Penguin Book of Women Poets*，Harmondsworth：Penguin Books）又收录了这首英译诗《学生》。郑敏之所以能够进入钟玲的视野中，与编译者钟玲是女性文学研究者与女诗人的身份有关。她以敏锐的诗歌洞察力和学术眼光，从浩瀚的中文诗歌资料中发现了郑敏的独特性，通过编译《兰舟：中国女诗人集》，确立了郑敏作为现代女诗人在这个绵延了 1600 多年的中国女性诗歌谱系中的经典地位。

此时的历史却呈现某种荒诞的错位。于 1955 年留学回国的郑敏不得不搁笔，保持沉默，参加"四清"运动，接受知识分子的思想改造，并将自己的第一本诗集付之一炬，也不再与诗友谈诗，无人知晓她曾经是 40 年代闻名一时、才华横溢的才女。1977 年钟玲到香港大学、香港浸会大学担任教职，活跃于诗坛，在七八十年代继续以中英文发表了中国现代诗歌研究成果，她高度评价郑敏："她诗中感触的空间和层次，不是静态的，也非用于平铺直叙的方式表达，而是倏然的，跃动的，常有意想不到的转折，带着读者跃入一个全新的境界。"①钟玲对郑敏的挖掘、译介与认可，极大地提升了郑敏诗歌的影响力与地位，同时也把自己与前辈女诗人之间隐藏的中文现代主义诗歌传统关联在一起，建立起从大陆到台湾，从美国到香港等不被阻断、不断传承的中国女性文学谱系。

这一努力卓有成效。张明晖（Julia Chang Lin，1928—2013）年轻时从大陆去往美国留学，在华盛顿大学获得硕士与博士学位，后长期在俄亥俄大学东亚系任教，是中国女性诗歌翻译与研究的专家。1985 年夏，张明晖有机会回到中国访问，特地拜访了郑敏、陈敬容、舒婷等当代女诗人。1992 年张明晖编译的《红土地上的女性——中国当代女诗人诗集》（*Women of the Red Plain—An Anthology of Contemporary Chinese Women's Poetry*）出版，收录了 32 位女诗人的 101 首诗作，郑敏后期的 3 首诗《茧》（*Silkworms*）、《希望与失望》

---

① 郑敏：《遮蔽与差异——答王伟明先生十二问》，《诗歌与哲学是近邻——结构-解构诗论》，北京大学出版社 1999 年版，第 143 页。

（*Hope and Dashed Hope*）、《云鬘照春》（*A Cloud of Hair Glea-ming in Spring*）入选，译者是杜博妮（Bonnie S. McDougall）与张明晖。2009 年，张明晖主编的《20 世纪中国女性诗歌选集》（*Twenti-eth-Century Chinese Women's Poetry：An Anthology*）是 1992 年版的扩展，收录 40 位中国女诗人的 245 首诗作，郑敏有 8 首英译诗入选：《音乐》（*Music*）、《云鬘照春》（*A Cloud of Hair Gleaming in Spring*）、《童年》（*Childhood*）、《我从来没有见过你》（*I've Never Seen You*）、《心中的声音》（*The Heart's Voice*）、《戴项链的女人》（*The Woman with a Necklace*）、《辩证的世界，辩证的诗——一株辩证之树》（*The World of Heraclitus：A Tree of Dialectics*）、《当你看到和想到》（*When You See and Think*）。除《音乐》，其余 7 首都是写于 80—90 年代的新作。张明晖从女性主义视角肯定了郑敏的创作贡献："郑敏对中国传统女性的复杂态度是变化的，甚至有点刺耳，令人感到不安：女性被认为是父权压迫的受害者，但她们也是心甘情愿地屈服于这个压迫者。无论郑敏的诗歌创作质量是否始终如一地获得成功，但她拓宽了中国女性诗歌和中国现代诗歌的总体范围，其贡献引人瞩目。"[①]

1992 年，加州大学戴维斯分校东亚系的华裔女教授奚密（Mi-chelle Yeh）主编的《中国现代诗歌选集》（*Anthology of Modern Chi-nese Poetry*）选入郑敏 3 首英译诗：《晚会》（*Encounter at Night*）、《读 *Selige Sehnsucht* 之后》（*After Reading Selige Sehnsucht*）、《树》（*Tree*）。如果说钟玲、奚密主要译介了郑敏的前期诗作，那么，张明晖则更为关注其后期新作，让英语读者得以了解到这位女诗人的创作全貌，从中体悟中国当代女性知识分子坚强、智慧与具有韧性的一面。

毫无疑问，美籍华裔学者精通中英文，熟悉中国现代文学的发展进程，对于现代主义诗歌传统抱有兴趣，重视新诗的历史传承，郑敏成为备受关注的对象之一。著名学者、诗人叶维廉（Wai-Lim Yip，1937—）在大陆出生，曾在台湾大学外语系就读，获得普林斯

---

① Julia Chang Lin. *Twentieth-Century Chinese Women's Poetry：An Anthology*，New York：M. E. Sharp，2009，p. xxxiii.

顿大学比较文学博士，后担任加州大学圣地亚哥分校比较文学系主任。80 年代初，叶维廉访问大陆诗人，与郑敏取得了联系，两位诗人成为至交，开启了密切的交流与合作。1985 年 9—12 月，叶维廉邀请郑敏到加州大学圣地亚哥分校做访问教授，开设"中国新诗"的英语课程。65 岁的郑敏在时隔 30 年之后第二次赴美，对诗人而言，这次访问意味深长。在此期间，郑敏接触到以法国哲学家德里达为代表的解构主义理论，大量阅读了 70 年代后的西方后现代诗歌，创作得以自我突破与转型。她自叙道："1985 年后我的诗有了很大的转变，因为我在重访美国以后，受到那个国家的年轻的国民气质的启发，意识到自己的原始的生命力受到'超我'的过分压制，已逃到无意识里去，于是我开始和它联系、交谈。"①此后，她的创作比较关注"无意识"和"开放的形式"，表现"不在之在"，融合了后现代主义(解构主义)和中国古典道家的精神，逐渐形成了一种新的风格，她在圣地亚哥写下组诗《我的东方灵魂》9 首，就是寻求自我身份与文化精神的新作。

　　叶维廉的博士生梁秉钧(Leung Ping-Kwan，笔名也斯，诗人，1949—2013)在 1984 年完成博士论文《对立的美学：1936—1949 年间的中国现代主义诗人研究》(*Aesthetics of opposition：a study of the modernist generation of Chinese poets*，1936-1949)，他从审美现代性、实践、模式、抒情、语言艺术等多个方面，探讨以穆旦、郑敏、陈敬容等为代表的 20 世纪 40 年代中国现代主义诗歌特色。梁秉钧参与了叶维廉编译《防空洞里的抒情诗：现代中国诗歌 1930—1950》(*Lyrics From Shelters：Modern Chinese Poetry* 1930-1950，New York：Garland，1992)工作，这本诗集收录 18 位诗人的 100 首诗，"九叶派"诗人占据一半，郑敏的英译诗有 10 首：《晚会》(*Meeting at Night*)、《冬日下午》(*An Afternoon in Winter*)、《金黄的稻束》(*Golden Sheaves*)、《音乐》(*Music*)、《怅怅》(*Sadness*)、《Renoir 少女的画像》(*Renoirs' Portrait of a Girl*)、《秘密》(*Secret*)、《树林》(*Forest*)、《村落的早春》(*A Village：Early Spring*)、《寂寞》

----

　　① 郑敏：《生命和诗》，《诗歌与哲学是近邻——结构-解构诗论》，北京大学出版社 1999 年版，第 423 页。

（*Loneliness*）。前 5 首的译者是梁秉钧，后 5 首的译者是叶维廉。可见，师生二人承续着中国现代诗歌的发展传统，不仅写作，研究也发扬光大。

梁秉钧回到香港，任教于岭南大学。1987 年冬，在香港召开的中国当代文学会议上，郑敏与他见面，成为忘年交。郑敏在《梁秉钧的诗》中，赞赏这位后辈诗人："也斯的诗让我觉得丰富而不造作，具体而意味无穷，有形而无形。"①1991 年，郑敏的诗集《早晨，我在雨里采花》在香港出版，也斯在序言《沉重的抒情诗——谈郑敏诗的艺术》中评价："郑敏这种现代抒情诗的一个特色是它的绘画性，这不仅是指她有以绘画为题材的作品，也指她视觉性强、描画性丰富的特色，也概指她擅以具体形象去体会心情和哲理的表现。""如果说画是代表纯粹的视觉，音乐是叙事和言语的动作，郑敏的抒情诗实在是两者的结合。"②由此可见，作为具有共同审美趣味与诗学理念的"现代诗歌圈"之存在，中国诗人之间的相互支持与跨越时空的友情尤显珍贵。作为 40 年代与 80 年代现代诗歌的见证者，郑敏成为许芥昱、叶维廉、梁秉钧、钟玲、张明晖、奚密等诗人、批评家和译者得以回望的现代汉诗传统，一个具有象征意义的独特的先锋形象。

一些非华裔的汉学家、学者也对中国当代诗歌发生兴趣，他们试图从诗人的写作中探寻中国现代历史发生巨变的轨迹。美国诗人兼翻译家爱德华·莫兰（Edward Morin）主编的《红杜鹃：中国"文革"后诗歌选集》（*Red Azaleas：Chinese Poetry Since the Cultural Revolution*，Honolulu：University of Hawaii Press，1990）令人瞩目，收录了 1978—1986 年五代诗人在新时期发表的诗作，"老派诗人"包括艾青、郑敏、蔡其矫、流沙河等 4 位，郑敏的 3 首英译诗《修墙》（*Repairing the Wall*）、《珍珠》（*Pearls*）、《母亲的心在秋天》（*A Mother's Heart in Autumn*）入选，编译者提供了郑敏的生平与创作简况。

2012 年，巴基斯坦的艾哈迈德·阿里（Ahmed Ali）编译《小号的

---

① 郑敏：《梁秉钧的诗》，《香港文学》1989 年第 4 期。
② 也斯：《沉重的抒情诗——谈郑敏诗的艺术》，见郑敏：《早晨，我在雨里采花》，（香港）突破出版社 1991 年版，第 9、12 页。

呼唤：20 世纪中国诗选》（*The Call of the Trumpet：An Anthology of Twentieth Century Chinese Poetry*），收录郑敏早期诗作 4 首，附有诗人的英语简介，此书作为中巴建交 50 年的纪念品，由驻北京的巴基斯坦大使馆资助出版。2016 年，美国的赫伯特·巴特（Herbert Batt）、谢尔顿·齐特纳（Sheldon Zitner）编译《现代中国诗歌撷英：民国时期诗选》（*The Flowering of Modern Chinese Poetry：An Anthology of Verse from the Republican Period*），收录 16 首郑敏的英译诗。伦敦大学亚非学院汉学家贺麦晓（Michel Hockx）为之作序，他从比较文学的视角，分析了郑敏诗歌受到的世界文学的影响，认为她与置身其间的政治、社会宣传始终保持着某种疏离感，具有苏格拉底式的智慧和超越精神："永远认识你自己……人生就是一出戏，有两个自我，一个自我在人间，另一个自我从空中俯瞰。"①

2013 年，野鬼（Diablo，原名张智，国际诗歌翻译研究中心主席）主编、张智中（天津师范大学外国语学院教授、翻译研究所所长）审译的《中国新诗 300 首》（300 *New Chinese Poems* 1917-2016）在加拿大温哥华出版。它借鉴了"唐诗三百首"的形式，收录汉英对照的 239 位诗人的 325 首诗，选录张智中翻译的郑敏 2 首英译诗《金黄的稻束》《渴望：一只雄狮》。在郑敏百岁华诞之际，俄克荷马大学主办的《今日中国文学》（*Chinese Literature Today*）2020 年第 2 期发表其汉英对照 6 首诗，英译者是来自香港的女诗人何丽明（Tammy Ho Lai-Ming），编选者和英语简介是来自北京的刘燕教授。在中西跨文化交流越来越便捷的当下，中西译者、学者通过海外的各种出版机构，以双语形式传播着中国现代诗歌，扩大其阅读空间与读者群，让翻译文学成为世界文学的一部分。

二、郑敏诗歌在欧美的多语种译介与国际传播

比起英译，其他语种的郑敏诗歌的译介与传播稍晚一些。伴随着 80 年代的改革开放，中国当代作家出国访问的机会也越来越多，

---

① Herbert Batt & Sheldon Zitner ed. & Trans.，*The Flowering of Modern Chinese Poetry：An Anthology of Verse from the Republican Period*，McGill：McGill-Queen's University Press，2016，pp. 400-401.

有海外留学背景、英语流利的郑敏不断走出国门，参与美国、荷兰、瑞典等地举办的国际会议或诗歌节，这种自我传播的方式成功地扩大了她在世界文坛的声誉，相比之下，正在兴盛的新一代"朦胧诗派"中的大多数诗人受到"文革"期间教育的局限，外语能力很差，如顾城到了欧洲，几乎成了"哑巴"，必须依靠翻译才能进行交流。

1984 年，应荷兰莱顿大学东亚系的汉乐逸（Llody Haft，1946—）之邀，郑敏首次参加了在鹿特丹举办的盛大的"国际诗歌节"，一展其诗人风采。美国人汉乐逸在莱顿大学攻读博士学位，师从汉学家伊维德（Wilt L. Idema，1944—，现为哈佛大学教授），其博士论文是有关卞之琳的诗歌研究，为了收集资料，他曾于 1979 年下半年到中国访问了三个月，在北京拜访了卞之琳与郑敏。① 在荷兰的"国际诗歌节"上，郑敏的一些代表作的荷兰语与英语翻译，由汉乐逸及其学生担任。汉乐逸提及："我查了下我历年来的译著目录，发现在 1984 年和 1994 年，都有郑敏和诗歌节的信息，前一次是我和黄俊英（T. I. Ong-Oey）翻译的，后一次是我个人翻译的。以此来看，老诗人郑敏曾经两次参加过鹿特丹诗歌节。比利时的万伊歌（Iege Vanwalle）因为这个缘故认识了她，后来还翻译了她的作品。"② 汉乐逸是向西方译介冯至、卞之琳、郑敏等中国现代诗人的汉学家之一。他在 2000 年的专著《中国十四行诗：形式的意味》（*The Chinese Sonnet*，*Meaning of a Form*）中，把郑敏发表于 1991 年的十四行组诗《诗人与死》（19 首）全部译为英语，在文体上做出详细的分析，高度评价："这一作品与现代中国诗歌中'组诗'这个诗歌类型的关系，它超越了十四行诗的形式局限，表现出与大多数中国古典诗歌具有明显的平行关系。……与'诗人'相呼应的是中国诗人的命运主题，或者说是新中国知识分子在我们这个时代的命运主题。"③ 在中国文学的对外翻译与国际传播中，类似汉乐逸这样痴迷中国文化与现

---

① 2011 年 10 月 17 日，笔者陪同汉乐逸及其夫人苏桂枝一起到郑敏家拜访。这是自 1979 年后，汉乐逸在北京第二次拜访郑敏。据他提及，他与郑敏在荷兰鹿特丹举办的国际诗歌节上曾多次见面。

② 易彬：《荷兰汉学家汉乐逸访谈录》，《新文学史料》2017 年第 4 期。

③ Llody Haft. *The Chinese Sonnet*，*Meaning of a Form*，Leiden：CNWS Publications，2000，p. 149.

代文学的汉学家还有不少，他们做出了卓越的努力与贡献。

不仅如此，他们培养的学生也成为这个汉学事业的承接者。汉乐逸的研究生万伊歌在 2004 年完成了英语论文《形式·意象·主题——郑敏与里尔克的诗学亲缘》，从比较文学的视角探寻了郑敏与西方文学传统的关系，她指出："在(40 年代)这样的气氛中，郑敏所写的有专门技术的作品则展示了她对西方——尤其是德国文学与哲学——和中国成分的综合。这引导她在一种其他中国诗人从未涉及过的、宽阔的世界背景中进行其哲理抒情诗的创作。"①莱顿大学东亚系成为研究中国现代诗歌的重镇，得益于此，郑敏也逐渐在欧洲诗歌界获得了认可，具有了声望。

1991 年 9—10 月，应瑞典斯德哥尔摩大学东方系的邀请，郑敏到瑞典、挪威、丹麦等国进行短期讲学，诗歌《门》《渴望：一只雄狮》《祷词》《两座雕塑》《木乃伊》《根》被译为瑞典语。郑敏与瑞典汉学家马悦然(Goran Malmqvist，1924—2019)等欧洲学者进行深入的学术交流，在国际会议上她有关德里达的研究成果获得了世界各国学者们的热烈回应。他们从这位英语流利、思维敏锐、不卑不亢的中国知识分子与女性诗人身上，欣赏到来自东方的道家智慧、想象力与诗意。

被译为法语的 3 首郑敏诗歌《蚕》《希望与失望》《门》，收入于1993 年中国文学出版社(北京)出版的"熊猫丛书"法语版《中国当代女诗人诗选》(*Femmes Poètes dans la Chine d'aujourd'hui*)，它主要是根据张明晖主编的英译本《红色平原上的女性——中国当代女诗人诗集》进行的法语翻译。墨西哥女诗人 Jeannette L. Clariond 与中国旅美女诗人 Ming di (明迪)一起主编的《稻束中的光芒：中国当代女诗人》(*EI brillo en las gavillas de arroz：Mujeres poetas de China contemporanea*，Vaso Toto，2021)，选入郑敏《金黄的稻束》等多首西班牙语译诗，这拓展了郑敏诗在拉美诗歌界的国际影响力。

总之，以上提及的中国现代诗歌的编译者往往有特殊的文化身份(华裔学者、汉学家)、文化角色(诗人、翻译家或大学学者)、审

---

① 伊歌：《形式·意象·主题——郑敏与里尔克的诗学亲缘》，赵璿译，《诗探索》2006 年第 1 辑。

美趣味(偏好现代主义与后现代诗歌、语言实验)、性别(女性诗人和学者比较多),他们对郑敏诗歌的译介往往与个人的教学、学术研究、诗歌创作和兴趣有关;郑敏的《晚会》《寂寞》《金黄的稻束》《学生》《渴望:一只雄狮》《诗人与死》等名篇得到较多的关注和一致的认可,《金黄的稻束》等有多个英译版本。他们的跨文化译介工作极大地推动了徐志摩、闻一多、冯至、卞之琳、郑敏、穆旦、北岛等20世纪中国现代诗人进入世界诗歌史的序列,为全世界读者提供了多姿多彩的诗歌范本。郑敏成为其中的幸运者,在她有生之年就获得受人尊敬的国际声誉,这一方面得益于其诗歌所具有的独特魅力与现代性品质,另一方面也得益于一批"汉语诗歌知音"、译者与学者们不遗余力、前赴后继的翻译与传播工作。

三、郑敏诗歌在日韩的译介与学术研究

20世纪80—90年代,随着中日、中韩外交关系的正常化与文化交流的深入,中国现代诗引起东亚各国诗人与读者的兴趣。一些诗人、翻译家或学子慕名而来,登门拜访郑敏。她成为博士生的研究对象,代表诗被译为日语与韩语,收录进各种诗集,相关的研究论文发表在国际期刊上,其名字逐渐为东亚的诗人和读者所了解。

1993年5月,在北京的一次学术会议上,日本汉学家秋吉久纪夫(1930—)结识了郑敏,与郑敏成为好友。秋吉是一位诗人,自19岁起他就与中国现代诗结缘,博士毕业后在福冈女子大学、九州大学任教。1966年在中日尚未建交之际,秋吉来过中国访问;1985年他在北京大学做了半年的访问学者,更多接触到中文现代诗。1994年8月8日,秋吉在中国社会科学院文学所刘福春研究员的陪同下,拜访郑敏,开始把她的诗译为日语。1999年,秋吉编译的日语版《郑敏诗集》由日本土曜美术社出版,收录108首,并附有译者的评论、访谈录和编年,郑敏亲自为之作序。这是第一部在国外出版的比较全面的郑敏译诗单行本。[①]

为了确认郑敏的出生地,秋吉特意邀请刘福春一起在北京的胡

---

① 参见[日]秋吉久纪夫:《中国现代诗人梁上泉访问记》,邓海云译,《现代中国文化与文学》2009年第2期。

同进行实地考察。郑敏回忆说："我出生的地方，连我自己也说不清了，只记得在北京东华门一带，门前不远有一棵大槐树，大人们都'闷葫芦''闷葫芦'地叫，可能是说胡同曲里拐弯的意思吧，谁知竟被秋吉先生找到了，现在叫'福禄寿胡同'，在骑河楼附近，我住的房子早没了。秋吉先生还把我的出生日期考察出来了，我的资料上一般都是写的 9 月 18 日，连身份证上都是这么写的，是当年弄错了，其实真实的应该是 7 月 18 日，不知道秋吉先生是怎么查到的？"①这种细致的功夫体现了日本学者的严谨与执着。

秋吉在《郑敏诗集》的译介与评论中，用"寂寞"概括了郑敏诗歌的主旨，寂寞感贯穿了郑敏的三个创作阶段，不论是 40 年代动荡时期的寂寥，还是 80 年代在历史创伤中展望未来时一种彷徨与犹豫之间的宁静，以及 90 年代后对诗学的自我感悟与升华，对于人内心的哲学性、精神性的描写，都是在不同时代背景下各种文学意义上的"寂寞"。秋吉认为："郑敏作为中国女性诗人，她的成熟、丰富的抒情诗中所包含的深邃与广袤，在西方文学和东方文学的两岸之间，架起了一座桥梁。"②相比而言，在英语学界，还没有一位翻译家像秋吉先生一样，独自对一群中国现代诗人进行浩大的诗歌翻译工作，持续半个多世纪的专一精神与翻译硕果，令人敬佩，正是他让中国现代诗歌的译本得以传播到日本，促进了文化交流。

此外，驹泽大学的女汉学家、中国现代诗歌研究者佐藤普美子也曾于 2004 年 8 月与清华大学的蓝棣之教授一起，到位于清华大学荷清苑的郑敏家中拜访，她用日语撰写《诗人郑敏的印象》，记录："出现在我们面前的郑敏，穿着白色的无袖连衣裙，上面点缀着小小的几何图案。她戴着一条黑色项链，这使她看起来更加清爽。郑敏个子并不高，梳着齐眉的黑色刘海，看起来如此可爱又时尚，令人难以置信她已年过七旬。……为什么郑敏的每一个细胞，尤其是脑

① 韩小蕙：《有一位日本老人——秋吉久纪夫先生来到中国》，《诗探索》1999 年第 2 辑。该文提及秋吉翻译出版的 10 卷本"现代中国诗人"丛书，入选的诗人分别为冯至（1989）、何其芳（1991）、卞之琳（1992）、陈千武（1993）、穆旦（1994）、艾青（1995）、戴望舒（1996）、阿垅（1997）、牛汉（1998）、郑敏（1999）。郑敏是唯一的女诗人。1999 年 3 月 28 日，秋吉出席了在中国现代文学馆举办的译著发布现场与座谈会，郑敏应邀出席。

② ［日］秋吉久纪夫译：《郑敏诗集》，（日本）土曜美术社 1999 年版，第 294 页。感谢在日本广岛大学留学的研究生蒋笑宇提供秋吉对郑敏评语的日语翻译。

细胞，在经历了时间的磨砺之后，仍然如此晶莹剔透？"①佐藤普美子以女性的好奇眼光观察郑敏的一举一动，从身体的视角分析郑敏的创作，认为她在前期是将生命力直接透过身体向外界弥漫，到了 80 年代后期，她的创作热情和感情以更成熟的形式，如植物的趋光性一样从诗的根部散发出来。她在文章中还提到郑敏虽已高龄，但精神矍铄，才气焕发，保留着少女般的热爱，就像她的诗一样用生机活力感染着他人。我们看到日本学者的细腻与敏感，他们对郑敏的认知与评价令人耳目一新。

直至 1992 年中韩正式建交后，韩国对 1949 年后的中国现代诗歌的译介与研究才开始启动。2006 年韩国现代诗人协会策划、申奎浩主编、许世旭（高丽大学汉学家）审阅的《韩中诗集——开辟东北亚诗文学》，介绍了改革开放以后 30 位中国诗人的 30 首诗作，郑敏的韩译诗《渴望：一只雄狮》入选。东亚大学的金素贤以对"九叶派"研究获得硕士学位，以对中国象征派研究获得博士学位（1996 年），其论文涉及对以穆旦、郑敏等为代表的诗人诗作的深入阐释。淑明女子大学郑雨光的研究关注到"九叶派"诗人，分析了中国诗歌吸收西方现代主义的转变过程。忠北大学李先玉教授的论文《九叶诗派的现代性》讨论了穆旦、郑敏诗歌的现代性问题。② 2013 年，东亚大学的金慈恩、金素贤合作编译《中国现代代表诗选》，有 17 位诗人入选，其中包括郑敏的韩译诗《金黄的稻束》《寂寞》《荷花（观张大千氏画）》《你已经走完秋天的林径——悼念敬容》《外面秋雨下湿了黑夜》《秋夜临别赠朗》等。

来自韩国的黄智裕（Hwang Ji You）在北京大学中文系跟随孙玉石教授攻读博士学位，是第一个以郑敏研究作为博士论文的留学生，2006 年她完成了博士论文《现代性探索中的郑敏诗歌与理论——二十世纪四十至九十年代》，附有《回忆·诗歌·现代性——郑敏访谈录》。她从文化背景、诗歌文本、诗人质素、诗学理论等多个视角，

---

① ［日］佐藤普美子：《诗人郑敏的印象》，《日本中国当代文学研究会会报》1998 年第 12 期。

② 参见［韩］金民静：《韩国的中国现当代诗歌研究与翻译概况（1979—2016）》，《长沙理工大学学报（社会科学版）》2016 年第 5 期。

探讨了郑敏在中国新诗现代性探索中的实践及其诗学理论，指出郑敏是坚持诗歌艺术现代性探索的一个非常独特的典型。① 黄智裕回韩国后在多所高校工作，现为东新大学中文系教授，以中文、韩文发表了多篇郑敏研究的成果，如《四十年代现代性诗歌追求的一个典范——郑敏早期诗歌研究》(中文)探讨了郑敏早期诗歌的特点："郑敏的这种现代性特点虽然大量借鉴了西方现代诗的技巧及某些品质，但中国文化内质却始终是她用以构筑现代诗篇的核心，她的现代性与她的中国文化特质相辅相成，相得益彰。还有，她的诗歌最终追求的是像袁可嘉说的那样一种'综合'的精神，强烈的自我意识与同样强烈的社会历史意识的'综合'，感性与知性的'综合'。这种特点显示出一种客观冷静的诗风。尽可能把表达建立在对客观事物的冷静描写之上，造成一种感情内敛的外冷内热、看似冷漠的风格，这带给了她三种独特的品格——静观、沉思和哲学化倾向。"② 黄智裕还用韩文发表《郑敏实验诗小考》等系列相关论文。③ 此外，也有一些中韩合作或中国学者的中文论文发表在韩国的学术期刊上，扩大了郑敏研究在韩国的关注度。

比起日本翻译家以个人之力进行的译介，韩国学者对中国现代诗歌的研究更为主动而深入，一批曾经留学中国的韩国博士生，在大学中国语言文学系任教的学者、诗人，形成了一个中国当代文学的研究群体，通过多种渠道获得各种文化机构、出版资金、财团的资助，编辑翻译中国当代诗歌选集。尤其是自 90 年代之后，中国诗人(学者)与韩国诗人(学者)之间往来频繁，通过诗歌翻译与出版成为中韩文人友谊的一种表达方式与美好见证。

---

① ［韩］黄智裕：《现代性探索中的郑敏诗歌与理论——二十世纪四十至九十年代》，北京大学博士学位论文，2006 年。

② ［韩］黄智裕：《四十年代现代性诗歌追求的一个典范——郑敏早期诗歌研究》，(韩国)《中国现代文学》2005 年第 12 期。

③ 黄智裕的一些论文涉及对郑敏的讨论，如：《中国有新诗的传统吗？》(韩国《中国现代文学》2007 年第 9 期，总第 42 辑)、《中国新时期女性诗歌中的母性》(韩国《中国人文科学》2010 年第 45 辑)、《20 世纪 40 年代"中国新诗"派诗歌的生命意识研究——以冯至、穆旦、郑敏为例》(韩国《中国人文科学》2013 年第 54 辑)、《中国新时期现代诗中的生命意识研究》(韩国《中国人文科学》2014 年第 58 辑)。此外，涉及郑敏的韩国论文还有郑雨光的《九叶派诗歌的现代转型及其现状》(韩国《中国语文学论集》2004 年第 27 辑)、郑智恩的《中国现代女性诗歌的主题与意象研究》(韩国《中国语文学论集》2005 年第 29 辑)等，此不赘述。

四、郑敏成功获得国际声望的经验与路径

中国当代诗人走向世界文坛的主要路径有自我传播、同行传播、机构传播、读者传播等，通过发表出版、学术研究、多语种翻译与媒介推广，逐渐为人所知，达到文本化、学术化、经典化、国际化的效果。在此过程中，汉学家、华裔学者、翻译家、诗人、学者扮演着重要的传播角色，通过他们的跨文化的译介与播撒，促进了中国作家在其他国家获得声誉与地位。当然这得益于全球化时代中外文学对外交流的国际语境，得益于中国整体文化实力与经济实力的提升，越来越多的其他国家的读者希望通过阅读中国作家的作品，了解中国的历史、文化与现实。我们看到，郑敏诗歌的译者、研究者以译介、研究和传播中国现代诗歌为己任，从最初的零星译介到学术研究中的积极评价，从个人的译介研究到入选各种教科书或文集，以己之力，逐渐推动了中国现代诗歌进入世界文学经典之列。

最好的文学传播者往往是自己。精通外语的作家的自我传播有助于提升其国际声誉，更快地为人所知。郑敏诗歌之所以引起汉学家、诗人和批评家的关注，在国际上获得较高的地位，得益于其特立独行的女性知识分子形象、具有创造力的现代诗歌品质与东方魅力，她是中国诗歌从现代主义走向后现代主义的"活化石"，连接两个时期的极其罕见的历史承接者。正如诗人杨小滨的评价："作为百年新诗的重要诗人，'九叶诗派'诗人郑敏先生在新诗的历史光谱中占据着特殊的地位，代表了从白话诗出发而历经的中国现代诗向当代诗转换的重要里程碑。"①诗人的写作风格与主题也决定了其诗歌的接受范围与影响力，类似郑敏这种创新型的先锋诗人，在国内被理解、接受与传播方面遇到的阻力一开始比较大，但随着时间的考验，她在世界诗歌史中却得到赞赏、肯定与接纳。这反过来又促进了她在国内的声誉，让读者从双向视角评价其诗歌地位与独特价值。

实际上，郑敏的早期诗作数量很少，只有薄薄的一个小册子，在名气上比不上同一时期的穆旦（1918—1977）、杜运燮（1915—

---

① 参见"2017 年度北京文艺网诗人奖"的新闻报道，http://www.chinawriter.com.cn/n1/2017/1113/c403992-29643323.html。

2002）、陈敬容（1917—1989）等，她在 1947—1977 年的 30 年间没有写过一首诗，在文坛消失得无影无踪。但与其他或早逝或在写作方法与风格上无法突破自我、超越前期的诗人相比，郑敏却比较幸运，她的生活相对平静而顺畅，在艰难时代远离喧嚣，呵护着内心的"爱丽丝"——一颗童心。80 年代复出诗坛之后，她有机会在 1985 年、1986 年先后到美国的大学做访问与教学，接触到西方后现代诗歌和后结构主义思潮，在诗歌内容、风格、形式、语言等方面都有所突破与创新，年过六旬的她厚积薄发，开启创作的第二春，显示出惊人的创造力与蓬勃的灵感。这或许与她长期保持冷静而独立的思考、甘居时代的边缘有关，也与其厚实的哲学睿智、勇于挑战自我的韧性与超越精神密不可分。

此外，富有旺盛生命力与想象力的"长寿"也成为郑敏耕耘文苑、硕果累累的背景之一。郑敏不只是诗人，也是批评家与翻译家，她提出的"结构-解构"诗学、文化保守主义、中西比较诗学等真知灼见，影响了 80 年代以来的许多年轻诗人。她作为现代新诗的"老祖母"形象无论是人格还是诗品，都获得了中外评论家的一致首肯。郑敏与冰心（1900—1999）、杨绛（1911—2016）、灰娃（1927—）、宗璞（1928—）等几位见证 20 世纪风雨变幻的祖母级女性作家一样，成为文坛一道亮丽而迷人的风景线。

外语交往能力往往也是作家获得国际声誉的最佳路径之一。郑敏强调诗人对于英美文学的阅读能力，她自己就具备与外国诗人、学者进行直接交流的语言能力。在六旬高龄之后，她多次出国讲学，出席国际诗歌节和学术会议。郑敏的诗歌写作、思想资源、学术研究都与开放自我、积极地对外交流密不可分，她具有很好的跨文化交往技巧，具有与时俱进的自我蜕变的能力。

宽松的创作环境、各种文学节或诗歌节的激励、具有影响力的文学奖项、语文教科书收录现代诗、文化基金提供的出版机会，以及作者、译者、学者与读者之间建立的多种互动对话机制等等，这些策略都有助于提高中国当代诗人在海内外的知名度，促进中西作家之间的跨文化交流。郑敏获得过多项诗歌荣誉与奖励，例如，2000 年全国语文高考的阅读试题中出现了郑敏写于 40 年代的名作

《金黄的稻束》，推动了中学生对中国现代诗的了解。2006 年中央电视台新年诗歌会的"年度诗人奖"、"2013 年两岸诗会桂冠诗人奖"、"2017 年度北京文艺网诗人奖"、"玉润四会"首届女性诗歌终身成就奖(2018)等奖项的获得，提高了郑敏在海内外的声誉。

在当下互联网时代，现代诗歌的翻译与传播变得更为快速、便捷而多元化，诗人之声可以借助媒介传播得更远。2022 年 3 月 12 日，女诗人明迪主持 Zoom 云上郑敏作品朗诵会，来自中国、美国、比利时、意大利、俄罗斯、马其顿、印度、巴勒斯坦、土耳其、新加坡、缅甸等国的诗人、翻译家、汉学家聚集云端，用汉语、彝语、蒙语、藏语、英语、法语、德语、荷兰语、西班牙语、意大利语、葡萄牙语、印地语、阿拉伯语、土耳其语、泰语、缅甸语、拉脱维亚语、俄语、日语等多种语言朗诵郑敏的诗作，纪念诗人的远逝。多语种的、跨国与跨界的朗诵会在现场录制后被广泛传播，热爱中国现代诗歌的观众在"文学共和国"的视屏中，共享着飞扬的诗词，感受着人类共通的诗情画意。

翻译与阅读、研究与评价、教育与普及是中国当代文学走向世界文学的重要前提。从郑敏诗歌的跨文化译介、世界经典化与国际声誉的获得与认可的复杂脉络中，我们可以窥见中国现代诗歌的译介与传播之历史经验与有效策略。郑敏是值得我们不断追忆的成功典范，斯人已逝，其诗永存。一如她在《诗人与死》中的平静告别："诗人，你的最后沉寂/像无声的极光/比我们更自由地嬉戏。"

[作者单位：北京第二外国语学院]

"希望能开始一些新的，或老的
路子的新试……"

——从郑敏先生的复信说起

子　张

2022 年初郑敏先生以 102 岁高龄去世后，我一直想写点什么，但因为和郑先生交往不太多，对她的了解和认识也就欠缺，一时不知从何处说起，就此拖延下来。其实若说到对郑先生的关注，我又算比较早，原因是 20 世纪 80 年代末，我应约参编山东曲阜师范学院魏绍馨教授主编的本科教材《现代中国文学发展史》，给我的任务中就有一节"新现代派诗歌"。编教材，当然不能不去找作品和相关史料阅读，大概就在这样的背景下借来了《九叶集》，甚至到济南山东师大图书馆翻看了 40 年代的《诗创造》和《中国新诗》杂志。初稿完成后，我将打印稿分别寄给辛笛、唐湜、郑敏、袁可嘉诸先生请教，几位前辈以不同方式对初稿提出了意见。郑敏先生则以一封比较长的信为我提供了不少具体背景，也为我指点了修改、调整的路径。由郑敏先生的信，我才意识到自己为编写这一节所做的准备工作是何其不足！

复信如下：

张欣同志：

顷接来信及关于"九叶"的介绍。既然是教材其影响会很大的。因此就您的撰稿提出一些我个人的想法，仅供参考：

①文章一开头就着重从"上海集中了一批年青诗人"讲起，对新现代派诗歌形成的过程中卞之琳、冯至、闻一多等多年在大学辛勤教学和翻译介绍的工作对 40 年代新现代主义新诗潮的形成有什么影响略去未提，似与中国新诗史的发展历史的真实

情况不甚相符，这自然是因为在"九叶"于80年代出现后一般评论的倾向有关。若以教材的身份问世，希望您在"史"方面再做些调查和调整。"九叶"实在是开放时期的新词，如追溯历史，如没有中国30、40年代老一辈诗人的创作教学翻译积累是不可能出现这股"新潮"的。希望您们能跳出南方的上海与北方的北京、天津而从中国新诗的发展来看"九叶"的出现。《诗创造》与《中国新诗》之外，当时天津《大公报》的文艺栏，《益世报》的文艺栏的影响绝不在前二刊物之下，只是因为过去采访时多从前二刊物入手，以至形成的倾向不甚全面，及脱离40年代中国新诗的历史。如略去当时在联大、北大执教及积极从事创作的老诗人对诗坛的引导来谈《诗创造》和《中国新诗》是无法说明问题的。再者巴金先生对当时"九叶"诗人作品给予出版，也是九叶得以问世的关键，您们似乎也应当考虑《九叶集》就是根据巴老所出丛书中我们的集子编选的，若没有巴老的支持，"九叶"作品很多只能散见报刊。为了您的教材能比"九叶"刚出现时一般零散评论更上一层楼，更能多些史的角度，我提出这个看法，若不当尚乞原谅。

②第二页"同时，这些诗人大多由各地集中到上海"一说显然与史实有出入，如果您考虑到杜运燮、穆旦、袁可嘉、郑敏都不曾集中在上海写作，他们与《中国新诗》只有发表的关系，则"九叶"中"四叶"都不符合您这一说法。这里可以看出过去评论有以上海《中国新诗》为中心考虑"九叶"的倾向，甚至有过文章认为"九叶"中有一部分诗人是有小资产阶级情绪的，因此在介绍时从"进步性"上将"九叶"分成两类，这自然不是您们的观点，但这种倾向对造成今天的偏见是有影响的。自然各家修史有其自己的观点，我这里仅想提出一个问题，无意影响您们。

在《现代世界诗坛》第二辑中有拙文《回顾中国现代主义新诗的发展，并谈当前先锋派新诗创作》内较全面的说明我对新诗史1940—1980年代的看法，可惜因特殊原因，文章排印错误较多，现附上勘误表一份，也许您有兴趣一读这篇文章，并请赐教。

匆匆写就，字迹不功(工)整，乞谅。

祝 撰安！

郑敏

(1990 年)2、27 日

又，如果您实在找不到《现代世界诗坛》第二辑(湖南人民出版社)而又有兴趣一读我那篇文章，我可以复制给您，但因近来极忙，复制和邮寄都要排队，您如有地方借到最好！

随信还附有一份《回顾中国现代主义新诗的发展，并谈当前先锋派新诗创作》的勘误表复印件，多达 19 处排印错误，看得出郑敏先生对她这篇文章是比较看重的。

如今关于"九叶诗派"或 40 年代新现代派诗歌的基本史实已相当清楚，不待我再饶舌。倒是郑敏先生这封信不但留下了当年围绕"九叶"或 40 年代现代诗史实及评价所产生的不少问题，也很可以见出她作为当事人之一的那种认真求实态度，作为一份文献资料，或许还是有意义的，故而录在这里供治史者参考。

回想当初编教材时类似"上海集中了一批年青诗人""这些诗人大多由各地集中到上海"这些不尽准确的表述，甚觉惭愧。这固然说明自己当时对文学史的考察、把握实在不够，功夫不到家，话就不可能说到位。尤觉对不起郑先生的是，当时限于时间和教材容量，郑敏先生那些善意和剀切指出的问题却未能一一解决，仅根据她和袁可嘉先生的意见作了个别字句的调整。收到郑先生复信几个月后教材就出版了，虽说该教材将"新现代派诗歌"的条目纳入高校中文专业教材算是一种突破，但时间仓促造成的史实出入和容量不足也留下了遗憾，辜负了郑敏先生的期望。

好在几年之后，我因为撰写南京大学在职研究生毕业论文而主动选了"40 年代现代主义诗歌"作为论题，倒借机会把郑敏先生信中提醒我注意的问题认真作了思考和调整。当然，调整是建立在文学史考察与梳理基础上的。而且经过一番考察，我甚至干脆摒弃了"九叶诗派"这一明显不当的指称，而采用了"40 年代现代主义诗歌"或"40 年代现代诗"的提法。其实也正如郑先生复信中所指出的，如果从历史真实的角度观察，40 年代现代主义诗歌的发生、发展显然有其自己的逻辑线索。战时西南联大外文系、中文系教师与英美现代诗之间的积极互动，西南联大校园文学社团冬青社与文聚社的凝聚与催生，重庆、桂林大后方报刊，北平《文学杂志》与上海《文艺复兴》以及天津的《大公报》《益世报》，再加上上海《诗创造》《中国新诗》和星群出版社，连同巴金与文化生活出版社对穆旦、杜运燮、郑敏诗集的出版，把所有这些因素都考虑在内，庶几可以较准确地勾画出 40 年代中国现代诗思潮的基本轮廓。对这些因素的一一钩沉构成了我那篇论文的第一部分，我以"历史性形成"这一术语表述我对包括冯至、卞之琳、李广田、王佐良等人在内的 40 年代现代诗写作的理解，总算对郑敏先生信中"更能多些史的角度"的建议做出了力所能及的呼应。

1996 年春，在我把发表在这年第二期《山东师范大学学报》上的论文《40 年代现代诗派的抒情策略》寄给郑敏先生后，很快又收到她的回信，她对这本学报上涉及诗歌和诗歌理论的文章都作了肯定，认为"比初期的这方面的研究深入"。但该信的重点不在此，而在于谈了她自己近年在诗歌写作和教学、学术研究方面的探索，虽然不像前信那样长，但也颇能感知她对自我探求的自觉。

张欣先生：

感谢赠《山东师大学报》2 期，这一期关于诗歌及诗歌理论的几篇文章都很有见解，比初期的这方面的研究深入。

自 79 年后我在继续写作过程（中）也有不少新的感觉，《心象集》与《早晨，我在雨里采花》（港）两本诗集总结了我自 82—90（年）的一些尝试。现在又希望能开始一些新的，或老的路子的新试。近年在教和研究"后结构主义"，因此这方面也写了不少文章，目前正在结集和联系出版，集名初定为"结构-解构视角：诗歌，语言，文化"。

可惜大家都各散在天一方，很多学术交流都有困难。匆匆先草此，祝笔健！

郑敏

（1996 年）4 月 27 日

我在 90 年代先后做过的现代诗研究论题，大致不出现代诗文体演变、归来者诗人和 40 年代现代诗潮这个范围，以我对归来者诗人的观察，郑敏先生绝对属于归来者诗人中最重要的自我突破者之一。可以说，如果没有归来后新的自我超越，没有生命中最后阶段写下的大量诗作和论文，而单凭 40 年代那本薄薄的《诗集 1942—1947》，郑敏或许就只有类似"九叶之一"那样"过去式"的纪念意义，而不足以和穆旦、杜运燮、唐湜一样被视为更具当代性的重要诗人。而若从当代性角度看，"九叶"之中，穆旦、唐湜、杜运燮、郑敏四位可能的确突出、重要得多。

郑敏先生在这封短信中提到她在八九十年代"继续写作"中"不少新的感觉"，又表示"现在又希望能开始一些新的，或老的路子的新试。近年在教和研究'后结构主义'，因此这方面也写了不少文章"，简要的表述里着实透露出不少耐人寻味的信息。我手头的三本书，一本是 2000 年人民文学出版社出版的《郑敏诗集》，一本是 1999 年北京大学出版社出版的《诗歌与哲学是近邻——结构-解构诗论》，还有一本是 2011 年吴思敬、宋晓冬编的《郑敏诗歌研究论集》，大概适足见出老年郑敏在诗歌写作、理论思考诸方面所做的探索和取得的成就。

郑敏先生为《郑敏诗集》写的序言，对她自己前后两段长达三十年的写诗历程作了真挚而有深度的总结，也确乎像一个纲领性的序言，很能帮助读者理解她 1979—1999 年间的诗歌写作。她以"从黑暗中走出，夜过去了，我处在初醒，涉出黑暗，走向黎明的心态"①描述她归来后的精神感受，而从该集十一卷诗"重新按类拼贴"的编纂方式，也很能感受她对自我诗思所抱持的理性认知。这里面涉及不少诗歌写作的母题——历史与人、心象、死亡、母爱、不再存在的存在、自然、沉思和回忆、梦想，也涉及诗歌写作的形式探索，如诗体。阅读郑敏先生对她在这些诗歌主题和诗歌形式方面的思索，慢慢对她有了较为完整、准确和清晰的理解。如谈到无意识与写作问题，郑敏先生一方面表示"无意识是创造的初始源泉，语言之根在其中"，但同时也指出："纯粹的无意识写作也同样不可能。意识与

---

① 郑敏：《序》，《郑敏诗集》，人民文学出版社 2000 年版，第 1 页。

无意识的对话如何能为作者所窃听是写作艺术转换的关键。"所以她又接着说道:"无意识的丰富创作'能'不容强行开发,一些诗语的刻意扭曲就是'意识'在追求'新'的过程中造成的艺术伤疤。语言是不容驯服的,语言并非作家的工具。当操作违反了这种语言的本质,只能产生一种畸形、晦涩丑恶的风格,而失去其初始的自然朦胧。"①经历过 80 年代不少"先锋诗""实验诗"不惜强拉硬扯滥用"无意识""朦胧""创新"这类字眼以图"占山为王"的时期,当不难明白郑敏先生这些话语的含义。

但如果说到郑敏先生对中国当代诗歌更细致的批评,还须阅读《诗歌与哲学是近邻——结构-解构诗论》这本书。我很惭愧没有及早地、仔细地读这本书,现在觉得,包括郑先生在 1990 年复信中提到的《回顾中国现代主义新诗的发展,并谈当前先锋派新诗创作》一文,以及该书第四编"关于当代汉语诗"中的多篇文章,实在都不容轻忽。有意思的是,郑敏先生竟然曾被海外的批评家指为"中国的新保守主义",依据大概就是郑敏在不少文章和发言中强调过"传统"文化的重要。强调"传统",确乎是郑敏先生 90 年代诗论的一个侧重点,或者说是郑敏诗论的关键词之一,譬如在《回顾中国现代主义新诗的发展,并谈当前先锋派新诗创作》和《诗歌与文化——诗歌·文化·语言》中就反复谈及。讲到"第三代"诗歌作者"否定崇尚传统"的倾向,郑敏有言:"总是想一个流派,一个代的诞生就意味着前者的死亡,恰恰是统治我们多年的一元化逻辑的翻版。文学是重积累的,要开拓新疆必须像庞德所说的那样去古书中寻找古人边界线,而后才知道新疆的起点,知古方能拓新。"②她又谈到自己"重读"老子、庄子,表示"发现有许多传统文化我全误会了",由此引发的思考就是:"21世纪我们面临的问题不是科学上能不能跟西方平等,也不是我们的经济上能否成为真正的经济大国,而是我们在文化素养上是不是和西方人懂得一样多。如果老要到大不列颠去查我们自己的东西,我

---

① 郑敏:《序》,《郑敏诗集》,人民文学出版社 2000 年版,第 2、3 页。
② 郑敏:《回顾中国现代主义新诗的发展,并谈当前先锋派新诗创作》,《诗歌与哲学是近邻——结构-解构诗论》,北京大学出版社 1999 年版,第 233、234 页。

觉得太糟糕了。"①

由此可见，郑敏先生强调的"传统文化"，与民族文化素质或者诗人的文化素质有关。郑先生由当代诗歌以"无传统"而"反传统"的姿态表达她更深层面的忧虑，最后仍然归结到诗："我们都经历过很多文化上的断裂、教育上的空白，尤其是 10 年停办大学的空白，使后来许多人只好通过各种方法去补文凭。所以，有志的 21 世纪的中国诗人，一定要补自己的文化课，自己去补。"②

2006 年 4 月，在北方的春季大风天里，我在南开大学文学院召集的穆旦诗歌研讨会上终于有幸见到了郑敏先生，聆听了她在开幕式上的致辞和研讨环节中的发言，还请她在会议上发的新书《穆旦诗文集》扉页上签了名，也留下了一张与郑先生的合影。当时郑先生已然 86 岁，但思路清晰，发言富有激情，并不呈现老态。关于那天她在研讨环节发言的内容，由我所记粗线条的日记或可感知一二，谨录于此，以志纪念：

> 屠岸先生赠书三册，其中有《诗论·文论·剧论》。
> 到吴思敬先生房间稍坐，获赠去年《诗探索》三册。
> 饭桌上，走路时与邵先生聊天。
> 第二天上午很紧凑，余参加第二组，先后有刘士杰、西川、鲍昌宝、孙良好、张立群、我以及易彬发言。
> 十时后又讨论，邵先生主持，又请郭保卫讲当年与穆旦结识往事，郑敏先生发言讲到知识分子与当代社会关系问题，讲到自己的忧虑与痛苦，社会发展的盲目，大有激情。又谈到汉语之美（"泪""发"诸字的繁简之差异），抨击拉丁化，抨击"非中国化"。随后就是闭幕式，增加穆旦南开中学时代同学、九一高龄的申泮文院士意兴盎然发言，讲到南开中学的光荣历史，张伯苓校长，延伸到"教育"的重要，亦激昂慷慨。

---

① 郑敏：《诗歌与文化——诗歌·文化·语言》，《诗歌与哲学是近邻——结构-解构诗论》，北京大学出版社 1999 年版，第 249 页。
② 郑敏：《诗歌与文化——诗歌·文化·语言》，《诗歌与哲学是近邻——结构-解构诗论》，北京大学出版社 1999 年版，第 250 页。

最后罗振亚总结，乔以钢致辞闭幕。（2006 年 4 月 9 日日记）

谨以此文，表达对郑敏先生的缅怀之情。

很喜欢先生《秋天与神户大地震》这首诗的最后两句：

灵魂已经日渐自由

灵魂已经准备远游

2022 年 4 月 10 日，杭州朝晖楼

［作者单位：浙江工业大学人文学院］

海子研究

论海子诗剧仪式性的残酷美

——以《太阳·弑》为中心的考察

臧梓洁　蒋登科

　　海子的诗剧具有很高的诗学文体价值与审美张力，但学界对这些诗剧的研究却长期处于边缘地位。海子的神秘主义、原始崇拜、民族情结、力量渴望在其长诗中具有一贯性，而兼有诗歌与戏剧文体特征的诗剧是他极端膨胀、难以控制的浪漫主义诗情最好的载体。海子诗剧的原始神秘源于"诗""歌""舞"三位一体的仪式性元素加持，这背后隐匿着诗人的残酷美学与野性思维，为中国现当代诗剧探索提供了全新的面相。

　　"仪式"是一个异常复杂的集合概念，至今在人类学、社会学、传播学、符号学、心理学等诸多领域热议不断。就社会属性而言，"仪式"一词既可以泛化为日常生活实践中一切符号表征，也可以单纯看作区别和阐释宗教、信仰理论中"神圣/世俗"概念的媒介。就其本质属性来说，索绪尔等人将仪式与语言同归为"一种表达观念的符号系统"[①]，但多数学者都认同仪式根本来说是一种意指性的活动[②]（或行为），属于前语言的文化现象。虽然"仪式"本身的定义难以厘清，但经过长久的研究，古老仪式的起源、目的和分类已经形成了较为清晰的轮廓（这里暂不考虑随生活继续而不断生成的广义的"仪式"）。无论从社会、宗教、信仰等方面去考察仪式还是从符号学、传播学角度对仪式的形式、程序与象征性进行分析，"仪式"的表演性建构特征都达成了共识。"古代的艺术和仪式相辅相成，源出于同一种人性冲动，那就是要通过模仿行为来表达主体情感意愿的强烈

---

　　①　［瑞士］费尔迪南·德·索绪尔：《普通语言学教程》，高名凯译，商务印书馆 2009 年版，第 24 页。

　　②　俞建章、叶舒宪：《符号：语言与艺术》，陕西师范大学出版社 2018 年版，第 62—63 页。

要求。"①早期仪式与艺术通过模仿现实来表现人与自然、个体与社会之间的关系，同时借此表达人类自身的情感以及对神秘世界的崇敬和膜拜，具有同源性。"就仪式行为的本身来说，它具有动作性、装饰性和表演性的特征，所以它实际上成了戏剧艺术的母胎。又因为仪式具有暗含的叙事性，所以又是神话文学的母胎。"②对仪式的考察不仅可以探究古代人类与艺术、自然、社会生活的关系，更有助于分析、揭示当代社会的文化艺术与群体心理。

目前，"仪式性"的研究主要集中在戏剧、电影与电视艺术门类，其中涉及文学的"仪式性"研究则基本停留在戏剧领域，讨论的对象也仅有曹禺等寥寥几人的剧本，远未深入。"诗剧"作为诗歌与戏剧的融合体，自身文体界定即存在暧昧性，研究者本就稀少，其"仪式性"的生成机制与审美效应更是无人问津。"海子身上，有一种根深蒂固的原始膜拜。对他来说，越是古老的，就越是吸引他。"③他的创作中的仪式性元素的运用与其对神话、史诗体裁的青睐，都是借"人类早期的集体回忆或造型"（《诗学：一份提纲》"伟大的诗歌"部分）阐释他心目中"巨大的原发性的原始力量"（《诗学：一份提纲》"上帝的七日"部分）。"仪式性"是探究海子《太阳·弑》夸张的抒情方式、碎片化的结构方式、粗犷悲壮的艺术风格背后反映的残酷美学的重要线索与纽带，不容忽略。而若想真正进入这一课题，首先要明确《太阳·弑》属于"诗剧"还是"剧诗"这一本体性问题。

"诗剧"与"剧诗"的概念自西方文论引入中国后，学界对二者内涵和范畴的界定与辨析一直众说纷纭。欧洲理论界自古希腊亚里士多德到黑格尔皆将戏剧视为与史诗、抒情诗并列的诗歌主体之一。"诗剧"这一概念最初纳入中国学术视野时同样存在泛化倾向，认为"凡是具有诗的题旨、诗的节奏、诗的美丽、诗的意境的散文戏剧，我们都称它为诗剧"。④"现在所谓诗剧实在是从西洋学来的剧体的诗

---

① 叶舒宪编：《神话-原型批评》，陕西师范大学出版社1987年版，第24—25页。
② 俞建章、叶舒宪：《符号：语言与艺术》，陕西师范大学出版社2018年版，第65页。
③ 西渡：《海子诗歌中的原始主义及其根源》，《文艺争鸣》2019年第3期。
④ 余上沅：《论诗剧》，《晨报》副刊《诗刊》第5号1926年4月29日。

或则诗体的剧，要既是诗又是剧。"①而"剧诗"在中国的讨论最早见于戏曲研究界，戏剧理论家张庚称古代戏曲为"剧诗"，是与"拿来清唱的抒情或叙事的'散曲'相对"的"诗的一个种类"。② "诗剧""剧诗"的概念称谓在当时相对模糊含混，有时交叉混用，其本质区别与联系没有得到有效界定与辨析。当下的学术界对"诗剧""剧诗"的内涵已经达成初步共识并形成了比较公认的说法，即"剧诗是剧形式的诗，与诗剧有质的区别"，"诗剧是诗形式的剧"。③ 诗剧与剧诗都与诗性语言密切相关，也都有戏剧冲突、人物、台词，但诗剧的本质是戏剧，剧诗的本质是诗歌。二者都同时包含诗歌与戏剧的部分文体特征却各有侧重。

诗剧是以诗体对话写成的剧本，而剧诗是以戏剧形式出现的诗歌。诗剧重心在"剧"、在"演"，如古希腊的悲剧、莎士比亚的戏剧等，以人物对话与动作为主，强调的重点在舞台演出效果；而剧诗旨归在"诗"、在"读"，如郭沫若的《凤凰涅槃》、穆旦的《神魔之争》等，强化文本语言平仄、押韵、对仗方面的特性，强调声音效果，语调、节奏不如"诗剧"自然。④ 诗剧的人物性格相对鲜明、角色安排相对复杂，而剧诗则稍显简单、类型化。诗剧的戏剧冲突相对集中、完整，而剧诗则可以灵活跳跃。诗剧语言更多要考虑动作性，而剧诗语言则追求诗意最大化。海子《太阳·弑》的创作倾向于表演性、动作性、舞台性，文本语言的中心地位有所弱化，"戏剧可以从话语中夺过来的是它在字词以外的扩散力，是它在空间中的发展力，是它作用于敏感性的分解力和震撼力。"⑤仪式化的戏剧特征成为海子选择诗剧文体、判断《太阳·弑》诗剧属性、进入《太阳·弑》精神空间的重要切口与线索，值得进行深入讨论。而事实上，该作品后来也确实被导演邵泽辉等人编排为戏剧，进行过数次现场演出。

---

① 柯可：《论中国新诗的新途径》，见杨匡汉、刘福春编：《中国现代诗论（上）》，花城出版社 1985 年版，第 271 页。

② 张庚：《张庚戏剧论文集》，文化艺术出版社 1984 年版，第 164 页。

③ 吕进：《诗剧与剧诗》，《诗刊》1986 年第 3 期。

④ 吕周聚：《杂糅复合，别创诗体——中国现代诗歌文体衍生模式初探》，《首都师范大学学报（社会科学版）》2010 年第 6 期。

⑤ ［法］安托南·阿尔托：《残酷戏剧》，桂裕芳译，商务印书馆 2015 年版，第 93 页。

一、诗剧：神话与史诗的延展

20 世纪 90 年代以来，"海子"作为学界和大众文化的持续关注对象随研究和传播不断被"神化"，抽象为抵御消费文化、物质文化的能指符号而逐渐偏离本体。但也有不少诗人学者穿透"海子神话"喧闹的表象，回归诗歌文本，探究海子纯粹作为一名诗人在诗体、诗艺、诗思方面的风格特色与诗学贡献。不论是海子、骆一禾留下的文字，还是西川、燎原等对海子的叙述，抑或是张清华、姜涛、西渡等学者的评论，都共同指向和确认了海子在长诗创作领域的重要诗学及诗歌史意义。肇始于 20 世纪 80 年代的长诗写作热潮不可不提及的代表人物中就有海子。他书写青春激情或感伤孤独的抒情短诗也在大众中受到了普遍欢迎，多首短诗被改编为歌曲广为流传。海子的文学史地位与创作实绩使他的诗歌长期成为研究的热点。然而同为"长诗"的变异和派生，海子以长诗写史诗这一现象的研究成果在数量和质量上明显高于对其以诗剧写史诗（主要集中于《太阳·七部书》）的研究。不少学者在论及《太阳·七部书》时仅将其作为海子长诗的重要组成部分进行内容性和技巧性的研究，注重探索海子长诗的共性而忽视了《太阳·七部书》区别于《河流》《传说》《但是水，水》等其他长诗的强烈戏剧性元素与仪式化特征，在一定程度上遮蔽了《太阳·七部书》独立的艺术特色，低估了它的艺术潜能与价值。这一方面是由于八九十年代海子、骆一禾、欧阳江河、杨炼等一批诗人在长诗，尤其是史诗创作和理论建设方面形成了现象级的诗歌潮流，产生了集群效应；另一方面则是由于"诗剧"作为诗歌与戏剧融合的交叉文体在命名、定性等方面尚有不少争议与空白，研究难度较大。

多数研究者在谈及海子诗剧时往往将《太阳·七部书》当作一个整体，粗放地描绘其中蕴含的原始崇拜、力的修辞、奇诡的想象、浓密难辨的精神氛围，而缺乏细致、深入的文本解剖与理论分析。当然，燎原在《扑向太阳之豹》中用"章八"一整章专门交代了《七部书》命名、选篇的缘起与分歧、七部分之间内容的潜在联系以及海子

诗学文论作为"《七部书》之外的第八部"①的重要的地位与文本补充作用，而胡书庆的《大地情怀与形上诉求——对海子〈太阳〉七部书的阐释》②更是第一部单独以"《太阳》七部书"为研究对象的专著，此外还有数篇阐释过《太阳·七部书》的博士论文与批评文章。但总体而言，现阶段对《太阳·七部书》的研究仍停留在内容的文本表层信息提取而缺乏实质性的诗艺探究与拆解，《太阳·七部书》作为"诗剧"的文体特色与独到价值、"诗剧"外形式与精神内形式的血肉联系、"诗剧"与"史诗""神话"等不同体式间的耦合问题被极大地忽略了。通过具体的文本解析将抽象的感觉具象化是对《太阳·七部书》神秘玄奥的祛魅与解构还原。

当普通的长诗与神话已不能满足海子不断膨胀的"大诗"追求时，他"野心勃勃，力图在数年时间内，书写一部综合了诗体小说、诗剧、合唱剧、叙事诗和抒情诗在内的，关于大地与人类社会史中人性秘密和时间秘密的'全书'，这就是他的《太阳》"③。《太阳·七部书》情况复杂[骆一禾与西川对《太阳·七部书》是包含《但是水，水》还是《大扎撒》(残稿)存在不同意见，这里暂不讨论]④，但可以肯定的是，作为"七部书"中唯一一部彻底完成了的作品，《太阳·弑》在《太阳·七部书》中占有举足轻重的地位。事实上，虽然《太阳·七部书》因存在诗体小说《太阳，你是父亲的好女儿》和趋近史诗的《太阳·土地篇》而难以在"诗剧"与"剧诗"间获得明晰的定位，但却可看出《太阳·弑》偏向"诗剧"而非"剧诗"。对诗剧来说，诗性元素不仅表现于采用诗体对话、独白而赋予戏剧以诗体形式，更彰显于灌注在动作、冲突、情境、性格、情感等戏剧性因素中的诗性精神。"诗剧"的显著特点是"用活人(演员)做媒介"，"通过戏剧性来表现叙事诗的客观性，将客观世界的事迹和人物提炼为动作与冲突，于特定的戏剧情境中，向观众直观地展现人物对话、动作及姿态，人物之

① 燎原：《扑向太阳之豹：海子评传》，南海出版公司 2001 年版，第 319 页。

② 胡书庆：《大地情怀与形上诉求——对海子〈太阳〉七部书的阐释》，河南人民出版社 2007 年版。

③ 燎原：《通向经典之路的写作与抱负——以海子的诗剧〈弑〉为例》，《文学界(专辑版)》2012 年第 11 期。

④ 燎原：《扑向太阳之豹：海子评传》，南海出版公司 2001 年版，第 277—283 页。

间的冲突与纠纷，而不是像叙事诗那样叙述一件已经发生过的事迹"。① 而海子将《太阳·弑》定位为"非情节剧，程式和祭祀歌舞剧"②，"诗"在其中只是作为形式元素而非目的存在，海子希望通过"诗"、"歌"(乐)、"舞"(动作)的结合创造出"悲剧性戏剧体"，营造庄严浓厚的仪式感甚至恐怖感，以达到震撼心灵的演出效果。"海子的长诗大部分以诗剧方式写成，这里就有着多种声音，多重化身的因素，体现了前述悲剧矛盾的存在。从悲剧知识上说，史诗指向睿智、指向启辟鸿蒙、指向大宇宙循环，而悲剧指向宿命、指向毁灭、指向天启宗教，故在悲剧和史诗间，海子以诗剧写史诗是他壮烈矛盾的必然产物。"③海子诗歌的仪式性是体现其原始崇拜与力量诉求的重要外在特征。"仪式感"的形成与"诗剧"体式的选取相辅相成、缺一不可，厘清《太阳·弑》仪式性的构成后，其本身"诗剧"的文体定位也就不言自明了。

"海子整个《太阳·七部书》所要做的实质上只有一点，就是要恢复活在原始力量中心的古典主义文学艺术那震撼人心的精神力量。"④海子在诗论《伟大的诗歌》中明确提出"(伟大的诗歌)是主体人类在某一瞬间突入自身的宏伟——是主体人类在原始力量中的一次性诗歌行动"⑤。神话、史诗即是海子在《伟大的诗歌》中所提及的"人类早期的集体回忆或造型"⑥的化身和缩影，所以海子曾一度十分热衷于神话诗、史诗的创作且常与诗剧杂糅。神话表面是古时原始先民朴素思维的产物，是关于自然演进和部族延续的寓言，深层次却"包含着原始仪式和礼仪的痕迹，是民族记忆的宝库，是无意识特有的价值体系的结构，是一个民族、社会阶层、国家的普遍信仰的表达，是

---

① 陈达红：《中国现代诗剧审美艺术研究》，福建师范大学硕士学位论文，2006 年，第 7 页。

② 西川编：《海子诗全集》，作家出版社 2009 年版，第 807 页。

③ 骆一禾：《海子生涯》，见金肽频编：《海子纪念文集(评论卷)》，合肥工业大学出版社 2009 年版，第 3 页。

④ 燎原：《扑向太阳之豹：海子评传》，南海出版公司 2001 年版，第 322 页。

⑤ 西川编：《海子诗全集》，作家出版社 2009 年版，第 1048 页。

⑥ 西川编：《海子诗全集》，作家出版社 2009 年版，第 1052 页。

一种关于宇宙观的独特体现"①。"神话—仪式—制度—展演"整体多元连续统是"汉藏语系文化圈"内层中内在统一的文化秩序。② "通常说来,仪式只是将神话付诸行动的形式。"③而现代人类学研究也同时指出史诗的最初演唱者不同于后来的民间艺人,是兼有宗教身份的巫师或祭司。史诗的演唱需要特定的仪式场合,在庄严的宗教气氛中进行,演唱者兼有仪式表演性的功能。④ 神话与史诗的存在都与仪式有潜在联系,所以才会有骆一禾"海子以诗剧写史诗是他壮烈矛盾的必然产物"的判断。虽然仪式行为在古代社会文化中的作用和性质不一,但"作为象征性、意指性的表演行为",仪式行为与戏剧在实质上是一致的。⑤ 曾将《太阳·弑》搬上戏剧舞台的导演邵泽辉认为:"估计海子是希望人们在看戏时更多将注意力放在诗歌语句本身、放在诗剧营造出的宗教仪式氛围上。"⑥作为集体表象外化表现的仪式具有显著的社会功能与审美效果,"仪式是在集合群体之中产生的行为方式,它们必定要激发、维持或重塑群体中的某些心理状态。"⑦《太阳·弑》饱满而强烈的美学张力、宗教情怀、神秘主义和原始主义的超验崇拜感正是得益于诗剧"仪式性元素"的注入。

二、仪式：震撼心灵的原始表演

最早的戏剧脱胎于仪式,仪式中的程式化、表演化、性格化特征是戏剧的萌芽。仪式与戏剧表演密不可分,具有通过行动使人接近神灵的功能。作为一种表演行为,仪式不仅要靠叙述神话来沟通

---

① 刘慧:《索因卡戏剧的仪式书写与文化记忆重建》,华中师范大学硕士学位论文,2021 年,第 32 页。

② 陈文革:《神话—仪式—制度—展演:戏曲生态的多元连续统》,《艺术探索》2020 年第 6 期。

③ [法]爱弥尔·涂尔干:《宗教生活的基本形式》,渠东、汲喆译,商务印书馆 2011 年版,第 109 页。

④ 朱存明、顾颖:《仪式与戏剧:文学人类学的解读——兼论诗、歌、舞的三位一体》,《百色学院学报》2010 年第 4 期。

⑤ 俞建章、叶舒宪:《符号:语言与艺术》,陕西师范大学出版社 2018 年版,第 71 页。

⑥ 邵泽辉:《这是一场戏剧膜拜诗歌的仪式——〈太阳·弑〉创作札记》,《艺术评论》2009 年第 11 期。

⑦ [法]爱弥尔·涂尔干:《宗教生活的基本形式》,渠东、汲喆译,商务印书馆 2011 年版,第 45 页。

神和现实，还要参加仪式的部落成员借由迷狂的歌舞来达到体验灵感的目的。原始仪式中叙述神灵的创造、祖先的事迹、文化英雄的种种行为，往往采用戏剧的方式。"戏剧不拘一格，利用一切语言：形体、声音、话语、激情、呼喊，恰似精神需要语言才能表现。"[①]在巫术的仪式上，有时要发挥咒语的作用，而咒语往往采用诗歌的形式。在没有文字的时代，这种"诗歌"通过口头传诵来完成。人类诗歌的本质就是原始生命的一种表现，是人类最原始的掌握世界的一种方式，这种方式不同于逻辑和概念的掌握，是一种直觉的、形象的、灵感的方式。[②]《弑》最初的创作构想是作为仪式诗剧三部曲之一（另两部《吃》《打》未能完成），骆一禾整理时将其定义为"仪式和祭祀剧"。"仪式"是《太阳·弑》当之无愧的核心，"诗剧"体式的选择也是为了最大限度地契合"仪式"的需求、发挥"仪式"的效果。诗剧形式使多重幻象的平行叠加、多重声音的同时存在成为可能，并进一步形成整体共振。而只有仪式剧的原始、神秘才能承载海子巨大、野蛮的气魄与躁动不安的力量，为海子原质、急促、炽热的语调甚至些许暴力、负面、原始本能、自我中心的情结赋形，达到爆炸式的震撼效果。海子长诗缺乏理性造型意识与控制力，以及碎片化、过分意识流的缺憾在仪式剧中被一定程度地转化为优势与特色。"反对语言作为困兽的根源；最后，用咒语的形式来观察语言。以这种诗意的、积极的方式来对待舞台上的表现，必然使我们放弃戏剧从前所具有的人性的、现实的和心理学的含义而恢复它宗教性的、神秘的含义，这种含义正是我们的戏剧所完全丧失的。"[③]《太阳·弑》在转场衔接上虽设有第八场、第二十场两场幕间过场，场与场之间也常对服装设计、灯光音响、道具布景进行指示，但未能有效衔接情节链。第六场中"疯"的大段独白叙述逻辑混乱，类似于疯人的自言自语，又像一段意义含混的咒语。若置于普通诗剧中或是败笔，但"仪式和祭祀剧"的定位与整体设计反而使得这些无序、不合理的缺陷衍生出逼真的心理还原效果，打造出紧张、凝重甚至有些错乱的精神

---

① ［法］安托南·阿尔托：《残酷戏剧》，桂裕芳译，商务印书馆 2015 年版，第 9 页。
② 朱存明、顾颖：《仪式与戏剧：文学人类学的解读——兼论诗、歌、舞的三位一体》，《百色学院学报》2010 年第 4 期。
③ ［法］安托南·阿尔托：《残酷戏剧》，桂裕芳译，商务印书馆 2015 年版，第 45 页。

氛围，为《太阳·弑》的震撼效果增色。《太阳·弑》在活用道具（布景）、服装、灯光等舞台素材的基础上突出强调语言的诗性、音乐的野性、舞蹈的迷狂，再造了运动、活跃、震撼的原始仪式艺术空间。

仪式的外向性演示因素包括空间、对象、时间、声音和语言、识别和认同以及动作六大方面。"仪式是信仰的外向性行为，大部分的仪式自始至终在'音声'境域（soundscape）的覆盖之中展现。从宏观的角度来看，'音声'的概念应该包括一切仪式行为中听得到的和听不到的音声，其中包括一般意义上的'音乐'……作为仪式行为的一部分，音声对仪式的参与者来说，是增强和延续仪式行为及气氛的一个主要媒体及手段，通过它带出了仪式的灵验性。因此，信仰、仪式和音声行为是三合一、不可分割的整体。"①诗、歌、舞都与原始仪式活动密切相关，所以中国早期的戏剧形态是诗、歌、舞三位一体，戏曲"必合言语、动作、歌唱三者"，"合歌舞以演一事"②。《周颂》以武舞献于祭祀，形容过去之丰功伟绩，用化装、姿态动作形容故事，其中的大武乐即含有戏剧形式的宗教仪式，以求达到"神人以和"的灵感效果。③《太阳·弑》同样采用诗、歌、舞三位一体的方式，运用简洁跳跃的诗性语言，大量融合男女独唱、合唱的歌唱元素，精心设计舞台动作与表演状态，并加入"女巫""大司祭"等仪式原型角色充实剧本。"将戏剧与通过形式的表达潜力，与通过动作、声音、颜色、造型等等的表达潜力联系起来，这就是恢复戏剧的原始目的，恢复它的宗教色彩和形而上学色彩，使它与宇宙和解。"④第一场"疯"充满矛盾的内心独白后大段的背景提示就是典型："（于是，两个头戴鸟类面具的演员开始在舞台上做击剑决斗的舞蹈，仿佛向疯子头人做一种预兆。用鼓、喇叭与佛号）""……可同时从空中、从舞台、观众席背后传出。杀气腾腾然后剑声停歇，沉闷的鼓声、撕人心脏的佛号、喇叭呜咽。血红的光，照见两个倒地的人。这时候，疯子头人在舞台上再次出现。舞台背景可用滔滔的巴比伦河。"将物

———————

① 曹本冶：《思想～行为：仪式中音色的研究》，上海音乐学院出版社 2008 年版，第 13 页。
② 王国维：《宋元戏曲史》，百花文艺出版社 2002 年版，第 167 页。
③ 张光直：《考古学专题六讲》，文物出版社 1986 年版，第 4 页。
④ ［法］安托南·阿尔托：《残酷戏剧》，桂裕芳译，商务印书馆 2015 年版，第 71 页。

体、运动、姿态、动作等视觉语言符号化，辅以声音的听觉语言和光线的空间语言，达成了仪式的象征性作用与心理暗示。

《太阳·弑》兼有诗歌与戏剧的特征，诗性的文本语言保留了意象的抽象朦胧、句式的简短有力、想象的天马行空、逻辑的空白跳跃，但真正使其本质上区别于早期长诗《河流》《传说》，为其增色的却是"歌"（乐）、"舞"（动作）等戏剧仪式元素的引入。仪式性音乐的灵活运用与特别关注是《太阳·弑》的一大亮点。就语义学角度而言，"在用音乐、意象和在某种程度上用诗的交际中，人们是要把感情传达给别人，而在另外的情形下，人们是要传达理智的内容，传达某种理智状态……因此，我们应当同意这个看法：音乐的或意象的'语言'，比语词语言，更适宜于直接传达情感。"①"鼓"是原始仪式常用的乐器，在祭祀、庆典、降灵等活动中被广泛使用。《太阳·弑》开篇就交代"音乐用鼓、锣、钹、佛号、喇叭、鸟鸣、雷鸣和人声"，鼓声为背景音乐的首位。它的出现、起伏、密集程度是内在精神焦虑和死亡的象征与暗示，也是理解剧中人物命运、心理、情绪波动的核心线索，鼓声与海子诗剧的仪式性需求不谋而合。鼓声在《太阳·弑》中一共出现了十余次：第一场结束前两名舞剑者在黑暗中厮杀时传来"沉闷的鼓声"；"舞台上一点声音也没有／在上场下场时，有一些隐约而激烈的鼓声"，喻示"青草"即将到来死亡；"舞台黑暗。很长很长时间的鼓声"，宣示"青草"和"猛兽"的死亡；"红"死时，"鼓声，沉闷激烈"……最后一次在黑暗中的秘密谈话，"舞台上有时而清晰时而模糊混乱巨大的嘈杂的声音。用省略号的地方表示混杂用一面巨大的鼓。"鼓声与死亡的命运交织，用原始仪式的方式为其伴奏、祭奠、哀悼。"这些状态具有强烈的锐敏度、绝对的锋利度，以致我们在音乐和形式的震动中感到有种果断与危险的混沌在暗暗施加威胁。"②《太阳·弑》带来的就是这种躁动不安的精神体验。

王国维在《宋元戏曲史》中指出中国戏剧来自宗教性的巫舞，"灵（巫）之为职，或偃蹇以象神，或婆娑以乐神，盖后世戏剧之萌芽已

① ［波兰］沙夫：《语义学引论》，罗兰、周易译，商务印书馆1979年版，第130—131页。

② ［法］安托南·阿尔托：《残酷戏剧》，桂裕芳译，商务印书馆2015年版，第49页。

有存焉者矣。"①古代的巫是人神之中介，其通神的手段之一就是"舞"。西周社会开始脱去巫风而代之以礼制，以宗教性的舞蹈逐渐代替巫舞，但"舞"的仪式传统始终存在。"舞"应用于诗剧中可以增加真实、当下、身体的在场体验感，模拟出独特的真实生活状态。闻一多曾以仪式说的戏剧观念、人类学与神话学的理论创作剧诗《〈九歌〉古歌舞剧悬解》，但因重"歌"轻"舞"，艺术震撼力与审美效果大打折扣。而《太阳·弑》一方面承袭中国原始文化的余荫，其自身具有的"巴比伦王国史诗"性质又在另一方面使其受到印度《罗摩衍那》"宇宙谱"史诗的影响，"对纷纭万状的自然力量隐约地或明确地加以人格化和象征化，使它们具有人类动作和事迹的形式"。②《太阳·弑》将原始力拟人化，"疯""青草""红马""酒鬼""诗人"等多个形象中都融入了诗人自我人格。对话展示了自我矛盾冲突的碰撞与纠结，"舞"这一传达情绪心理、精神状态的仪式动作集合更成为身体语言的不二载体。"它提炼出一种动作的新抒情性，动作或因其急促或因其在空间的跨度而具有字词所没有的抒情性。它终于打破语言对智力的奴役，创造了一种新的、更为深刻的智力感"③。《太阳·弑》起初就要求"演员的行为动作和言语特征带有恍惚、错乱和幻象特征。不应太注重情节"，第二幕说明中再一次强调要"有一种幻觉、错乱、恍惚，类似宗教大法会的气氛"，诗人一直试图通过舞蹈制造迷狂的表演状态与精神氛围。动作是字词语言的补充，基于直接经验的原始本能与仪式崇拜在一定程度上能够帮助人类回归最初、最真实、最基本的生命本源。比较典型的仪式性舞蹈是在第五场"红"否定自身公主身份的大段独白结束、进入《第一支歌：山楂树》之前，"舞台灯暗。十个左右与红一样装束但颜色各不相同的影子走出。就像烛火一样在风吹下飘动这里有一段影子的舞蹈。《女儿公主影子云舞》时间较长，美丽而悲惨。红和宝剑隐去。"第十一场"稻草人"上场时特殊标注的"朗诵时舞台可根据诗另有哑剧情节"、第十四场"饮酒诗人"的醉态跟跄、高喊吼叫等也是仪式舞的变体。"他必然粗暴对

---

①　王国维：《宋元戏曲史》，东方出版社1996年版，第3页。
②　[德]黑格尔：《美学（第三卷下册）》，朱光潜译，商务印书馆1981年版，第105页。
③　[法]安托南·阿尔托：《残酷戏剧》，桂裕芳译，商务印书馆2015年版，第95页。

待程式，在这些程式之后，通过这些程式的毁灭，他达到了比程式更长久的东西，而且使它继续下去。"①《太阳·弑》对常见戏剧情节、呈现方式的忽视，对仪式行为的重视、重构，对生命原初状态的回归，使其在某种程度上获得了超越文本、表演的持久生命力与新鲜感。

三、残酷：直面现实的异审美

仪式种类繁多，不同功能的仪式又有不同的仪轨，情况复杂。曹禺《雷雨》《北京人》等对仪式性的吸收主要侧重仪式象征性的符号功能。而海子诗剧的仪式原型从性质到功能上都更为接近表达哀悼的"禳解仪式"。"所有不幸，所有凶兆，所有能够带来悲伤和恐惧感的事物，都使禳解成为必要，因此才称之为禳解。所以，用这个词来指称那些在不安或悲伤的状态下所举行的仪式是非常贴切的。"②海子在《太阳·弑》开头即写到这部诗剧"为几只童谣而写，为一个皇帝和一场革命而写，为两个浪子而写"，点明了诗剧的主线。而统观整部诗剧，情节中的一切行动都导向失败，"我也偷抢也杀人我的自由是两手空空/我所憎恨的生活我日日在过/我留下的只有苦难和悔恨"，人物集体性走向死亡的结局，最终"巴比伦没有一个幸存的人"。

《太阳·弑》中的仪式既是对剧中人物的哀悼，也是对诗人不幸现实际遇的哀悼，更是对人类悲剧死亡命运必然性的哀悼。全剧出现的第一个人物"疯"在开场就自白道："我曾目睹巴比伦的多少兴衰，就像巴比伦河水的涨落，我看见多少王国的兴盛和衰亡，有游牧的骑马的王朝，有种地浇灌的农业王国，还有多少英雄多少诗人多少故事我都见过，如今我是老了，但我的心仍然渴望一次变化，渴望一次挣扎、流血和牺牲，只有流血在这没落而古老的土地上，也在我这没落而古老的老人心上才是新鲜的。"就此而言，海子的诗剧超越了严肃戏剧、本质戏剧，是以诗性语言、仪式行为、音声等仪式元素对戏剧进行了改良，这种改良及效果恰如阿尔托所说："通

---

① ［法］安托南·阿尔托：《残酷戏剧》，桂裕芳译，商务印书馆 2015 年版，第 9 页。

② ［法］爱弥尔·涂尔干：《宗教生活的基本形式》，渠东、汲喆译，商务印书馆 2011 年版，第 539 页。

过现代的、当前的方式回到关于诗以及戏剧中的诗意的高级概念（它隐藏在古代伟大悲剧作家所讲述的神话中）；我们将再一次支持戏剧的宗教概念，即无徒劳的沉思默想，无零散的梦幻；我们将意识并掌握某些统治力量，某些指挥一切的概念；我们将在自身重新找到活力（因为一切有效概念都带有活力），这活力最终创造秩序并使生活价值回升。"①

阿尔托在《戏剧与残酷》一文中提出"残酷戏剧"理论，"我们的敏感性已经磨损到如此地步，以致我们迫切需要一种戏剧来使我们——神经和心灵——猛醒。"②但"残酷"不是暴虐，不是流血，更不是刻意营造恐怖，而是意识赋予一切生命行动以血的鲜红、残酷的色彩。"残酷"是指"生的欲望、宇宙的严峻及无法改变的必然性，是指吞没黑暗的、神秘的生命旋风，是指无情的必然性之外的痛苦，而没有痛苦，生命就无法施展"。③ 残酷理念正是源自东方戏剧中神圣仪式、精神信仰和神秘主义等文化因子。灵魂创造、操控和征服的仪式性舞蹈诗让戏剧艺术变成一种仪式性的迷幻状态，让人们在类似于梦境的残酷现实中惊醒。④ 在《太阳·弒》中，"很多时刻，来自原始的声音力量（诗）和行动力量（舞）将整个舞台幻化成一个祭祀的场所，达到一种近乎迷狂的、无法进行理性判断的表演状态。"⑤并且，海子诗剧在仪式性舞蹈、音乐之外还加入了"图腾""禁忌""面具"等原始膜拜的神话象征符号，通过对死亡、黑暗、虚无、荒凉等极限生命体验的放大来表现人类原初的矛盾、紧张、恐惧，进一步强化了诗剧的美学震撼力与"净化"效果。

《太阳·弒》在内容上颇多借鉴古希腊悲剧、莎士比亚幻想剧、梅特林克象征主义剧等西方戏剧，然而总体形式元素与精神氛围还是更靠近中国戏曲起源的祭祀仪式。《太阳·弒》第十六场还原了古老的献祭仪式，"真是空前绝后。算得上巴比伦王国史上一大笔。也

---

① ［法］安托南·阿尔托：《残酷戏剧》，桂裕芳译，商务印书馆 2015 年版，第 81 页。
② ［法］安托南·阿尔托：《残酷戏剧》，桂裕芳译，商务印书馆 2015 年版，第 87 页。
③ ［法］安托南·阿尔托：《残酷戏剧》，桂裕芳译，商务印书馆 2015 年版，第 109 页。
④ 胡鹏林：《残酷戏剧与身体美学——阿尔托戏剧美学思想研究》，武汉大学博士学位论文，2011 年，第 122 页。
⑤ 邵泽辉：《这是一场戏剧膜拜诗歌的仪式——〈太阳·弒〉创作札记》，《艺术评论》2009 年第 11 期。

就是这土地上的一大笔。是给血腥的太阳大神的丰厚的牺牲之礼。我要抖擞精神，举行这次献祭。"而"巴比伦王""大司祭"并不扮演祭礼中的神祇，剧中具有理想主义色彩、悲剧英雄色彩的"宝剑""吉卜赛""青草"也不充当神的代言，整部诗剧剧情结构本身就暗喻一场巨大的祭典，神秘性增强而宗教性减弱。"无神的仪式是存在的，甚至神反而有可能会从仪式中派生出来"①。《太阳·弑》中的献祭仪式隐匿了暴力、死亡的肉体侵害性，"我把天空还给天空/死亡是一种幸福"，通过舞美及音声放大了视觉、听觉的感官刺激，表现形式本身即体现了人类确认自身力量、展示攻击本能的美学追求，以艺术性与伦理道德酝酿了别样的情绪美感。"残酷"属于生物性表现，但也是一种社会性必然，背后隐藏着生命力的张扬与澎湃。《太阳·弑》以形式的美钝化了残酷，原始主义、唯美主义的写法消解了暴力与血腥，使"残酷"与"美"两种审美体验得以和谐共存。

"一种面向残酷的美学所关心的不是残酷的审美价值，而是审美价值、伦理价值、政治利害等能否以及如何构成一个富有启发性的事件，它不是一种体系而是一种视角。"②海子诗剧蕴含的残酷美不是负面价值观念与消极心态的宣泄，这种"残酷"也不等同于"残暴"或"血腥"，而是直面与揭露生存与生活现实悲剧的产物。"我说的残酷是指事物可能对我们施加的、更可怕的、必然的残酷。我们不是自由的。天有可能在我们头上坍下来。而戏剧的作用正是首先告诉我们这一点。"③海子在存在与死亡不可避免的悲剧中发现了人类永恒的精神孤独："我甚至已经预见了他们的结局。他们镇定心神，走向自己的牺牲。吉卜赛和青草是牺牲。红是牺牲。十二反王是牺牲。巴比伦王和宝剑则是毁灭。好兄弟终究要分手。在一场伟大的行动中，好兄弟终究会有分手的那一天。必须一个人孤独地行动。必须以一个人的孤独来面临所有人类的孤独。以一个人的盲目来面临所有人类的盲目。"其以阳刚突破阴柔，以严肃的创作态度超越艺术的游戏化，促使读者与观众反思生活与生命荒诞的必然性，"有关人性的思

---

① [法]爱弥尔·涂尔干：《宗教生活的基本形式》，渠东、汲喆译，商务印书馆 2011 年版，第 44 页。

② 汤拥华：《后人类叙事与虚拟时代的美学更新》，《中国文艺评论》2019 年第 4 期。

③ [法]安托南·阿尔托：《残酷戏剧》，桂裕芳译，商务印书馆 2015 年版，第 81 页。

考往往关联着某种残酷的境遇，也正因为如此，残酷能够比同情告诉我们更多东西".①

《太阳·弑》内容的中心无疑是"杀"，"弑。弑君。杀人。这一次不是羊皮纸上的诗也不是口中歌唱的诗。而是干活。手中的诗。兵器的诗。/弑!! 弑君!!!"其中充斥着兄弟之间、人类内部的残杀。"在这部惊心动魄的诗剧中，权谋争斗、王位角逐、血缘迷乱、骨肉相残、你死他疯，无一胜者。"②海子将主导这一切的力量称为"万物之中所隐藏的含而不露的力量"，他的原始崇拜、仪式情结、残酷美学都指向其对这种"原始之力"也即生命血性、蛮性的复归。"这是一场戏剧膜拜诗歌的仪式，是一次血对土地的残酷杀戮，是一个世纪忘却另一个世纪的祭祀。"③海子在设计《太阳》系列时抱持的是有别于现代文明的野性思维。

法国文化人类学家列维-斯特劳斯在《野性的思维》一书中提出"野性的"与"文明的"两大类思维方式。他认为，正如植物有"野生"和"园植"两大类一样，思维方式也可分为"野性的"和"文明的"两大类，它们是人类历史上始终存在的两种互相平行、互相补充、互相渗透的思维方式。而在文明社会中，"文明的"思维的发展迫使"野性的"思维濒于灭绝。《太阳·弑》正是以青睐暴力、死亡的"负面想象力"④将生命野性推向极致，是对都市文明生命状态、文学样貌的补充与某种纠偏。"我们的文明赋予艺术以一种类似国立公园的地位，带有一种也是人工的方式所具有的种种优点和缺点。"⑤而海子企图在"文明"之外发明自己的"神性"⑥，《太阳·弑》回溯到诗歌的神秘主义源头并充分吸收原始仪式带有神圣性的审美文化，类似于阿多尼斯倡导的"剥离了神灵的神秘主义"。《太阳》系列涵括神启与死亡、创世与毁灭，《太阳·弑》以仪式为介质回归诗歌精神母质的审美与信仰，熔铸了关于人、关于历史、关于民族、关于自然、关于神话、

---

① 汤拥华：《后人类叙事与虚拟时代的美学更新》，《中国文艺评论》2019 年第 4 期。

② 燎原：《诗人的写作抱负——以海子的诗剧〈弑〉为例》，《西部》2012 年第 11 期。

③ 邵泽辉：《这是一场戏剧膜拜诗歌的仪式——〈太阳·弑〉创作札记》，《艺术评论》2009 年第 11 期。

④ 姜涛：《巴枯宁的手》，北京大学出版社 2010 年版，第 126—127 页。

⑤ [法]列维-斯特劳斯：《野性的思维》，李幼蒸译，商务印书馆 1987 年版，第 249 页。

⑥ 陈超：《中国先锋诗歌论》，人民文学出版社 2007 年版，第 203 页。

关于宗教、关于哲学的思考。其诗歌美学解构了神灵的内容而保留了神灵的形式，但"如果没有创造神灵我们会死/如果没有诛杀神灵我们会死"①的内部精神矛盾也与此并存。

三幕三十场诗剧《太阳·弑》的动作设计与对话、独白、旁白的声部组合粗放，场景安排与情境布置简化（只留下"巴比伦王国""大河""草原""荒漠"四个典型环境和"巴比伦王""宝剑""吉卜赛""青草""红""疯子头人"六个有特定关系的主要人物），人物动作贯穿线、人物性格发展线与主题思想贯穿线内在一致的结构经营甚至有些凌乱。《太阳·弑》人物形象与关系不复杂，戏剧情节亦不曲折。这一方面是由整体把握和高度综合生活与事物的诗歌体裁特质决定的，另一方面是由于海子试图将人类文化众生百态的多种信息全部植入其中的过大野心造成的。作为徘徊于理想型与象征型之间的诗剧，《太阳·弑》在诗情与剧情、意象与形象、诗语与剧语的平衡处理中显得十分青涩，诗性强的段落基本都以唱词的形式被单独析出，不少场次戏剧语言缺乏锤炼，结构张力和文体张力略有欠缺。但语言组合、陌生化、修辞的张力和原型意象、超现实意象、矛盾意象的对峙张力以及仪式元素的介入却展示出了海子作为诗人一贯的风格特色，呈现出以"残酷"为核心的另一种诗剧文体可能与审美趋向。

海子原本计划还原原始歌舞仪式的风貌，创设神巫一体、人神交融、具有鲜明民族特色的戏剧情境，但其超越"民族与人类、诗与真理"的宏伟写作构想与具体的文本操作、现实的舞台呈现间存在巨大的沟壑，因此《太阳·弑》真正搬上戏剧舞台的次数屈指可数。诗剧是海子书写悲剧、神话、长诗，表现浪漫主义激情的良好载体。它挣脱了史诗客观、均衡、纯一范式的束缚却灵活保留了史诗的宏大气象与悲剧感染力，又在仪式戏剧元素的辅助下强化了神圣与世俗、理想与现实、灵与肉、意识与身体、思想与感受的撕裂感。"艺术家的形式创造有可能使残酷呈现出更具张力的叙事性，从而获得更大的启示价值；也可能使某一审美对象与世界发生新的关联，从而为残酷制造出新的可能性。总之，重要的不是残酷本身的审美化，

---

① ［叙利亚］阿多尼斯：《我的孤独是一座花园》，薛庆国译，译林出版社 2009 年版，第 149 页。

而是残酷出现在一个怎样的美学事件中，因为一种残酷的发生，有可能是语汇冲突的症候。"①《太阳·弑》的情感发泄、英雄情结都辅翼了仪式的残酷美。海子诗剧仪式性体现的残酷美学与中国古典美学的抒情方向不同，这种异质的"残酷美"在中国现当代诗剧史上尤为罕见。无论是郭沫若的崇高、穆旦的悲壮还是于坚的日常，心灵震撼力都不及海子的残酷，或许可能成为推动美学自我革新的动力。

[作者单位：西南大学中国新诗研究所]

① 汤拥华：《后人类叙事与虚拟时代的美学更新》，《中国文艺评论》2019 年第 4 期。

"隐身女诗人"考

——关于若干海子诗的传记式批评

胡　亮

> 野鸽子
>
> 　　　　　——这黑色的诗歌标题 我的懊悔
>
> 和一位隐身女诗人的姓名
>
> 　　　　　——海子《野鸽子》，代题记

　　海子研究近年来已成为一门显学，举凡思想探析、文本读解与传记写作，均取得了一些成果，已有多位学者以此鸣世。然而"隐身女诗人"案，却是难以破解的斯芬克斯之谜。海子的几位传记作者，要么陷入迷雾，要么妄自猜想，要么绕开困局，均未能给出准确的答案；本文则试图在相关研究中有所突破。当然，笔者的目的，乃是重启"过时"的传记式批评（biographical criticism），更有效地阐释海子留下的一系列相关作品。揭秘与猎艳，固非本人之志趣也。

———

　　1988 年 5 月 16 日夜，海子写出了《太阳和野花》[①]，共有七十七行，特别标明"给 AP"。在海子所有作品中，这件作品显得十分特别。如果考察其形式感，就会震惊于人称的"错乱"与"清晰"。是的，"错乱"与"清晰"。比如，第一行的"他"，第三行的"我"，第三十八行的"海子"，都如此确定地指向了"太阳"，亦即抒情主体；第二行的"她"，第三十二行的"你"，都如此确定地指向了"野花"，亦即抒情对象；而第三、第四、第六行的"你"，拥有一个樱桃的母亲——

---

　　① 海子：《海子诗全编》，西川编，生活·读书·新知上海三联书店 1997 年版，第 391—394 页。下引海子诗文，凡未注明，均见此书。

"樱桃"，已经偏离了"野花"的语义边界，并昭示着全诗在主题和主角上的旁逸斜出；至于第二十二行的"你"，相当男性化，无疑已是泛指。可见诗人同时拥有多个视点（point of view），并在这些视点之间游移不定，终于构建出繁复而摇曳的爱情叙事学：诗人有时候使用"全知之眼"，看到"太阳是他自己的头/野花是她自己的诗"，甚至发现了海子的"自由的尸首"；有时候使用"半知之眼"，比如太阳之眼，以观野花，"你们还可以成亲/在一对大红蜡烛下"，又如野花之眼，以观太阳，"去看看他 去看看海子"。海子曾经说过，诗歌不是修辞，而是一团烈火。此诗中视点的频繁转换，显然并非出于形式主义的穷讲究。之所以不得不如此，乃是因为海子同时叠加了生命中几段不同的情缘，"在技术处理上还存在着一个意象上另一个意念的附着、覆盖，以及退出，这样一层层的丝膜错杂"①。读罢全诗，就会发现作者的一条附注，"删 86 年以来许多旧诗稿而得"，由此亦可见，此诗绝非一时一地一人一景之作。因此，与其说是视点的频繁转换，不如说是视点的仓促集结。

　　海子的日记和诗歌均把"樱桃女儿"称为 B，她是中国政法大学1983 级学生，来自内蒙古，父母均为高级知识分子，后来成为诗人的初恋。诗人曾为她写下不朽诗篇：《给 B 的生日》。但是，正如《太阳和野花》所显示的，"你的母亲是樱桃/我的母亲是血泪"，或许还有其他原因，最终导致两人早早分手。1986 年 10 月，海子在《泪水》中写道，"在十月的最后一夜/我从此不再写你"。这场绞机般的爱情几乎粉碎了诗人的心，同年 11 月 18 日，他在一篇日记中写道，"今天是一个很大的难关。一生中最艰难、最凶险的关头。我差一点被毁了。"接近两年之后，B 又出现在《太阳和野花》的开端，虽然一闪而过，亦可见海子之念念不忘。但是，很显然，B 仅仅是此诗的一个序言——为了后文中 AP 的正式出场。

　　然则 AP 何许人也？燎原认为，AP 并非一人，实为两人，亦即A 和 P。仔细阅读《太阳和野花》，确有"花开两朵，各表一枝"之感，明显出现了双重甚或多重语义空间；第二十行，"两位女儿在不同的

---

　　① 燎原：《扑向太阳之豹：海子评传》，南海出版公司 2001 年版，第 248 页。下引燎原观点，凡未注明，均见此书。

地方变成了母亲", 则提供了较为忙乱而又明确的信息; 另外, 海子一向以单个字母, 比如 B 或 S, 指代其生命中的重要女性, 亦可作为这个观点的旁证。据燎原等人研究, P 是海子的一位同事, 已婚, 有孩子, 其老家应在青海德令哈。海子于 1983 年到中国政法大学工作, 第二年就在《不要问我那绿色是什么》中写及青海湖。在《太阳和野花》脱稿半年后, 海子又写出了《无名的野花》, 在一种致幻般的氛围中, 再次写及青海湖边的野花、大草原上的恍惚女神; 同时期还在多件作品中写及青海公主, 可能全都包含着对于 P 的臆想。1988 年 7 月 25 日, 海子坐火车经过青海德令哈, 写出了那首肝肠寸断的《日记》, "姐姐, 今夜我不关心人类, 我只想你", 显然就是献给 P 的呓语。燎原进而指出, P 即《野鸽子》中的"隐身女诗人"。《野鸽子》脱稿于 1988 年 2 月; 同年同月脱稿的《一滴水中的黑夜》中, "野鸽子"再次出现, 并与一位"女王"构成互涉, "这些陌生人系好了自己的马/在女王广大的田野和树林"。在海子的心理指认中, P 是一个姐姐, 好比导师; A 是一个妹妹, 接近情人。《太阳和野花》有句, "是谁这么告诉过你: /答应我/忍住你的痛苦/不发一言/穿过这整座城市/远远地走来/去看看他 去看看海子", 就明显出现一个三角关系: 善良的 P 最懂得海子的孤独和绝望, 她把解救的希望寄托给 A。但是, 目前没有证据显示 P 是诗人, 她最多只是海子的"欣赏者和引导者"。

必须附带说明的是, B 和 S 也不是诗人, 更不可能是"隐身女诗人"——B 尚能欣赏海子诗, S 则对海子诗可能带来的现实龃龉甚或抱有极大担忧。

二

边建松认为海子的《日记》, 乃是献给西藏女诗人 H 的[①]。这个观点也不准确。因为还要在完成此诗数日之后, 海子才翻越唐古拉山, 在 8 月初到达拉萨, 首次也是末次见到 H。如果单从内容来看, 《日记》的悲伤、孤独和空荡, 则又与 H 坚拒海子莽撞示爱的事件构

---

① 参见边建松:《麦田上的光芒: 海子诗传》, 江苏文艺出版社 2010 年版, 第 205—206 页。下引边氏观点, 凡未注明, 均见此书。

成了严丝合缝的呼应——或许，在见到 H 之前，忐忑不安的诗人就隐约预知并提前感受了这种悲伤、孤独和空荡？H 年长海子近十岁，与后者密友骆一禾交厚，此前可能与海子有过书信往来，当时离居拉萨，与一条大狗相伴。可能因其品性芬芳而思想纯净，燎原借来马原的书名，称之为"拉萨河女神"。她能够与燎原坦言海子夜访一事，亦可见其胸襟。似乎，H 已经成为最大的嫌疑。但是，她亦不可能就是那位"隐身女诗人"。因为在见到 H 之前半年，海子就已经写出了《野鸽子》。

三

剩下来需要被证实的唯有 A，她已经与"隐身女诗人"高度重叠。那么，只好循着另一条线索从头起步。1987 年 8 月，海子完成《十四行：玫瑰花园》。此诗隐藏着诗人与某位女诗人谈论但丁（Dante）及贝亚丽丝（Beatrice）的本事："我们谈到但丁 和他的永恒的贝亚丽丝/以及天国、通往那儿永恒的天路历程/四川，我诗歌中的玫瑰花园/那儿诞生了你——像一颗早晨的星那样美丽"。在青海和西藏已经陷得太久，现在，必须依照海子本人的指引，由西北而西南，来到另一块土地。

海子在其短暂一生中，至少两次进入过四川。

第一次是在 1987 年 1 月。他乘坐列车从北京直达成都，未至成都，便在广元站下车，然后换乘汽车，去了川北藏区九寨沟，继而折回，来到川东北山区的达县，盘桓数日后，乘汽车赴万县，换乘江轮，顺长江而下，回到安徽安庆。九寨沟地处四川盆地向青藏高原过渡的坎前边缘区，作为旅游胜地，现在已经驰名于世界。然而，九寨沟被评为国家级风景区，却迟在 1984 年；被评为世界自然遗产，则迟在 1992 年。1987 年，九寨沟尚处于保护区向旅游区的过渡期，名气不甚大，人迹不会多。1 月，正是体验九寨沟冰雪世界的最佳期。海子此去，或如燎原所言，乃是为了朝拜诺日朗——想来诺日朗瀑布自然冰冻，而诺日朗雪山更加晶莹。1983 年 5 月，杨炼发表组诗《诺日朗》，此后，这件作品一度成为诗歌界高度关注的焦点和热点，并引领了当代诗歌史文化地理向度上的史诗写作潮流。四川诗人比如宋氏兄弟、石光华、翟永明和欧阳江河，都是后起者；海子，也是后起者。在九寨沟的山谷森林之间，镶嵌着数以百计的湖泊，犹如蓝水晶，当地人就称之为"海子"。海子此去，或为与若干"海子"聚首亦未可知。这种地气上的契合感，引导了诗人最后的行踪。经查，1987 年 10 月，海子曾忆写有一首《九寨之星》。此诗仅有八行，抒情对象之人称，迅速由第四行的"她"转变为第七行的"你"。他把九寨沟的"海子"喻为女神点亮的一盏灯，却把"你的一双眼睛"喻为镜子中的两盏灯。这颗九寨之星，是否就是两个月前在《十四行：玫瑰花园》中曾经出现过的那颗星？不管怎么样，海子的九寨之行，隐约出现了一位女性。当他到了达县，写下《冬天的雨》，这位女性已经逐渐清晰："一只船停在荒凉的河岸/那就是你居住的城市"。那么，海子此行，乃是去见当地一位年轻的异性朋友？这个观点的确立有赖于排除另外一种可能：海子前往达县，是去见正在老家度寒假的徐永。徐永，男，诗人，1965 年生于四川万源，北京大学中文系 1983 级学生，以《矮种马》享誉校园，曾任五四文学社社长及《启明星》主编。徐永进校前，海子已毕业，但是两人相熟则无疑问——1986 年，前者写下《竹篮》，后者写下《鱼筐》，表现出相似的题材攫取和不同的情感皈依。《鱼筐》，亦即著名的《在昌平的孤独》。万源与达县毗邻，今同属达州市辖。然而，经徐永回忆，他绝未与海子在达州见过面——他甚至不知道，海子到过达州。可见海子一直保守达县之行的秘密，其目的，可能正是帮助某个女诗人"隐身"。然而，这秘密最终还是被他自己的作品泄露：《冬天的雨》，还有《雨鞋》，明确标明写于达县——从所署时间来看，海子至少在达县停留两天，从当月 11 日至 12 日。另一件作品，《雨》，被海子密友西川认为大概就是《冬天的雨》的重写稿或改定稿。这些作品径用第二人称"你"，明显地隐藏着若干本事，特别是与一个"仙女"雨中共伞的本事。《冬天的雨》中诗人"随身携带的弓箭"，后来在《太阳和野花》中再次出现——"一张大弓、满袋好箭"。而在完成《九寨之星》的同时，海子还完成了一首《野花》，提及一位"雨和幸福/的女儿"。综合考察这些信息，或可把这里的"你"与 A 高度重叠。《雨鞋》则显示，此前，海子与 A 曾有通信。据多人研究，此行中，海子曾与 A

同游广元境内的七里峡、达县境内的州河及真佛山。回到安庆后，海子写有一首《给安庆》，有"可能是妹妹/也可能是姐姐/可能是姻缘/也可能是友情"之句，泄露了他对 S 与 A 的感情预期。海子离开四川后不到五个月，他的作品《献给韩波：诗歌的烈士》《水抱屈原》，还有《但丁来到此时此地》，发表于达县《巴山文艺》第 6 期"启明星诗卷"。这次发表机缘的促成，缘于徐永及凸凹的努力，可能与其他人没有太大的关系。《但丁来到此时此地》中写道，"树桠裂开，浅水灌耳/在香气的平原上/贝亚德丽丝/你站在另一头，低声歌唱歌"。"贝亚德丽丝"就是海子在《十四行：玫瑰花园》中写及的"贝亚丽丝"。在 1986 年 8 月的一篇日记中，海子使用的则是王维克在 30 年代的译名："贝亚德"。贝亚德丽丝，这个佛罗伦萨少女，在九岁时引发但丁的爱情，当其二十五岁夭折之后，就一直是但丁诗篇中永恒的女神。海子在《巴山文艺》选发《但丁来到此时此地》；已然自视为但丁，并将 A 视为贝亚德丽丝，亦即此诗的收件人，其苦心与深意自不待言。

　　第二次是在 1988 年 3—4 月。海子陪母亲游览北京后，怀揣尚未完成的长诗《太阳》，直奔成都，先去川南，观瞻乐山大佛，并在沐川宋氏兄弟的红房子盘桓十余日，继而回到成都，先后住在诗人万夏和尚仲敏处，并与欧阳江河、翟永明、石光华、刘太亨、L、钟鸣、杨黎等见面，还曾当众朗诵《大盆地》，盘桓数日后方回北京昌平。很显然，这是一次诗歌之旅。四川诗人特别是整体主义诗人，带给海子的——生活的与诗学的——暖意让他刻骨铭心。据一些当事人回忆，在成都期间，海子可能有过约会。此行结束回昌平后，4 月 23 日，海子即写下短诗《跳伞塔》。跳伞塔，本是成都市区的一个地名。可是，诗人却写到了"北方"："我在一个北方的寂寞的上午/一个北方的上午/思念着一个人"。这首诗的第六节共有四行，则更为重要，"已经有人/开始照耀我/在那偏僻拥挤的小月台上/你像星星照耀我的路程"。几天之后，5 月，海子又写下《星》，"星/我是多么爱你"。这里的跳伞塔之星、旷野之星，是否也就是九个月前在《十四行：玫瑰花园》中曾经出现过的那颗星？如果是，A 或曾赶赴成都与海子见面亦未可知。在沐川期间，宋炜曾为海子算过卦，曾言及海子的诗已然形成一个黑洞，要将他吸进去；还言及海子在成都有一个女友，今后不会有结果。第一卦显然应验；第二卦不知准确否，却影响了传记作家燎原，他认为A老家在达县（毗邻神农架），毕业于北京某大学，工作于成都某医科大学，并称之为"神农氏之女"。另一位传记作家周玉冰，受了燎原之影响，又在其基础上对海子与A的两次交往均作了绘声绘色的文学性摹写，并将A称为"安妮"，工作单位则由一所大学变成一家医院。大学而兼医院，难道是指华西医科大学？倘若真的如此，海子或另有所遇——在完成于1988年8月的《雪》中，明显可以看到，"草原"和"成都"，都是海子的情感寄托地。

或以为在1989年初，海子第三次来到四川。然而证据不足，可能乃是误记。

四

海子在离开达县的次月，亦即1987年2月，写出了《病少女》。此诗写及一家三口为他送行的情景，特别写到一个小姑娘，"病少女清澈如草/眉目清朗，使人一见难忘/听见了美丽村庄被风吹拂"。很多论者以为，一家三口即是A的一家三口。那么，A是"病少女"母亲还是"病少女"本人呢？这个问题，颇难回答。

边建松否认《病少女》与A有关；同时错误地强调，此诗不必确有本事。这就难以解释——何以1988年2月，海子写出《大风》，又出现了与《病少女》相似的情境，"想她头发飘飘/面颊微微发凉/守着她的母亲/抱着她的女儿/坐在盆地中央/坐在她的家中"？此诗之地理信息，再次指向四川。"病少女"案，或另有本事亦未可知。真是"正入万山圈子里，一山放出一山拦"。

五

1989年的春天不可避免地到来了。

海子连续写下《太平洋上的贾宝玉》《献给太平洋》和《太平洋的献诗》，牵肠挂肚于在一年前就已经移居海外的B。同时，他还写下《桃花》《桃花开放》《你和桃花》《桃花时节》和《桃树林》，似乎在很大

程度上指向了 A。无论这个直觉准确与否，都不影响这样的判断：海子对 A 的幻想和创造仍在不断膨胀。3 月 9 日，在自杀前的第十七天，他删定当年 1 月就草成的诗稿：《月全食》。"月"，自然是"星"的演绎——此类意象已经系列化，埋下了重要线索，屡见于前引海子诗。《月全食》开篇就写道，"我的爱人住在县城的伞中/我的爱人住在贫穷山区的伞中，双手捧着我的鲜血"，无不与达县之行及《冬天的雨》《雨》《雨鞋》等诗中的细节高度吻合。"我的爱人"云云，可能是万念俱空之后的谵呓，可能是撒手之前的闪念，剩下来的一根稻草：诗人借此暂时漂浮于人间的水面。但是，决心已定，舌头颤抖，斧头闪现，空气紧张，死神的脚步已然戛戛而来。海子已经看到自己的鲜血：他希望最终由 A 用双手捧着他的鲜血。

六

那么，A 是不是一个诗人呢？

根据边建松的研究，AP 实为一人，其实就是 A。边氏自称曾得见，并引述过 A 写给海子的信件。这些信件分别写于 1987 年 1 月海子去达县之前，1988 年 4 月海子回昌平之后，据边氏摘引的部分内容可以判断：A 长期住在达县，工作与算盘和数字有关，闲时尝试着写一些自白诗，对海子作品也不是太懂，曾邀海子去达县，并对后者抱有某种友情上的期待——这就是海子第一次四川之行选择那条奇怪线路的原因。两人的现实关系，应该处于倾慕与克制之间。换言之，最后中断为遥远的友情。

据此可知，A 有可能就是达县女诗人 D。这位女诗人生于 1967 年(比海子小三岁)，有只眼睛半失明，有只耳朵半失聪，中专毕业，会计职业，闲暇时写诗。据笔者采访达县诗人龙克，证实 D 确曾写信给海子。D 写出了较多作品，对数字的敏感见于《辞职报告》《求职书》《任命书》和《计数器归零》。她曾写有多篇作品，比如《州河，女人与瓦罐》《我声音多么卑微》和《蝉音》，纪念其在七里峡、州河及真佛山的行踪；还曾写下若干桃花诗，似在与海子的桃花诗相酬唱。其中，《又见桃花》出现了"牧羊人"，与《太阳和野花》中海子对 A 的祝福，"那个牧羊人/也许会被你救活/你们还可以成亲"，也构成了严丝合缝的呼应。但是，也许 D 并没有领受海子这种了犹未了的祝福，多年以后，她写下《行船调——写给自己的生日献词》，再次忆及这一"躺在诗歌里的爱情"。2008 年春天，D 自言，她看见那些抽穗的麦苗时，不禁悲从中来，当即写下《最后的诗章——给海子》，"既然，在这三月无法让文字欢愉/那么，让曾经的美丽，风干的记忆/谱写一曲最后的歌谣"。D 另写有《空白》和《三月，不敢想桃花》，亦为纪念海子，或者说想念海子之作，风格朴实真切、直白深挚。D 在诗中曾提及海子的《女孩子》，应予特别注意。《女孩子》不详何年所作，有"她用双手分开黑发/一枝野樱花斜插着默默无语"之句，与《冬天的雨》中一些诗句颇有牵连，"这都是你的赐予，你手提马灯，手握着艾/平静得像一个夜里的水仙/你的黑发披散着盖住了我的胸脯"。D 还写有《在暮色中静下来》，虽未明确标示为海子而作，但是似乎具有更为清晰可辨的海子风，对面隐藏着一个再没有比海子更合适的聆听者，"亲爱的人，如果有一天我听不见你的声音/我是幸福的/如果有一天，你读不到我的眼神/你，也应该是幸福的"。

笔者对假设当事人进行了短信采访，据 D 答复——早在 1987 年，她便知道海子，并尝试写作；后来中断二十年，直至 2007 年读到大量海子作品，才重拾诗笔；她视海子为"诗神"，常常在自己的作品中将"你"设定为海子；她从未与海子见过面，却对海子葆有"个子中等，黄黑肤色，落有胡须，深沉不苟言笑，能洞穿世事，悲悯而有大爱"的印象；她同时断言笔者，"肯定在达县找不到海子见的那个人"。世间居然有这等巧事，这等不巧事。2016 年，D 因病去世，从此石沉大海。

七

达县还有两位女诗人：T 和 L。T 生于 1974 年，夭逝于 1993 年。此女虽然甚有才华，然而 1987 年尚不足 13 岁，想必还不能与海子对谈但丁——愿她在天之灵得聆海子哥哥的诗教。L 出身书香，写诗，画画，据闻美丽不可方物。有关信息显示，其年龄甚或比 T 更小。

舍此，达县再无女诗人矣。

八

海子的《月全食》曾经如是写来："我不能忍受太多的秘密/这些全都是你的"。不能忍受的已经离世，愿意忍受的始终缄口——这个问题，恐怕难以解决。"隐身女诗人"，终于实现了完美的"隐身"。

当然，也许还应该存有另外的向度。1986 年 8 月，海子在一篇类似诗学断片的日记中写道，"其实，抒情的一切，无非是为了那个唯一的人，心中的人，B，劳拉或别人，或贝亚德。她无比美丽，尤其纯洁，够得上诗的称呼。"由此可见，在海子看来，他生命中的重要女性似乎都可以称为"隐身女诗人"。既然如此，哪怕 A 终于现身，她也不能理直气壮地自认为是"隐身女诗人"。

现在来读海子的《四姐妹》："荒凉的山岗上站着四姐妹/所有的风只向她们吹/所有的日子都为她们破碎"。四姐妹，不多不少只有四姐妹——在 B、S、P、A、H 之中，海子剔除了谁？如果 P 确实存在，那么，他剔除的就应该是 H。

九

前引若干海子诗或幽深或陡峭，无论怎样细读（close reading），都难以求得合乎逻辑而令人信服的阐释；而当传记式批评介入以后，各种蹊跷，也有可能迎刃而解。可见传记式批评并非以"传记"谋害"作品"，亦非强行将"个人化隐私"上升为"历史性问题"，而是通过考订"本事"，无休止地回落到文本（text）——如果从这个角度来看，传记式批评与文本中心主义也无大异，虽然后者远比前者更加忠诚于"文本自足性"。

美国哲学家亨利·亚当斯（Henry Adams），曾写信给小说家亨利·詹姆斯（Henry James），这样解释写作自传《亨利·亚当斯的教育》的初衷，"本书只不过是坟墓前的一个保护盾。我建议你也同样对待你的生命。这样，你就可以防止传记作家下手了。"①笔者的这些努力，在一定程度上，可能也损坏了海子坟墓前的"保护盾"。传记

---

① 参见许德金、崔莉：《传记》，赵一凡、张中载、李德恩主编：《西方文论关键词》，外语教学与研究出版社 2006 年版，第 897 页。

搅浑诗歌，或者说，诗歌搅浑传记，都是批评的大失败。所以，笔者在行文中添加了新批评（New Criticism）式的圆滑：牢记"text"一词的拉丁语源"texere"①，保持对"文本"的适度信任，以及对"传记"的必要警惕。

2010 年 10 月 31 日 草成，2023 年 2 月 20 日 改定

[作者单位：四川省遂宁市民族宗教事务局]

---

① 意为"编织"。

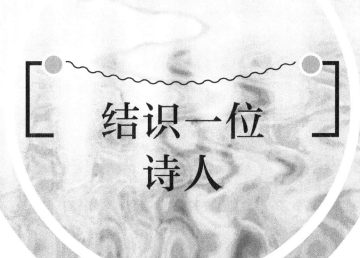

结识一位
诗人

"时刻都有一列火车，从我的身体里穿行而过"

——江一苇诗歌的现实与变形

吴丹凤

青年诗人江一苇的诗似乎试图触及现实本真及个体生存的变形，其诗歌对边缘人群的存在关注颇深，善于截取事实锋利与沉重的即时场景，而作为言说主体的叙述偏好又令其展示出观测者的忧伤。他将目光投向边缘人物，观测个体置身人世的普遍艰难，并进行刻意淡写，以"80后"诗人独有的成长敏感，关注"新修建的县城的火车站""乡下的狗""县城的街道""乡下那些又穷又刻薄的亲戚""被辛苦养活的一代"，以粗粝质朴的语言定格一帧帧现实影像。

一、边缘存在：漂浮与沉重

萨特曾回答过一个关于为何写作的问题，"主要的动机之一当然在于我们需要感到自己对于世界而言是主要的。"[①]其实不仅仅文艺创作需要动机，存在恐怕也需要一种自我肯定，并由这种自我感觉驱动。但诗人关注的恰恰相反，他的目光注视那些缺乏自我驱动的边缘人群，所以不得不面对一种痛苦：假如存在对于世界而言是"非主要"的，那么该如何呈现这种变形的生存？

这种"非主要"的存在，首先呈现为一种边缘人的漂浮状态。"我见过最卑微的动物是刺猬，/渴望被接纳，又很怕受伤害，/世上再也没有什么生命，/比它活得更小心翼翼。"（《不得不接受的比喻》）渴望被接纳本身，就意味着对自我状态的认知是生活在"主流"之外。但"渴望被接纳"的小心翼翼，却往往将卑微的个体导引向更边缘的生存处境，而在这种"非主要"的存在中因为受到伤害而生长出来的

---

① ［法］萨特：《萨特文集7·文论卷》，沈志明、艾珉主编，人民文学出版社2000年版，第120—121页。

刺，只会指向唯一的结局：伤害与被伤害。无论"你""我"，在存在的相互贬低之中最终都走向漂浮，"我有一个出生地，但我无法叫她故乡，/那里大多数人已不相识"（《在小镇》）。存在的"非主要"令所有身处边缘的个体，被迫与土地脱离，或在本能中自我精神脱离，最终形成一种生命不能承受之轻，"我在这里生活，但我并不知道/这里和我有什么关系。"（《在小镇》）

漂浮是一种内在的轻，却也同时是外在的重——一种存在的沉重感与艰难。诗人对这种艰难进行了多重角度的呈现：其一，人与动物存在的雷同。在《在小镇》与《不得不接受的比喻》中，人与刺猬的生存皆"小心翼翼"，皆相互伤害。在《无题》中，身处困境的人看到一只蜘蛛，忍不住流下泪来，"不是因为我踩到了它。/我有两只脚，在挣扎，/它有那么多只脚，还是在挣扎。"其二，边缘生存中人与人的相互挤压，并通过对这种挤压的描写隐约带出诗歌的批判性。诗人谈论小镇生活，"我有时候想哭，是因为那些白杨树光秃秃的枝干，很像多年前乡下那些又穷又刻薄的亲戚"。（《在小镇》）对于生存而言，被侮辱与被损害的人本应互相取暖，但人们之间的温情却可能在现实的残酷面前失去温度，乃至变得"刻薄"。这种互相伤害的状态，是真真切切的动物"刺猬"生存状态。其三，美好的易逝。作为美好象征的女孩子，她在编织麦秸秆的时候，"专注的样子""会让人以为/她就是上天送给人间/一尊完美的雕塑。"（《邂逅》）这是一次完美的邂逅，但在另一首诗中，他隐隐透露了这些雕塑般精美的女孩如何在世俗中迅速湮灭：在《乡村的语言太匮乏了》中，当"我"终于学会用肢体暗示曾经爱上过的一位姑娘时，"她已牵着她的孩子，在河边洗指甲缝里的黑泥"。女孩子的存在是如此的静美，但她们的人生却来不及在岁月的边沿打一个转，就已转眼被世俗的束缚卷进新的人生车轮之中被迫向前，甚至我们隐约可以看见，她们未来生活的沉重图景。

对个体生存而言，其存在对于世界是"非主要"的，并不意味着其自我的彻底丧失（只要感知被现实遮蔽），一旦个体感知了这种自我丧失，才意味着自我的彻底丧失。个体尚且具有信念的时候，存在还被投射梦想的轻盈，生活可能展露各种梦幻。诗人看到了这一

点，"小时候，父亲很喜欢将我举过头顶，/让我伸出手触摸天空。/他常常会问我：'摸到了什么？'/我回答：'月亮，星星。'/'还有呢？'/'还有白云，水一样，流过指缝。'/父亲欣喜地对我说：'将来你长大了，/就可以自己摸天空。'"后来"我"终于长大了，却"再也没有触摸天空"，"不是我不想，而是再也没有人/会像父亲一样，能不厌其烦地听我说谎"。(《摸天空》)从这些诗句来看，诗人明确感知到了自我正在丧失的过程。但需要指出的是，对这种丧失感的语言表达却驱动了一个新的过程，那就是更清醒地对边缘人群进行观测。因而可以说，创作者本身的创作需要也同时驱动着他对现实观察的指向：非遮蔽与不刻意粉饰(因而具有某种现实意义)。

二、粗粝的变形

本雅明在阅读普鲁斯特的时候说过一句话："对于把渔网撒向 temps perdu(逝去的时间)的大海的人来说，嗅觉就像是分量感。"[1] 此理同样适用于所有试图创作的诗人，因为他们的创作同样是在逝去的时间大海中打捞，但当所有人都知道嗅觉的分量感的时候，能区分他们的就不仅仅是感觉，还有将感觉表达出来的方式。

诗人在描述边缘人群时采用了一种必要的变形叙述。在《万有引力》中他讲述："父亲，你越来越弯曲的身子，/让我看到了可怕的万有引力……有时，我甚至听到/骨头在你体内嘎吱作响的声音。"个体的生存是沉默的，但诗人的感觉是敏锐的，他听到骨头变形的声音，感受到物理引力及精神的下沉，最终在诗人的虚实视角中，看到了人的物化，"父亲，你让我相信，/无数直木/就是这样被扭曲成车轮的。"在《不得不接受的比喻》中，也是如此，"因为爱，柳树静静地垂下头颅。/因为爱，我像一只刺猬，把自己藏在了刺里。"《在小镇》中，"我有时候想哭，是因为那些白杨树光秃秃的枝干，很像多年前乡下那些又穷又刻薄的亲戚。"或许在现实的观测中，敏锐的直觉带来伤感与沉重，必须要用物化的形式来转移与承担。

如果将视觉拉远，还会发现诗人在试图俯瞰，这种俯瞰多多少

---

① [德]汉娜·阿伦特编：《启迪　本雅明文选》，张旭东、王斑译，生活·读书·新知三联书店 2014 年版，第 230 页。

少也带来一种变形——人在宏大命运面前的缩小与变形。以《钥匙》为例，"一把钥匙，就这么拧断了自己"，"钥匙有被折断的命运/人世有无法打开的窄门"。在这首诗中，诗人写到了钥匙，而人也是如钥匙一样，并没有被握在自己手中的幸运，"我不知道这是它自己的选择/还是因为我用力过猛/一把钥匙，就这么拧断了自己"。钥匙的身不由己与人的身不由己是一致的，有时候个体自以为是自己的选择导致的结果，实际上是别人用力过猛。这种变形也叙述出个体存在的脆弱、拧巴与身不由己。这类型的诗，虽然也试图掺杂进哲理性，但其重心依然是在展示现实的锋利。与卞之琳的《投》一诗相比〔说不定有人，/小孩儿，曾把你/（也不爱也不憎）/好玩的捡起，/像一块小石头，/向尘世一投。〕，江一苇的诗不在学理性与纯净度上取胜，但从其诗中吹来一股粗粝的风沙，不禁让人生疼。

可以说，江一苇的某些诗让那些容易被忽视的群体的生存依附语言浮现，这些画面似曾相识，或许曾闪现于贾樟柯的《小武》《站台》或类似电影影像中。或许，汉语诗歌可以不追求某种崇高性，现实本身的介入已能让诗歌自然而然地生长出一种实质的硬度。记录本身就是一种对现实的存档行为，边缘的漂浮一旦被定型，也展示出个体前行的某一种姿态。

三、观测者的位置

诗人处于一个观测者的位置。一方面，主体对自我处境的切身感受可能导致其自我的彻底丧失（甚至导致肉体及精神湮灭）；另一方面，主体对自我处境的切身感受也可以促使其超脱，从而转为一位观察者，进而得到某种意义上的拯救。诗人因为敏感性及创作驱动往往并不能彻底地丧失自我，也不能成为纯粹的超脱者，因而是一个正在丧失的观测者。在江一苇诗歌中，诗人注视边缘群体，并将其生存中的轻与沉、现实与变形并置，此过程中展示的不仅仅是对存在的自弃，还有某种程度的对自弃的抵抗。

观测提供了抵抗性。在《十月的村庄》中，诗人感叹作为女性的祖母"耗尽了青春，耗尽了中年，/耗尽了一生"。同时"失去了花朵，失去了果实，失去了叶子，/失去了那么多，因而看上去干干净净"。

这里用"干干净净"来形容一个女性的失去，是诗人所有诗句中最有力度的一种表述，一种最后、最坚定的反抗——沉默地摘除了所有，也摘除了所有生活赋予的遮蔽。更可贵的一点是，作为边缘者的其中一员，诗人对自身的观照也是批判性的。诗人看着自己的照片，"我把它设置成了隐私，/因为我也不敢打开它"，因为"我怕看见他。看见他那清澈的眼神"，"重点是/对面的他看见了一个自己曾经最反感的人"。"我"的眼睛已在人生中被污染，甚至也可能因为被伤害而成为一个新的加害者。可见，诗人的观测质地是锋利与坚硬的，这种观测无疑达到了对现实存在语境的抵抗。

观测承担了一定的净化功能。在《梦见父亲》中，他写道："还是一夜之间，我步入了中年，/忽然心生恐惧，总担心活到他的年纪/仍然一事无成。"但诗人同时承认，"又不仅仅因为他是我的父亲/他也是另一个老年版的我/我甚至想，我也需要一头老牛一头从不开口的老牛/我有许多话想要诉说而它只需要静静地听着"。在诗人的笔下，父亲是小镇"一事无成"的"非主要"存在，但"我"的一事无成似乎可以继承父亲的一事无成，最终得到相互解救。在《距离》中，"我"陪一位失去了妻子的朋友喝酒，"只看见他像一只刺猬，埋下头/身子越缩越紧"。"我"陪一位被男友抛弃的女子"逛完了一条街"，尽管"小县城的灯光亮得特别早/让周围的一切，提前进入到黑暗之中"，但"我"也在继续"慢慢地向前走，不知道走了多久"，看见"一颗颗星星紧挨着"，"仿佛这世上每一个需要安慰却又不得不小心翼翼的人"。可见，观测行为本身也对作为感知主体的人类提供了净化功能。所以，在观察中，诗人不仅感知个体的悲剧，也试图为丧失者洗去尘土。在某些诗中，诗人流露出对存在的一丝柔情。他看到"透明的露珠"不禁触动："这必然是这个早晨最后的露珠了，/晶莹、剔透，忍着内心的大海""我想我终于明白了……/世间的爱不一定都是苦的，/有时候，它也是一场浪漫的赴死。"（《透明的露珠》）显然，要成为一个真正的诗人，双重认知最终还是不可或缺的。但不得不指出的是，语言在某些复杂情绪降临的时刻难免会缺乏精到。

观测需要一个位置，就如演奏需要一个位置一样。评论家皮埃尔·马舍雷谈及巴赫的《哥德堡变奏曲》，直言其变奏的特质"其中最初的咏叹调在变形的循环中被吸收、拉长，好似到无穷，最终又复活过来，但已不再是最初的样子"。[①] 在这里马舍雷关注到了曲子的变奏，但不要忘记，演奏的最初与变奏都是在一个稳稳的位置上完成的。这不禁给我们启示，文学创作也是如此，越是激烈的变奏越需要一个稳定的空间作为底座。诗歌中的观测也是如此，诗人感受与记录现实的漂浮与沉重，感受本身必须是敏感的，但同时却万万不能丧失自己的位置。可以看到，江一苇是倾向于将自我停留在一个静止的记录者的位置的。这种感觉在《火车》一诗中得到了恰当的记录：

> 后来，我逐渐熟悉了火车在轨道滑行的隆隆声
> 和刺耳的尖叫声。我不知道如何比喻，
> 在和自己多年的对峙中，
> 我只觉得，时刻都有一列火车
> 从我的身体里穿行而过，
> 时而悲鸣，时而尖叫。我作为不断被路过的
> 火车站，在寂静中不停地喧嚣。

诗人的身体即是火车站。时时有火车"从我的身体里穿行而过"，但在日积月累中，"我"与自身"对峙"，我逐渐"熟悉"，甚至"寂静"。或许只有这种"寂静"的观察，才能真正提供一个俯瞰的环境，即便这种现实是如此不堪，存在是身不由己。但在创作中，这种喧嚣需要寂静，而寂静也需要喧嚣。毕竟古人已经说得很清楚："蝉噪林逾静，鸟鸣山更幽""江碧鸟逾白，山青花欲燃"。作为被路过的火车站，其静、幽、碧、青，才是噪、鸣、白、燃的绝好生发之地。

[作者单位：南开大学文学院]

---

① ［法］皮埃尔·马舍雷：《为了一种文学再生产的理论》，见［法］米歇尔·福柯等著，白轻编：《文字即垃圾：危机之后的文学》，重庆大学出版社 2016 年版，第 336 页。

"谁此时孤独，就永远孤独"

——读江一苇的《在小镇》

薛红云

江一苇的诗歌语言纯粹、直接，绝少修饰，却有很强的表现力，经常在生动的画面外给人重重的情感的冲击。《在小镇》就是这样一首诗歌，它不长，只有短短的十行，却把现代人孤独寂寞的心灵呈现出来。

诗歌开头"我在这里生活，但我并不知道/这里和我有什么关系"，两行诗奠定了整首诗的情感基调：淡漠、孤独、疏离。下面的内容可以说是这两句的展开：小镇之所以和"我"没有关系，是因为"我"在这小镇上是个异乡人，没有朋友，没有家，也没有亲人，是孤零零的一个人。江一苇在很多首诗中描写过他生活的小镇。"小镇"这种地理空间介于乡村和城市之间，说城市不是城市，说乡村不是乡村，"不上不下"，处于一种悬浮状态，但这恰恰跟"我"很像——"自己就像这个默默无闻的小镇"（同名诗《在小镇》），因为"我"只是在这里生活，这里只有"出租屋"，没有家；而且"我"也没有"故乡"。对小镇和故乡都缺乏认同，可以说也是一种悬浮的状态，因此在小镇，"我觉得我的孤独比落日还要盛大"（同名诗《在小镇》）。这种悬浮状态无疑才是孤独的根源，这种孤独跟"我"孤身在外有关，但更深层的原因是"我"没有心灵的"故乡"，没有了"根"。

江一苇很多诗歌的高潮部分在诗歌结尾，戛然而止又意味深长。这首诗也不例外，用"白杨树光秃秃的枝干"来比喻"乡下那些又穷又刻薄的亲戚"，的确是很新奇。不知道诗人是不是特意使用这个意象，来解构文学史上的另一个经典的被礼赞的"白杨"意象。茅盾在《白杨礼赞》里也是用白杨来比喻农民，但却是赞美他们的坚韧、勤

126

劳，他们的"参天耸立，不折不挠，对抗着西北风"。在现当代文学史上，因为现代化的发展使城市的诸多问题逐渐暴露出来，作为对比的乡村、边城经常被诗意化，成为心灵的一方净土，承载着过多的精神寄托。但只有真正在乡村生活过的人，才了解乡村的真实面貌，它不仅有着贫穷刻薄，而且藏污纳垢，并没有作家想象得那样具有诗意。在另一首名为《老乡》的诗中，江一苇更是直接解构了"老乡"所代表的乡情以及对农村的美化："欺行霸市的是老乡，弄虚说谎的/是老乡，调戏良家妇女的是老乡，掏老大爷腰包的/是老乡，耍无赖的是老乡，酒后装疯的/是老乡，口气重于脚气的是老乡，露宿街头的/是老乡……"这样的解构使得故乡"只是出生地"，而"小镇"又和"我"没有关系，那么"我是谁""我从哪里来""我要到哪里去"这些终极的问题就浮现出来，它们像是人生的一个坐标系，对于这些问题有着明确的认同便像有了根。而诗歌中这些问题对于"我"是无解的，"我"只能无根地漂浮。也由此，那种刻骨的孤独与漂泊之感就浮出诗外，让人难以释怀。

虽然江一苇的这首诗歌呈现的是在"小镇"，但表达的却是现代人共通的情感和精神状态，那就是孤独、人与人之间的隔阂；即使把题目换成"在×市"，内容也丝毫没有违和之感。可以说它是现代人心灵的一幅速写，仅醉酒、出租屋、白杨树等寥寥几个意象就把现代人的孤独、漂泊、荒凉之感传达出来。它给人的感觉是压抑的，甚至是绝望与虚无的，如诗歌中没有出现的把白杨树吹得光秃秃的北风，透露出一股股凉意。

里尔克在《秋日》里说"谁此时孤独，就永远孤独"，但他接着又把孤独诗意化，"就醒来，读书，写长长的信，/在林荫路上不停地/徘徊，落叶纷飞"，虽然孤独，却有一种生活的温暖气息。江一苇的诗歌却是冷色调的，他的孤独不仅仅是如诗中所说"醉酒"之后的一时孤独，而是根着无处、灵魂无处安放的孤独，这种孤独是无解的，才是真正的"永远孤独"。

[作者单位：北京联合大学师范学院]

［附］

在小镇

江一苇

我在这里生活，但我并不知道
这里和我有什么关系。

喝酒时我有很多朋友，
醉后，我总是一个人踉踉跄跄回到租屋。

这里我没有亲人，由于生性懦弱，
也树不了什么仇敌。

我有一个出生地，但我无法叫她故乡，
那里大多数人已不相识。

我有时候想哭，是因为那些白杨树光秃秃的枝干，
很像多年前乡下那些又穷又刻薄的亲戚。

梦境与现实的缠绕

——江一苇《梦见父亲》浅析

李艳爽

江一苇的诗歌纯粹、质朴、含蓄。大地、故乡和亲人是他诗歌创作稳定的根基，是他偏执的情感指向，他的诗歌总是贴近大地、贴近他从未离开的小镇，贴近给了他生命的父亲和母亲，因为他笃信："一个好的诗人必然要扎根于自己生活的土壤里，必然要有标本式的农民的品质，只有这样的农民，才足够虔诚，才能种出最好的庄稼，也只有这样的诗人，才能写出好的诗歌。"（《诗歌于我，是一场意外》）江一苇善于把诗歌的纹理交由自身生命的细微经验，从自身的生命经验中彻悟对故乡、亲人的爱、理解、怀念和反思，坦陈对自我的审视。

《梦见父亲》源于诗人对死去父亲的怀念和追忆。江一苇将无尽的思念装进恍如现实的梦境中，以梦为载体，轻声讲述父亲的生命过往，静心还原父亲的生活日常，"梦见他还穿着那件淡蓝色的中山服/在衣兜里一把一把往外掏土"。诗人将父亲的影像聚焦在一把一把从中山服衣兜里掏土的动作里，梦境将父亲的细微动作夸张放大。这是江一苇对父亲与土地关系的打量，是对标本式的农民父亲往日生活的复现。"梦见他坐在炕沿上，脸色越来越黧黑/梦见他说起那边的生活，和这边没什么不同"，黧黑的脸庞是大地和阳光的馈赠，一个地地道道的中国农民在土地上耕作一生，终于可以平静地坐在炕沿上，讲述着熟悉的乡村故事。梦中的父亲"头对头揽着老牛的脖子/仿佛一对亲兄弟有好多话说却不知从哪里开始"，烙印在诗人心中的细节透露出父亲和老牛心有灵犀的亲密关系，这在江一苇其他作品中也一再印证："父亲生前最喜欢的家畜是牛，一年之中/和牛待在一起的时间，/总是比和我们待在一起的时间还多。"因为，"只有牛，从不会计较身后的重量，/再陡的坡，即便跪着，也要拉上

去"。(《选马沟的牛》)老牛是勤劳、无私、隐忍、顽强的象征，是父亲生命品格的隐喻。江一苇的笔调充满了一种平静肃然的张力，在平淡的讲述中深藏内心的思念和哀悼。《梦见父亲》在散漫琐碎的追忆中将想念与梦境交错，真实的描述和心灵的闪现契合下凝聚着诗人朴素的安宁与悲悯，也隐含着诗人对中国农民日常生活和惯常命运的关注与理解。

《梦见父亲》中不仅留存对父亲的追忆，也指涉当下现实。江一苇豁然坦诚地敞开心扉，以个体的生命体验展开对经验世界的揭示。五年，是时间无限的链条上一个小小的环，但对人类世界而言，足以让人拥有记忆，足以长大成人、感知生活的褶皱，也足以令人心生恐惧和惶惑。在骤然的恍惚间，诗人获得了对时间和生命的认知，喟叹时间仓促，"总担心活到他的年纪/仍然一事无成"；直陈死亡稍纵即逝，而活着却要一次次承受失去，经历生命的转折和心灵的慌张。"我想他，梦见他，因为他是我的父亲/又不仅仅因为他是我的父亲/他也是另一个老年版的我/我甚至想，我也需要一头老牛一头从不开口的老牛/我有许多话想要诉说而它只需要静静地听着"，父亲之于我不仅是父亲，也是亘古不变的生命更替与轮回：同样有弯曲的腰肢，有黧黑的面庞，有沉重的责任，也有无处诉说的男人的隐忍与苦痛；我也需要复制父亲与老牛的情感，这头老牛会是黄土地上唯一与我心灵相通的生灵。在这里，江一苇用自然淳朴的叙事话语直面人类的生存境遇，还原人生的真相和存在的本质，完成了对日常生活的思考和对亲缘伦理的体认。

江一苇以自己的个人经验为本源，记录与自己的生命经历息息相关的亲人与场景，用追忆亲人和审视自我表达对生命真相的深切感受。《梦见父亲》模糊了梦境与现实的界限，确证了诗人的心灵与亲人、土地、生灵的亲密关系，梦见父亲让诗人重拾生命的力量。

江一苇的诗歌舒缓、克制，情感表达深沉内敛却总能打动人心。他沉浸在触手可及的生活之中，将内心自然地交予真实熟稔的大地和生命，寻找并揭示人类的共通情感和生存秘密，写出了贴近大地和唤醒人们灵魂的文字，实现了在故乡狭小土地上对人类生命、生存恒久意义的思考和解答。

〔作者单位：北京联合大学师范学院〕

[附]

梦见父亲

江一苇

最近做梦，常常梦见我的父亲

梦见他还穿着那件淡蓝色的中山服

在衣兜里一把一把往外掏土

梦见他坐在炕沿上，脸色越来越黧黑

梦见他说起那边的生活，和这边没什么不同

梦见他头对头揽着老牛的脖子

仿佛一对亲兄弟有好多话说却不知从哪里开始

梦是心相，说明我白天想过他

除此之外，再没有任何理由

能够解释如此平常又如此神秘的事

他离开我已经整整五年了。五年

对于一个孩子来说，应该有了模糊的记忆

而对于我，说历经半生也毫不违和

仅仅一夜之间，我从一个孩子长成了大人

还是一夜之间，我步入了中年，

忽然心生恐惧，总担心活到他的年纪

仍然一事无成。我知道一个人的离开

就像流星划过，只是一瞬间的事情

而活着，却要将死亡一次次经历

我想他，梦见他，因为他是我的父亲

又不仅仅因为他是我的父亲

他也是另一个老年版的我

我甚至想，我也需要一头老牛一头从不开口的老牛

我有许多话想要诉说而它只需要静静地听着

诗歌于我，是一场意外

江一苇

先亮个底：在此之前，我从未审视过我的写作。

我的父母是标本式的农民。这是一句废话。之所以这么说，是因为随着工业文明的不断前进，传统的农耕生活不断受到冲击，很多和我父母一样的农民再也不能安分守己。迫于无奈，他们离开了世代耕种的那一亩三分地。于是，一个伟大的词诞生了——农民工。我不知道是谁最先发明了这个词，但对于我来说，这的确是一种非常尴尬的身份标签。这种身份直接导致了他们工人不是工人，农民不是农民，挤不进城市又回不到乡村。如同一头骡子站在阳光下，驴不像驴，马不像马。其实这样说，并不是有意贬损他们，我也知道这个比喻非常蹩脚，但又一时找不到更合适的。我更知道没有人愿意背井离乡，他们也是为了生活得更好，由上天决定的收成很多时候养不活他们。所以——于是，一个个农村就这样日渐荒芜了。

我的村子就是这许多荒芜的村庄之一。我的父母就是在这样日渐荒芜的村子里，一年年变老的。他们也不是没想过外出务工，只因为我和哥哥两个都要上学，母亲又常年有病在身需要照顾，实在出不去。出不去的他们，只有把希望寄托在了我们兄弟身上。他们天天盼着我们兄弟将来能考上个好学校端个铁饭碗，以摆脱一生都面朝黄土背朝天的命运。那时候我父母的口头禅是"打是亲，骂是爱，棍棒底下出人才"。他们也确实无时无刻不在践行着他们的座右铭——一言不合就开打。所以，那时候的我和哥哥，被揍得屁股开花是常有的事。所以，那时候的我，只能按着父母的希望成长，直到现在。

因此我从未想过我有天会写诗，更从未想过这一切会与我的写作产生什么关系。

那是 2000 年，我终于在父母的期盼中从一所卫校毕业，被分配到家乡一所卫生院上班。那时候的乡卫生院条件非常落后，宿舍年久失修，碰上天阴下雨，外面下多大里面就漏多大。一台老式电视机，只能收看甘肃卫视一个频道。所有患者来都是老三件：血压计、听诊器、温度计。那时候病人也很少，我们几乎整天都无所事事。无所事事的我们，唯一的娱乐方式就是玩牌。玩着玩着，专业也荒芜了；玩着玩着，青春也荒废了。

还好 2009 年底（或者更早一些？），上级行政部门为了更好地完成预防接种工作，给每个乡卫生院配发了一台电脑。可别小瞧这一台电脑，这让从未接触过网络的我们知道了什么才是大千世界。仿佛一下子从原始社会进入了现代文明社会，我们的生活被彻底打乱了。同事们个个都像憋了很多丝要吐的蜘蛛，整天争着抢着粘在网上。

也就是在那个时候，我无意间闯进了一个诗歌论坛。在这之前，我虽然对诗歌没有什么兴趣，但也是读过几页汪国真、席慕蓉的。我当时觉着如果连论坛上那样的也算诗的话，我完全可以写得更好。也就在那一瞬，我产生了一个连自己也始料未及的想法：我要写诗。

事实证明我的想法多么幼稚。

作为一个离开学校就意味着离开书本的人，和许多开过眼界的早慧型诗人不同，我的学诗之路注定不是一帆风顺的。有一段时间我疯狂地写诗，往各个论坛上扔诗，几乎只有一种结论，那就是所有人都说我的诗歌华而不实、大而空洞。我这才发现诗歌远不是老师教的记叙文三段论那么简单。我开始思考。思考，也意味着迷茫的开始。我搜罗来了大量的现当代名诗人的作品，做成文档打印出来，以供闲时翻阅。终于，我看出了其中一些细微的差别。我的写作也从凌空高蹈慢慢落回了现实。我看到了眼前一些实实在在的人和事：我日渐苍老的再也打不动我的父母、编磨的堂哥、光棍罗四、跪在坡地上拉车的老牛、小镇上的傻子……而在我原先的认识里，诗歌是唯美的，这些无论如何都无法入诗。我也越来越感受到了诗歌的重要，但它让我安静，让我审视自己。

说了这么多，终于绕回正题了。诗歌于我，其实就是一场意外。如果没有那些无所事事的年月，没有那台打开一个页面转半天的电

脑，没有多年的乡村生活，没有父母的高压政策，我这一生极大的可能是与诗歌擦肩而过，我的人生将不会与别人有所不同，我的人生将会和别人一样，按部就班，浑浑噩噩。而在这一切里面，最最重要的，是我的父母。因为他们是标本式的农民，在我身上打下了标本式的烙印。他们让我正视我所走过的每一步路，如同种庄稼一样，也正视我写下的每一首诗。

最后，谈谈当前我对诗歌粗浅的认识和思考。当然，这也谈不上什么认识，但思考还是必要的。在我看来，好的诗歌有它自己独特的根系。如同庄稼，如同地道药材，必然扎根于那一片独特的土壤。因此一个好的诗人必然要扎根于自己生活的土壤里，必然要有标本式的农民的品质，只有这样的农民，才足够虔诚，才能种出最好的庄稼，也只有这样的诗人，才能写出好的诗歌。

感谢诗歌，尽管它看起来并没有让我生活得更好，但它让我知道，我为什么活着。我愿意低一些，再低一些。因为我生命的土壤里有一盏灯，它就是诗歌。

[作者单位：甘肃省定西市渭源县田家河乡卫生院]

一首诗的诞生

[编者的话]

"一首诗的诞生",是诗人对自己的一首诗是如何发生,自己是如何构思与如何完成这首诗的陈述。

本期这一栏目遴选了4位诗人的作品和自述短文。

每一首优秀的诗歌都应有各自独到的写作内容、创作手法和审美取向。每一首优秀的现代诗,在结构、布局、音韵、语言方式等方面都是独创的,自成一格的,不可重复的。这既是现代诗的写作难度,也是现代诗独有的魅力。

不可避免的生活

黄沙子

三年前的一场同学会,我因为有事不能参加,其间有人从酒桌上打来电话,让我凭声音听辨认是哪一个同学。结果是可想而知的,几乎十分之一都无法猜准,毕竟很多人已经有二十多年没有见过了。

高中生活的结束,对我来说就是离开洪湖的开始,虽然随时可回,但终究是各有各的生活要忙。很多原本一个酱坛子里吃菜的人,如今相见也变得客气和陌生,到最后,每个人到底是什么模样,叫什么名字,真的有很多已记不得了。

其实,绝大多数个体的生死从来惊动不了这个世界,只有有限的几个人会为之欣喜与悲恸。但对生命本身来说,其意义的重大之处在于我们还拥有怀念和凭吊的能力。上天赋予了我们生存的权利,也给了我们为生存奋斗的勇气,我所认为的诗歌,就是这种不屈意志的体现。这种从日常中跳出芭蕾的生活,教我们从墙壁的缝隙中获取属于自己的清风细雨,在沉默中听得一声响雷,即使此生永不可再见,能够平静地讲述这种走失也弥足珍贵。

[作者单位:华电湖北公司]

[附]

不可避免的生活
黄沙子

在汉河高中，我度过单纯的，也许是这辈子
最单纯的三年，之后我们中的一些北上的北上
南下的南下，最为亲近的几个，其间也小聚过几次，但更多的人
我没留下什么印象。偶尔听说某某发财了，某某已经死了
每当此刻我都会满怀愧疚，因为真的想不起来
一点也想不起来，谈话至此陷入沉默，仿佛他们的不幸，是我
造成的。

有时候我也会回到洪湖，在母亲墓边小坐
看放鸭人将鸭子吆来喝去。我知道最肥美的那些
最羸弱的那些，都将在秋天被宰杀
但来年春天，会有更多鸭子加入，这循环往复的过程
早已被我熟知，那群少年啊，也曾在辽阔的水田中嬉戏
也曾被驱赶着奋勇前行。

散步者：致修辞的拐弯

徐俊国

生活早晚会把我们教育成一个散步者。一种尽头的终结感，鼓励着我们走向人生暮年的另一种开端。所谓余生，大概是油尽灯枯前的花径散步，所有必须经历的未知和弯曲，都会在灵魂的自我训练中成为柳暗花明的精神景观。

写出这首诗之后的我，在车水马龙的上海郊区，"闭门即是深山"地隐居于"鹅的花园"，"读书随处净土"地埋头于"鹅的书吧"；开始崇尚断舍离，喜爱枯山水，沉迷于侘寂美学，反反复复读王尔德、圣埃克苏佩里所作的那样的老童话，大段大段地背诵《梭罗日记》；某天黄昏去大仓桥喂好流浪狗，回家读吉田兼好，恰巧翻到"看到所有的生物，没有慈悲之心的人，也就没有人伦"这一页，眼泪无声泉涌，像第一次在西林禅寺听经时星星涌出天空。

人到中年，可以考虑拐弯的事情了。人生百年，说白了，是一个不断接受时间磨损的修辞。"每一种修辞，都有一个妙不可言的拐弯……"如果悲伤是身体里一个必不可少的器官，我希望它是胃，所有肤浅的行乐和麻木的虚度，请它消化和灭杀。中年生活和中年写作，所有的修辞都应该是沉甸甸的，包括此刻。此刻我正在参与的生活和正在进行的写作，正是我年轻时梦寐以求的样子。

野鸭要完成对一条河的了解，仅仅漂浮于水面是不够的，必须沉潜，"试试深度"。写作者当然也应该具有"试试深度"的冲动：寻找具有难度的修辞拐弯，进行独特而深刻的语言创造，让诗人的赤子之心与人间万象、自然万物取得深刻的呼应。

博尔赫斯说他的时代最大的悲哀是"我们并不相信幸福"。迎面而来的机器人时代，虚拟的胜利和科技的凯歌势不可当，然而万物灵长的内心，并没有得到与之相应的强大，我们并没有解除"不相信幸福"的悲哀。

在《小说理论》的作者卢卡奇看来，希腊星空是一张璀璨的地图，它由可走和要走的诸条道路组成，亦为星光所照亮。生活已把我教育成一个散步者，我希望自己脚下的道路和地图，也像我眼中的星空一样充满光亮。"晨光，唤醒视力……/爱，调整琴键的呼吸……/每一种修辞，/都有妙不可言的拐弯……/所有这些，我都深深迷恋。"

[作者单位：上海市松江区文化馆]

[附]

散步者：致修辞的拐弯

徐俊国

野鸭对一条河的了解，
不仅仅浮于水面，
还经常沉潜，试试深度。
小时候，我也喜欢扎猛子，
练习憋气，沉溺于危险的游戏。

这些年，生活把我教育成一个散步者。
岸边，酢浆草空出一条小径，
我被尽头鼓励着走向尽头，
把未知的弯曲，走成已知的风景。

这个过程带有惊喜——
春风轻拍枝条的关节，
拍到哪儿，哪儿弹出花朵。

正如你们所知，花开是有声音的。
除此之外，
晨光，唤醒视力……

爱，调整琴键的呼吸……
每一种修辞，
都有妙不可言的拐弯……
所有这些，我都深深迷恋。

我爱那些不停扇动的翅膀，也爱它们的影子

吴乙一

希尼在他的散文集《舌头的管辖》中说道："一首诗的完成即一种经验的释放。在解脱的那一刻——诗歌的文字找到了漂浮鼓胀的完满，而且永恒的形式的喜悦也臻于丰实、极致的境界——自我辩证和自我遗忘至此到达最佳平衡状态。"

我很喜爱这段话，并将它视作自己诗歌写作的目标。

只是很多时候，我并不确定，自己是如何遇见一首诗，或者说，一首诗是如何找到我，"滴血认亲"的。

我同样不确定其他诗人的"诗歌发生学"。在鲁迅文学院的课堂上，徐则臣老师谈到这样一个话题——他常常是先有了题目，然后才开始创作的。想到一个好题目，他会写成纸条贴在书桌上方，长时间盯着纸条看，故事和情节在脑海里慢慢涌动，慢慢呈现波澜壮阔的气象，比如广获赞誉的《如果大雪封门》，就是这般妙手牵来。

于我，常常也是这样，某个"意象"瞬间击中了我，唤醒潜伏在内心深处的潮湿和柔软，那一刻的战栗，成就了一首诗；或者说，它只是面目模糊地到来，我把它放在心里饲养，在某个时刻突然变得清晰、明亮，被我一寸一寸地挖掘出来。

《清洗翅膀的人》正是这样孕育出来的。表达的渴望与并不明晰的表达内容，在反复拉锯，不停地冲撞，直至某一天，我无意中看到一张照片。

时至今日，我已回忆不起作者和照片本身的名字，只记得这样的画面：两个表演艺人站到河边准备卸妆，他们疲惫地抽着烟，鹤头、鹤身和翅膀耷拉着挂在腰间，四周依稀可见经铁链相连的大理石柱子、模糊的集市舞台、热闹的人群、水汽氤氲的宽阔河床。那时，闪电般照亮我的意象是"翅膀"——天使的翅膀。

张枣在《镜中》写道："只要想起一生中后悔的事情/梅花便落满

了南山"。我眼前常常浮现这些疑问：站在流水中心事重重梳洗羽毛的人，是否在清洗"后悔的事情"？而这些"后悔的事情"，这些风尘、污垢，是否真的可以彻底清除，风轻云淡不留一丝痕迹？这样的清洗，是遗忘、粉饰，是忏悔，还是改过自新？洗之前，洗的过程中，洗之后，他们到底又怀着怎样的一种心情？翅膀洗净了，羽毛晾干了，是否就真的变回了天使……我只是提出了问题，而并没有给出答案，"一群鸟靠近他，又转身离开"，也只是一个隐喻。

我坚持认为，"诗人"这两个字，本身就代表了独立、自由、探索、拒绝、不盲从、不妥协……我曾这样描述自己理想中的诗歌：安静、澄明、朴素、自然、纯粹、直接、通透，但它的本质却是张扬的，有不可一世的棱角，有不服管教的凶悍倔强。把人间所有芳香重新爱一遍，读旧书，观古画，在人群中找到戴帽子的人结伴同行，这只是我带翅膀的理想；而现实中，我是懦弱之人，磨尽了锋芒……悲欣交集中，指向不知不觉拐了个大弯。

人生需要思考，灵魂需要审视。我知道，太阳一直在更高处照耀万事万物，那些不停扇动的翅膀，会留下无数变形的影子。身为一名诗人，我爱这双翅膀，也爱这份阴影。我希望自己"在对抗黑暗的同时又不成为黑暗本身"（苏历铭《多余的话》）。

［作者单位：广东梅州平远县供电局］

［附］

清洗翅膀的人
吴乙一

> 春天来了。山中草木披头散发
> 开花的树，把人间所有芳香
> 又重新爱了一遍
> 这些天，我爱读古人的画
> 观天象，识虫鸣
> 却不得要领

神秘的事物依旧神秘
有时，我会在人群中突然停下
找到戴帽子的人结伴同行
春风并非穷途末路
我曾见过河边清洗翅膀的人
流水寒凉
一群鸟靠近他，又转身离开

我的身体

路　亚

　　《我的身体》写于 2012 年 1 月，记得当时我独立窗前，望见一树蜡梅迎风怒放，我为之身心一动，想起年轻时的感情困惑，想到之后再也没有飞蛾扑火为情所伤的勇敢，想到我曾深深爱过的人，不禁被自己感动，差点落泪。于是写下此诗。那一刻，我对曾细腻郑重对待过我的人，内心充满感恩。我的一生只深爱一次，我喜欢自己曾经的激情和光芒四射，更尊重自己渐渐变老之后的月白风清。身体的履历，也是爱的春秋。一朵花在春风里绽放，直到瓜熟蒂落；一池水在微风里荡漾，到波平浪静，到消失得无踪无影。这一切，皆是生命的常态。

　　但像我这样感情激烈丰盛的人，年轻时总是情不自禁，思绪总是跑得太快，几乎无人承受得起我赤忱的热情和压力。然而与其说我所爱的人给予我伤害，不如说是自己盲目的爱伤害了自己。所以，我不说"当我老了"，而是说："我的身体，它一天比一天更荒凉/却一天比一天更镇定。"

　　这首诗可以说是我的经验之作，有人说是性感之诗。身体和爱是本诗的两个元素。时间如玻璃，飞逝而过的是繁华和情色，同时也是衰老和荒凉。生命有限，坦诚自己真实的想法，比什么都重要。但我只负责写出了它，而读出痛感和性感的人们完成了它。愿读到的你也有共鸣。

　　本诗的意外之处、惊喜之处在于，有人读出了另一层意思：通过身体的变化反衬当今社会中的滥情之爱。

[作者单位：上海浦东新区周浦镇第一小学]

[附]

我的身体

路 亚

我的身体，曾接受过多少爱抚
我这么说你会吃惊吗

记得那时用情简单
随便一个眼神，就能发动一场温柔的意念
爱我的浪子，他反复弹拨着心爱的乐器
使之柔软，安静

但那是玻璃杯中的水，沙上的画
逃亡的秋天……

如今我已厌倦了动不动就说爱的人
你看，我的身体，它一天比一天更荒凉
却一天比一天更镇定

姿态与尺度

夹缝里的光

——论当代口语诗歌的先驱王小龙

陈大为

　　1979 年 3 月,《诗刊》刊载了北岛的旧作《回答》, 象征着"朦胧诗"在两极化的争议中正式崛起, 逐步摧毁了主流诗歌的审美标准, 中国诗歌的话语权就落入今天派手里, 他们以觉醒者和代言人身份, 统治了中国诗歌的美学路线, 朦胧诗由贬词升华成"一代人的法帖", 全新的写作阴影笼罩着 1980 年代初期的中国诗坛[①], 特别是今天派几个核心诗人, 挟带着明星的光芒吸引了全国读者的目光, 无形中也压缩了同辈诗人的存在空间, 不论近在北京或远在成都、上海等地, 朦胧诗的魅力都是无孔不入的。

　　当时上海的王小龙在朦胧诗如野火燎原时, 写了一篇短文《远帆》(1982), 实时反映了上海的一段"朦胧诗接受史", 他说,"那时, 诗人和诗人一见面就提起'朦胧诗', 判决它的生或死, 报纸纷纷加入'朦胧'的讨论, ……北岛等人的诗在许多青年的作品中投下了影子。大学生们差点向舒婷唱起《圣母颂》"[②], 可见以北岛为首的朦胧诗已经改造了年轻诗人的诗歌基因, 并掀起令人担忧的偶像崇拜情结。1980 年, 王小龙主持上海青年宫的中学生诗歌培训工作, 身为人师的他格外强烈地感受到年轻诗人在过度模仿朦胧诗的意象写作; 然而, 一旦意象的重组、衍生、罗列成为产生诗歌的重要手段, 会

---

　　① 徐敬亚在 1988 年发表《圭臬之死》, 对朦胧诗的崛起(到陨落), 有很深刻的感触: "如同一个斗士,'朦胧诗'在六年中几近辉煌地在我们古老的国家取得凌厉的崛起胜利。一种新的诗歌之美, 一种新的语言范式, 风卷残云般完成了它的艺术渗透与普及。由群起而攻至风行全局, 它以压制的内心优势覆盖了 1980 年代前期的中国诗坛"。详见徐敬亚: 《圭臬之死》, 收入柏桦等著: 《与神语: 第三代人批评与自我批评》, 中华工商联合出版社 2014 年版, 第 409 页。

　　② 王小龙: 《远帆》, 见老木编: 《青年诗人谈诗》, 北京大学五四文学社 1985 年版, 第 105 页。

后，没有机会深究"①；也记下 1983 年顾城来上海师院演讲，是用中文系最大的阶梯教室，里面黑压压坐满人②。王小龙在 1982 年的上海诗坛已经是个传奇人物，但声势远不及顾城。陈东东仅提到他的口语诗，没提到他对上海高校的影响。更重要的是当时陈东东和王寅等人沉迷在外国文学的天地，那才是真正的影响来源③；至于成都等地的口语诗写作，则另有源头。

默默的说法比较客观："朦胧诗人精神上一个显著特征就是承袭对正义和真理的呼喊，而实验诗人显然是放弃诗歌主题的，我们更关注的是人们的日常生活，以及诗歌语言表达上的创新；我们对汉语可能性的迷恋超过了对诗歌主题本身的关注，可以毫无愧色地说，现代诗歌鲜活的语言最早出现在上海实验诗人手笔下。上海实验诗人在'朦胧诗'和 1986 年崛起的'第三代'之间，起到了一个承前启后的重要作用，加上实验诗人对功名相对恬静淡泊，我一直认为这段历史诗坛知之甚少"④。把以王小龙为首的上海实验诗人定位在"最早出现"才是正确的，非关影响，不谈源头。

回到那首在 1981 年 5 月开始矗立于当代口语诗歌"上游"的《出租汽车总在绝望时开来》，可以看出王小龙的诗歌写作观念绝对是超前的，逆势而行。有别于今天派诗人以"大写"⑤的朦胧诗到处去启蒙读者，王小龙喜欢一人独行在口语诗的无人区，写下跟整个世代诗歌风尚格格不入的文字——这首诗里没有政治广场、历史古迹、理想世界，或任何文化象征的符号，而是选了一个朦胧诗里较罕见的城市场景，挑一件不痛不痒的琐碎事，写出久候出租汽车的焦虑感：

---

① 陈东东：《游侠传奇》，见万夏编：《与神语：第三代人批评与自我批评》，中华工商联合出版社 2014 年版，第 95—96 页。

② 陈东东：《游侠传奇》，见万夏编：《与神语：第三代人批评与自我批评》，中华工商联合出版社 2014 年版，第 98 页。

③ 当然，有人会认为第三代诗人故意隐去王小龙在口语诗上的影响力，但在没有文献证明，也没有诗作之间的影响轨迹足以佐证的情况下，在学术上，便无法凭口耳相传或臆测的消息来断定史实。

④ 默默：《我们就是海市蜃楼——一个人的诗歌史·实验诗社与〈实验诗刊〉》，《西湖》2017 年第 6 期。

⑤ "大写"是本文对"宏大叙事"（grand narrative）的戏称。

上次也是

为了去饭店结婚

我和她站在马路边上

像一对彩色的布娃娃

装作很幸福的样子

急得心里出汗

希望是手表快了一刻钟

会不会搞错地址

也不知道从南边还是北边来

只好一人盯着一边

想象着反特电影中的人物

……

这次又是

她提着牙齿、药和脏衣服

像假释出狱的女囚

我数着走进医院的脚和脚

想看出一个结果

中国是男人多还是女人多

索性不去等了

它一定又是在那个时刻出现

一个注定的时刻①

王小龙的口语化策略很踏实地落在日常，市井小民的日常本是口语诗的真实土壤，朦胧诗往家国社会的大处写，自然舍弃日常，或者说，连日常都被宏大化、高蹈化（哪怕走进一个大妈练舞的广场，其空间意蕴都能够往反威权、抵抗、觉醒的诠释脉络靠拢）。王小龙不喜欢群众化或泛政治化写作，他只想守住属于他一人，也属于所有

---

① 此版本为最初见诸于正式出版品的版本，收入老木编：《新诗潮诗集》，北京大学五四文学社 1985 年版，第 671—672 页。目前最新修订的版本，详见王小龙：《每一首都是情歌》，浙江文艺出版社 2016 年版，第 3—4 页，有小部分的文字更动。王小龙喜欢修改旧作，若以新版为据，恐有论述失真的危险。为了忠实反映王小龙在 1981 年的口语化原貌，本文只能采用《新诗潮诗集》的版本，以下皆同。

上海小市民的日常。改革开放初期一般家庭拥车率很低，出租汽车成了最时髦的新兴行业，1980 年全上海出租车不到五百辆[1]，招车难，乘车的成本也高，但它是不可缺席的都市体验，王小龙抓住这一点来写自有其高明之处。王小龙写了两次等车经验，先谈"上一次也是"，再谈"这次又是"，倍增了气急败坏的心理，重点在口吻，够逼真，俨然是"脱口而出"的字眼，似乎没经过谋定而后动的思维，无限接近日常口语，降落在诗与非诗的疆界，这是口语诗歌在朦胧诗时代的一次很重要却毫不起眼的实验。不起眼，是因为缺乏大规模的共鸣。等待出租汽车是当时上海市民较有共鸣的日常，但放眼当时全中国各城镇乡村（除了出租车行业走在更前端的广州市），有机会搭乘出租汽车的诗歌读者极其有限；而且，搭乘出租车是一种需要一定消费能力的城市行为，没钱的只能搭公交车，或者骑脚踏车。对当时极大部分中国人民而言，出租汽车从来不在希望之列，更谈不上绝望，所以此诗很难打动 1981 年的广大读者，只有它那无比出色的口语化实验能够撼动内行的诗人，譬如刚刚写出《不用站起来去看天黑了》(1981)的严力，其诗展现了另一种略带后现代味道的口语风格。[2]

王小龙的《出租汽车总在绝望时开来》要是放进中国当代都市诗的谱系，虽然承接不上陈建华等上海诗人在 1968 年后留下的现代主义诗歌断层，但它比宋琳那首具有划时代意义的《兄弟》(1985)早了四年，宋琳等人合著的诗集《城市人》在 1987 年出版时，夺去了王小龙在都市诗谱系里的先驱者地位，如今正好补上。不过，王小龙没有意识到自己在写都市诗，他写的仅仅是自己在上海的日常平民生活，其写作实验聚焦在口语化，这才是第一顺位的焦点，都市诗也只是取材上的必然。

1982 年 3 月，王小龙写出《心，还是那一颗》，跟第三代诗人的开山鼻祖韩东的《有关大雁塔》的初稿同步问世，王小龙在口语诗歌上的经营能力明显超前，技艺也较成熟。《心，还是那一颗》堪称王

---

① 吴杨：《上海工业旅游发展研究》，上海交通大学出版社 2017 年版，第 128 页。

② 本文没有讨论严力的原因，主要在于《不用站起来去看天黑了》的口语化实验几乎是孤立的，必须迟至《还给我》(1986)才再现锋芒，但那时第三代诗歌已经全面崛起，此时讨论的意义不大。

小龙口语诗歌的完熟版，全诗四段，写得最漂亮的是第三和第四段：

> ……
>
> 那时我们活干得真漂亮
>
> 打架和作诗成绩也不坏
>
> 一个男人就得和生活掰手腕
>
> 尽管谁也赢不了谁
>
> 这城市几乎每一个拐角和车站
>
> 都有过一段我们的故事
>
> 和那些自己也信以为真的胡话
>
> 风把它们统统塞进了下水道
>
> 有时候经过这些地方
>
> 就吹吹口哨表示纪念
>
> 告诉自己什么都没发生
>
> 世界上有很多很多人
>
> 而我结婚了
>
> 可是记忆，该死的
>
> 记忆是牙齿掉了留下的豁口
>
> 总让你忍不住去舔舔①

王小龙用口语展现了"回到生活"和"感受生活"的态度，他不想跟今天派诗群一起走进意识形态的广场，不想深入抵抗诗学，他决心让诗歌写作回到上海市民的"日常"，用大量细节来经营诗里的生活，享受生活为诗歌带来质感上的转变，变得更加平易近人，而且诗里张扬着一种"德行不良的草莽精英"的生活态度，以"打架和作诗"为乐，"男人就得和生活掰手腕"是多么野性的句子，令人错以为是后来莽汉主义的行文。当然也有后来于坚式的"这城市几乎每一个拐角

---

① 老木编：《新诗潮诗集》，北京大学五四文学社 1985 年版，第 667 页。另有大幅度修改后的全新修订版，详见王小龙：《每一首都是情歌》，浙江文艺出版社 2016 年版，第 10—11 页。本文采用《新诗潮诗集》的版本。

和车站/都有过一段我们的故事"，只不过故事的细节叙事尚未完全绽放。诗歌收尾的三行是超越整个世代的，当时全中国没有任何人会在结尾处写出这种看似无关痛痒，却又命中要害的诗句。王小龙没有刻意经营北岛式的格言或警句，但他的小手段就是那么生猛——"总让你忍不住去舔舔"。王小龙的诗从骨子里流露出"寻常的抒情"。王小龙的寻常，是前人觉得不堪入诗的琐碎，是日常生活中的不值一提的小事，写进诗里反而很不寻常。

都市生活里寻常事物很多，好比说咖啡或咖啡馆。当今上海是全球咖啡馆最多的城市，2021 年共有接近 7000 家。咖啡自上海开埠以来就有了，象征着消费能力的咖啡馆最初多由洋人开设于租界，后来才有华人开设，接下来就遍地开花，当时鲁迅和"左联"作家常在"公啡咖啡馆"聚会。"文革"开始后，除了"上海咖啡馆"，其余咖啡馆全部被勒令停业。1980 年代咖啡馆再度兴起，王小龙写了一首《悄悄咖啡馆》(1984)记述日常生活中离不开的咖啡馆，写得像一则生活小品，念头与念头之间滋长着许多大大小小的妄想：

> 总想开一家自己的咖啡馆
>
> 在离家不远的小街拐角
>
> 悬挂一盏黑黝黝的铜皮风灯
>
> 在红松木门板的上方刻上
>
> 姓名年龄性别籍贯和履历
>
> 晚上我坐在高高的吧台上
>
> 谦虚地垂下双脚
>
> 闭上一只眼睛举起一根手指
>
> 数那些闪闪发亮的玻璃杯
>
> 我不想挣很多钱
>
> 所以招待小朋友默默和圣婴
>
> 招待退休的演员
>
> 和离职三年以上的工会主席
>
> 我的壁炉中有真正的火苗
>
> 浓汤里有古老的内容

我的咖啡滋味纯正

唤醒旧梦和死去的亲人①

⋯⋯

总想开咖啡馆的念头始终没能落实，王小龙志不在赚钱，只想招待他的学生和不在岗人士，消费力较差的上海老百姓照样需要赶得上1980 年代上海新生活的格调。王小龙很认真地规划出他渴望拥有的咖啡馆空间，没错过必需的项目和细节，没错过怀旧的滋味，在这里无所事事坐上一整天，王小龙觉得这才是上海该有的都市生活，一种背向都市化步调的慢活。寻常事，用寻常口语，王小龙的咖啡滋味纯正，口语也纯正，有完整的画面，连续的念头，自言自语地完成一则都市小人物的春秋大梦。

王小龙无意投入以上海为题的都市诗写作，他很随意，生活中的点滴就这样信手拈来，每一个点滴都来自上海都市的日常，这假不了，若隐若现的都市形象一不留神便看走眼了。这样的口语化实验像一支孤军，独自走在一条无人的前线，第三代诗人的前卫写作还在整装待发。

身为前驱，王小龙的口语写作里有了自己的东西，跟韩东的《有关大雁塔》(1983 年定稿)比起来，虽然少了一层跟朦胧诗美学反向运作的粉碎性的破坏力，也少了一些颠覆意识，其实他只是很自由地写出内心想写的诗。这种单纯的"个人写作"意识也是王小龙前驱性的一环，可惜它降临得太早，超出同代人的视野太多，中国的诗歌读者刚刚被北岛启蒙，适应了今天派"大写"的朦胧诗，正在享受"为天下人而写"的雄浑诗篇，王小龙这种"小写"的个人化诗歌不是登场的时候，它的知音还在很远的后头。

接下来要谈谈另一首被第三代诗人伊沙视为"口语诗的开山之作"②

---

① 王小龙：《每一首都是情歌》，浙江文艺出版社 2016 年版，第 29 页。

② 伊沙：《我说"口语诗"》，吴思敬主编：《诗探索 2011 第 4 辑理论卷》，九州出版社 2011 年版。

的《纪念（谨以此诗献于父亲灵前）》（1983）①，它在口语的语感表现上，比起真正的开山之作《出租汽车总在绝望时开来》和完熟版《心，还是那一颗》又有另一番风采，特别是短句：

> ······
> 当我吹灭火柴
> 一抬头看见了你
> 在镜子里抽烟
> 你每天早晨坐在那里
> 觉得纳闷
> 你很聪明
> 所以无能
> 你每一次发火其实都是在骂自己
> 你的皮肤很黑
> 毛孔粗大
> 你的眼里掠过悲哀的雁群时
> 秋天也快过去了
> 我就是你②

真有点像跟父亲闲聊，王小龙的独白感觉上又像对白，只不过父亲已成无言的听者。王小龙的倾诉口吻很有穿透性，言无修饰，直接挖出心里话，也毫不留情面地概括、评议、总结了父亲的个性，带上那么一点墓志铭的味道。"皮肤很黑／毛孔粗大"的父亲形象是粗野的，王小龙的用语同样粗野，有些地方看似语带指责（譬如"你每一次发火其实都是在骂自己"），其实更多是儿子对亡父的理解。诗人兼翻译家裘小龙在《探索诗集》里用最大的篇幅单独评述了此诗，谈

---

① 这首诗最早收入《新诗潮诗集》（1985）和《探索诗集》（1986）的版本，在篇名底下亦有括注"谨以此诗献于父亲灵前"，而且全诗分三小节，第三节再细分两段。到了《王小龙集 我的老吉普》（2012）改为《纪念·写给父亲》，取消了分节，共分五段。《每一首都是情歌》（2016）简化成不分节的《纪念》。各版本之间的文字有不同程度的改动，本文采用《新诗潮诗集》的版本。

② 老木编：《新诗潮诗集》，北京大学五四文学社1985年版，第673—674页。

到这句"我就是你",他认为"揭示了诗人对父亲的认识和责备是建筑在诗人对自己的认识和责备上的。这种同一性其实深刻地写出了一种复杂的情感的怀念"①,口语化的倾诉在此发挥了最佳的效果,后来第三代诗人写父子亲情,也常用上这样的手法。

从诗歌的接受史角度来看,王小龙的口语化诗歌注定只能当"早产儿"(其实它跟第三代诗歌美学相似的五脏——俱全,但却被安放在保温箱里,大家都装作看不见),而不是汉语诗歌家族新一辈的嫡长子。这把椅子,暂时空着。

韩东也没想过他能够坐上这把椅子。

韩东的诗歌路子跟王小龙不同,他是读朦胧诗长大的。

1980 年韩东首次与《今天》隔空接触,心神俱震的程度在 30 年后还记忆犹新,朦胧诗里的意象是前所未闻的,加上秘密传阅构成的氛围,让他不能自拔②。以今天派为首的朦胧诗统治了韩东的诗歌学徒期。当时他在陕西财经学院教书,空间上离大雁塔不到五百米,时间上离杨炼发表长诗《大雁塔》仅 ·年,现实与文本的"大雁塔"给他带来双重的刺激,于是很偶然地写下《有关大雁塔》的"三段版"初稿,刊在一本毫不起眼的小刊物上,还没有像一首经典诗篇那样流传开来。

在此要看的不是《有关大雁塔》的定稿,而是还没有完全"去朦胧化"的初稿,那是此诗的后来删掉的第二段,它是韩东身上来不及剪断的朦胧诗脐带:

> 可是
> 大雁塔在想什么
> 他在想,所有的好汉都在那年里死绝了
> 所有的好汉
> 杀人如麻
> 抱起大坛子来饮酒

---

① 袁小龙:《诗人探索着的世界》,见上海文艺出版社编:《探索诗集》,上海文艺出版社 1986 年版,第 254 页。

② 韩东:《〈他们〉或"他们"》,见柏桦等著:《与神语:第三代人批评与自我批评》,中华工商联合出版社 2014 年版,第 18 页。

一晚上能睡十个女人

他们那辈子要压坏多少匹好马

最后，他们到他这里来

放下屠刀，立地成佛了

而如今到这里来的人们

他一个也不认识

他想：这些猥琐的人们

是不会懂得那种光荣的[1]

当这一段(在后来定稿时删除)诗句重新面世之后，韩东的"弑父"大业便出现了关键性、历史性的痕迹。这种拟人化的写法是杨炼用过的，不管韩东笔下的大雁塔"在想什么"，都会陷入前驱诗人的阴影；不管加入多少杀人如麻再立地成佛的"好汉"，它依旧是有关大雁塔的历史与文化想象，那全是杨炼的命名范围。由此可见，1982年的韩东虽然立志"弑父"，其身上的诗歌美学脐带却难以断绝，这一段诗句在思维模式上残留了朦胧诗成分，但其口语化叙事基本上还是有突破性的，属于后来的第三代诗歌。直到后来韩东在"1983终极版"删去这一段十四行的诗句，他的"对偶式续完"才大功告成，有关大雁塔的命名权正式落入韩东手中，回头去覆盖了杨炼原来的命名，此后韩东才加速走上"魔鬼化或逆崇高"(daemonization or the counter-sublime)之路。韩东诗歌的口语化，是对自身的朦胧诗血统的一种反叛，它是"双重的逆崇高"，语言是一重，思想是一重，都是有对象性的颠覆。若以同时期的王小龙和韩东来做比较，即可看出王小龙在口语化道路上究竟走得多远，究竟有多成熟，但王小龙没有去对抗或冲击朦胧诗美学，他选择绕路而行，透过都市化素材打造自己的口语化路线。当然，从韩东身上也看不出王小龙的启发或影响，这两种口语诗歌，各有不同的路径。

除了口语化，王小龙壮游天下的宏愿跟第三代诗人是同时起步的。曾经风行"带星星的火车票"的国内壮游，杰克·凯鲁亚克(Jack

---

① 此段文字转引自常立：《"他们"作家研究：韩东·鲁羊·朱文》之"第二章 韩东：表象的深度"，生活·读书·新知上海三联书店2010年版，第42页。

Kerouac，1922—1969)的小说《在路上》(*On the Road*，1957)中的流浪意识①也影响了一代知青。第三代诗歌当中最早出现流浪意识的是胡冬的《我想乘上一艘慢船到巴黎去》(1984)，此诗写在年初。同年10月，金斯伯格(Allen Ginsberg，1926—1997)到中国多所大学巡回演讲，掀起一波垮掉派的热潮，金斯伯格在上海跟王小龙会面。来年3月，王小龙写下《远方》。当时上海各方面的建设刚刚起步，电视普及率低，要出国看世界更是难如登天，王小龙这一代人接触的是西方文学著作里建构的世界，没有影像只有想象。此诗虽然启发自垮掉派的壮游意识，王小龙却没法像垮掉派诗人那样开车、骑车自由自在地到处流浪，过漫长的颓废日子，当时中国最便利的交通工具是火车，他的形上意识深受形下条件的束缚，不得不仰赖铁道展开流浪天下的大梦。于是他写下这首诗给自己解闷，伟大的行程是从铁路开始的：

> 沿着铁轨前进
> 我们一路唱歌
> 从一块大陆到另一块大陆
> 我们在枕木上摇晃
> 碎石子砰砰射击
> 请知了们停止喧嚣的思想
> 重要的是行动
> 我们要周游四方
> 只要笔直地走下去
> 就会到你想去的地方
>
> 莫斯科，哥本哈根，巴黎
> 只是下一次睡觉的村庄
> 累了就在路基边躺下
> 像地道的流浪汉②

---

① 1962 年 12 月，凯鲁亚克《在路上》(节译本)在中国以黄皮书形式出版，在整个"文革"时期于知青读者群中广泛流传开来。不过，这十余年间没有新的相关译著出版。

② 老木：《新诗潮诗集》，北京大学五四文学社 1985 年版，第 668—669 页。

寸步难行的现实困住很多年轻人，他们只能将上海老北站作为起点，去幻想一个由铁道环绕的远方，即使他们没有车票，但有脚，只要坚持走下去，莫斯科也只不过是下一站。王小龙在1980年代初期的上海，如此眺望着整个世界，虽然这种世界观的依据是线性的，离不开铁道，但王小龙以及那些在"文革"期间耗损掉十年岁月的上海知青，都渴望离开，"都怪这横穿城市的老铁道/使我们总是幻想出发/去那从没去过的远方"①。王小龙在壮游里混入流浪汉的格调，也颇具第三代诗人在行为方面的粗鄙感，但他在流浪意识的写作上没有领先，粗鄙度也不及莽汉主义诗人群。31岁的王小龙已经不再是刚刚出身草莽的愤青，诗歌语言的口语化消退了一些，情绪沉稳了下来。原本独有的前卫感，在第三代诗人群体上遍地开花，王小龙自然失去了领先优势。

喜欢单打独斗的王小龙，在朦胧诗的黄金时代被启蒙诗歌的大势所淹没，接踵而来的第三代诗人喜欢拉帮结派，以团体作战的方式崛起于诗坛。就在1985年5月王小龙完成《远方》之后不久，刚入夏，四川诗人已经结集成中国最大的诗歌江湖。一场诗与酒的聚会，把各省的诗歌好手引来成都，七八十人坐满一条街在狂饮。万夏很自豪地说："我以诗酒的名义把中国先锋诗人们聚集在一起。这也许是一场梦，一首诗，也许是几回武侠演义。多年之后，这个古卧龙桥街已经拆除，虽然它的名字还在，却已经找不到它的影子了。但只要翻开中国20世纪80年代的文学史，它的一砖一瓦都历历在目。"②第三代诗人原本都是很单纯的，他们的日子就是写诗、论诗、搞流派③、聚众喝酒。大伙儿刚开始写诗，都离不开朦胧诗的影响，但很快就进入新风格的转型期。过于强大的朦胧诗或今天派，对他们来说是具有巨大遮蔽力的前驱，不是好现象。

---

① 老木：《新诗潮诗集》，北京大学五四文学社1985年版，第669—670页。

② 万夏：《苍蝇馆》，见柏桦等著：《与神语：第三代诗人批评与自我批评》，中华工商联合出版社2014年版，第139页。

③ 周伦佑在《非非主义编年史纲》里提到，1986年1—2月，诗友朱鹰"鼓动周伦佑搞流派"失败后，再伙同蓝马一起"正式提出要周伦佑承头搞流派"，"要在邛海边竖一杆大旗，照亮中国诗歌的天空！"，但他没立即答应，直到4月份才主动约蓝马"进一步商议创建诗歌流派之事"。详见周伦佑编：《悬空的圣殿：非非主义二十年图志史》，西藏人民出版社2006年版，第125—127页。

　　王小龙可以无视一切来自朦胧诗的压力，但更年轻一代的新锐诗人非常焦虑。在北京基督教青年会的一次文学聚会上，发生了后来众所周知的大事——初出茅庐的青年诗人指着北岛的鼻子说："我们这一代人就是要打倒你，Pass 你！"之后引发一连串遇佛杀佛的诗歌美学裂变。1986 年 10 月 21 日，《深圳青年报》和《诗歌报》联合推出"中国诗坛 1986 现代诗群体大展"，号称"新中国现代诗史上盛况空前的群体展示，……荟萃了 1986 年中国诗坛上全部主要现代诗流"①，这个活动虽然没有催生重要的诗篇，但它却成为一个诗歌运动的新典范，"把诗歌社会化、事件化，而且用媒体的手段推向社会、强加给社会"②。后来将众诗派参展作品结集成《中国现代主义诗群大观 1986—1988》的时候，主编群更矮化了以北岛为首的"朦胧诗派"，跟"非非主义""他们文学社""海上诗群""莽汉主义""整体主义""新传统主义"等六十七个诗派齐头并列。"海上诗群"收录了陈东东、默默、王寅、陆忆敏、孟浪、天游、郁郁、刘漫流等八人，王小龙不知何故被这份长长的名单排除在外。

　　朦胧诗和第三代诗歌在 1986 年正式完成诗歌美学统治权和话语权的"交接"，1988 年出版的《中国现代主义诗群大观 1986—1988》和《青年诗选 1985—1986》都没选入王小龙，再之后的《八十年代诗选》和《二十世纪九十年代诗选》（2000）同样把他忘了，更别提深具世代性色彩的《后朦胧诗全集》（1993）和《岁月的遗照》（1998）。在北岛等今天派诗人执诗坛牛耳时，圆桌上没留椅子给王小龙；等到韩东等第三代诗人成功夺取大位之后，王小龙的口语化先驱地位也被山头林立的新局势彻底忽略。诗选不收，论述不提，直到近几年才重新出土。

　　张桃洲在《中国当代诗歌简史》中如此评价王小龙："在'朦胧诗'鼎盛时期，他是有意识地用一些口语化的、不那么严肃的词语和句子写诗的先行者。代表性作品有《出租汽车总在绝望时开来》《外科病房》《那一年》《孤立无援的小鸟》等，那些诗中显得随意的句子松动了

　　① 徐敬亚：《中国诗坛 1986 现代诗群体大展》，《深圳青年报》1986 年 9 月 30 日。
　　② 这是当年曾经参与展出的第三代诗人欧阳江河，在十几年后接受访问时的看法，他甚至将它总结为："真是一个发明。"详见杨黎：《灿烂：第三代人的写作和生活》，青海人民出版社 2004 年版，第 378 页。

朦胧诗渐渐趋于板结的密集意象和象征模式，可谓'第三代诗'的引路人，为后来大面积爆发的对朦胧诗的反叛潮流提供了基础。"[1]说得保守，但离事实不远。

王小龙拒绝朦胧诗一贯的意象式写作和宏大主题的思辨，选择在上海都市的日常生活细节里，打造出现代感十足的都市化口语，态度轻松，语调活泼，思想里不承担任何改革当代诗歌史的大战略。王小龙是走在当代口语诗歌实验路上的前驱，在朦胧诗和第三代诗歌的美学夹缝间，留下一道不容忽视的景观。

[作者单位：台北大学中文系]

---

[1]　张桃洲：《中国当代诗歌简史》，中国青年出版社 2018 年版，第 80 页。

细节的诗性

——读朱燕的诗

叶　橹

　　所有的人都生活在现实之中，但不是每个人都能从现实之中领悟并体察诗性的存在。诗人之异于一般的人，恰恰在于他们能够在生活的某些细节中体察并领悟到一种诗性的存在。生活中无时无刻不存在着若干隐含着诗性的细节。问题在于，绝大多数人都忽略了它们的存在，更不容易从中发现和发掘其中的诗性蕴含，朱燕是一个生活中的有心人，她经常会从自己乃至旁人的一些生活细节中观察到某种隐含着诗性品格的事物。所以在生活中做一个有心人，是成为诗人的基本和必备的条件。

　　我们不妨从她的《绿萝》一诗切入这个话题：

绿：无需多说，视觉可触
萝：爬蔓植物
它原先在沙发上来回生长
沙发像围了一条绿披肩
它在我诗里来来回回了几次
诗句也绿意盎然

它好养活
一耷拉，浇些水
摘掉几片黄叶
顿时便昂首挺胸

我也是一株植物

有一点阳光，就会蓬勃

我像绿萝悬空时的状态
生长的枝条
向四周延伸

面对这样一幅平凡的生活场景，许多人都会有似曾相识的感触，然而，有多少人会从中联想到"它在我诗里来来回回了几次，诗句也绿意盎然"了呢？至于"我也是一株植物，有一点阳光，就会蓬勃"则更是联系到自身的生存状态的诗意联想。本来，作为普通的人，每一个人都会有自己的爱好和关注的事物，但是作为诗人，他们往往会在一般人容易忽略的事物中发现和发掘一些隐含的诗性的存在。这种诗性的存在，并不是所有人都能感受到的，但是当诗人写出来之后，读到的人一定会受到启悟，从而造就人们在自身的生活中去发现美、发觉诗性的品格。像"我像绿萝悬空时的状态，生长的枝条，向四周延伸"这样的诗句一定会在读者内心引起共鸣，从而扩大自己的心灵空间，增加若干生活的情趣。

诗人对生活现象的关注，固然同他常常会在一些细节中获得启示相关。但是，如果仅仅关注细节而缺乏对它的沉思，同样很难写出耐人寻味的诗篇，我从朱燕的一首短诗《小舟》中，竟然读出了颇具哲理的意味：

湖面有一叶小舟
它停在湖面时，是静默的，
两次和它合影
也是静默的
它的静默配得上晚霞
配上湖面的辽远

如果你把这种看似重复同一种景象的诗，轻易地一擦而过，你就会错过一次对诗性沉思境界的进入。其实这首诗的精髓恰恰在于

它的那种静默中的涌动、简易中的繁复。小舟表面上是两次合影中重复的景象，人却从中悟出了"它的静默配得上晚霞，配得上湖面的辽远"，使得这一静默的画面在对比中显示出内在的美、内在的博大与深远。

诗人写诗往往会在它所营造的场景中隐含一种独具意味的思绪，朱燕的这首诗看起来好像是偶然所得，其实是她在生活中反复地思考了某些现象之后获得的敏悟：任何一种表面上静默的事物，孤立地看待它的时候，你也许不会注意到它的独特之处；可是一旦将它放在与许多事物的对比中，你会猛然发现，原来，这种静默竟然是它独具的品格，这种品格的存在不仅衬托出别的事物的风采，也使它因此更显得别具一格。如果不是在现实生活中有过多次的观察和思考，朱燕不可能获得这种灵感和启迪。

其实，人生的过程就是由一系列的生活细节构成的。只是有些生活细节因"无意义"而被忽略掉了，而另外一些"有意义"的生活细节，则因为受到关注而被描述留下来，这里所说的"有意义"并不一定就是什么重大的事情带来的，而是因为被发现而赋予的"意义"。《小舟》这样的诗之所以会出现，并不是因为小舟的存在有什么特别的意义，而是因为发现它的人赋予了它意义。所以从根本上说，人对于生活中细节的美的发现，才会赋予事物以诗性。这是我们在写诗和读诗时必须关注的一个根本问题。

诗人之所以成为诗人，是因为他在现实生活中不断地自我反省和自我思考。经过诗人自我反省和自我思考的一些生活细节，以文字的方式留存下来定型。一首优秀的诗，往往就是这样进入读者的心灵中的。在朱燕的诗中，像《四月》《静默》《与自己对话》这一类诗就是属于自我反省和自我思考类型的诗。"四月，只是想静坐下来，看看花朵凋零到哪儿去了？"她认定"时光是一支箭，他以一种直线向前，他穿越繁琐、繁华、繁复，当一切被抖落时，摊开双手看看，还剩下什么？"。读了这些诗句，关于生命的多姿多彩、关于生命的短暂与遗憾，是不是会勾起你一些联想呢？在静默中，她在面对"春天里的花朵"和"热烈"时，想"把心思向世界交代清楚"，可是，最终看到"一束白花，没有半片树叶相伴，念头就打消了"，只是想到"我要用多大的勇气、劲头，才能像他一样，保持一个，独立的姿态"。
朱燕从生活中领悟到的哲思，或许也可以认定她是在写作中感受到
"独立的姿态"的重要。在习诗的过程中，看到了花的存在和独立的
姿态的风采，同样暗示着力图写出自己的特色和风韵的迫切愿望。
也正是在这种觉醒中，她的写作才会不断地有所前进，有所发展。

特别引起我注意的还是这首《与自己对话》：

> 她绕过一条开得死去活来的樱花大道
> 她绕过红朵高举的茶花
>
> 在一棵巨紫荆花树旁停下
> 光滑的枝干上
> 紫色花苞簇拥着，冒出头
> 不久，会将整棵树燃烧
>
> 她选个安静处坐下
> 审视自己躯体上会开花的地方，安顿它们
>
> 她一把一把地
> 把所有幻想从身体里抽干
> 空下来，填充她看得见的实物

诗中的"她"，其实就是"我"用第三人称来陈述自己的内心感受，
是以客观性的叙述来表达主观性的醒悟过程，这不是什么稀奇的艺
术表现手段。但是朱燕在此诗中的语言表达方式，却显现出颇具色
彩的特点。譬如像"一条开得死去活来的樱花大道"，"红朵高举"的
茶花，"紫色花苞簇拥着，冒出头，不久，会将整棵树燃烧"，如此
具有多样性的描述，似乎是想把内心复杂的思绪似花的色彩表现于
笔端。然而，她突然笔锋一转，却是"她选个安静处坐下/审视自己
躯体上会开花的地方，安顿它们"，并且还要"一把一把地/把所有幻
想从身体里抽干/空下来，填充她看得见的实物"。这种从热烈转向

167

冷寂的诗语方式，不仅是语言表达的改变，更是一种思绪的转变。对于诗来说，外在的语言方式，如果程式化或规范化，整首诗就会呈现出呆板而缺乏旋律感的弊端。像朱燕这样从热烈的表象或而转向冷寂的思索时，诗的内在韵律和情绪的转变，立即就显示出一种静中有变和动中生色的意味。在诗的阅读和欣赏中，人们最厌烦的就是四平八稳、似曾相识的表达方式，只有出人意料的突现，乃至违背常规的变形和超验，只要在艺术鉴赏的考量下又能获得人们的认同，才能算得上是艺术的创新。我从朱燕的写作中隐隐地感到她是在力图突破自己原有的写作模式。诚然，真正地达到创新的境界绝非易事，有了这种艺术自觉并付诸实践，哪怕是一小步的前进，总要比原地踏步强。

　　朱燕出于对诗的热爱而习诗多年，每每读到她的一些呈现出新的追求的诗，我都为她高兴，但愿她能在前行的道路上走向新的目标。

　　　　　　　　　　　　　　　　　　〔作者单位：扬州大学文学院〕

从云之写真到现代经验

——解读李少君诗歌"云"意象

官雪莹

> 诗人们焦虑于所谓现代性问题
> 从山上到山下，他们不停地讨论
> 我则一点也不关心这个问题
> ……
>
> 云卷云舒，云开云合
> 云，始终保持着现代性，高居现代性的前列
>
> ——《云之现代性》①

自波德莱尔在 1863 年首次提出"现代性"（la modernité），即"从过渡中抽取永恒"后②，它的所指一直游移，却给诗歌创作和批评带来了不停歇的争论，或者说是迷茫和焦虑。李少君的诗作将现代美学引入传统诗歌视野，给以"云景"为代表的自然书写带来了一种陌生化效果，而从"人类世"即人地关系的视野观之，这种书写格外有启发意义。

一、云的观看之道：19 世纪始的赏云浪潮与审美体验

"云，始终保持着现代性"并非一句虚言，制造云景相当于制造现代生活的符号。超现实主义画家勒内·马格里特（René Magritte）的作品《比利牛斯山上城堡》（*Le château des Pyrénées*，1959）中，沉重的石头漂浮于团团积云之中，制造出重与轻的倒错与张力。20 世

---

① 李少君：《云之现代性》，太白文艺出版社 2021 年版，第 29 页。
② ［法］夏尔·波德莱尔：《现代生活的画家》，《波德莱尔美学论文选》，郭宏安译，人民文学出版社 1987 年版，第 484 页。

纪萌芽的意识流文学中，语言涌动正如云气的翻滚蒸腾。在弗吉尼亚·伍尔夫的小说《海浪》中，在柔风吹散云彩的瞬间，世界展现出波荡而跳动的面貌："如果那片蓝色能够永驻不逝；如果那个空洞能够永久存在；如果此时此刻可以永远存在下去"①。云最能体现人与物的聚散随意、生活的漂浮与流动。

波德莱尔的《风景》写出独属于现代人观看天空的方式："我眺望着歌唱和闲谈的工场；烟囱和钟楼，这些城市的桅杆/还有那让人梦想永恒的苍天。""眺望"作为观看的角度尤其重要，它预示着我们和天空的距离将要拉近，当脚下的城市将被整个抬起，人们就不再匍匐于土地，而将悬立于空中，天上飘浮的朵朵白云自然成为新的奇观。波德莱尔钟爱云，他在《巴黎的忧郁》中写道："透过餐厅敞开的窗户，我凝视着造物主用水蒸气砌成的朵朵流云——它们难以察觉的构建是多么美妙啊！"②波德莱尔面对流云的惊叹，其实也是时代观云浪潮中的一朵浪花。尽管对天空的文学呈现和艺术描摹早已有之，但 19 世纪以降的云景却比以往增添了更多丰沛而可信的细节。1803年，英国药剂师卢克·霍华德（Luke Howard）在论文《关于云的变化》（*Essay on the Modification of Clouds*）中，反驳了古代的观察家认为云的变化仅仅是由于水蒸气的变化或者风的流动所造成的观点，提出"云受制于所有影响大气变化的一般原因所产生的特殊变化"，将云彩按大气层的高度和天气的不同分为卷云（cirrus）、积云（cumulus）、层云（stratus）3 大类和卷积云（cirro-cumulus）等 7 种变体，把一向被视为难以捉摸的云安放在成体系的命名之下③。歌德极为欣赏霍华德的理论，他为层云、积云、卷云和雨云各赋诗一首，称赞霍华德的贡献：

> 但霍华德用他清晰的智慧，
>
> 把这新鲜教义赠予全人类；
>
> 那云曾经不可触，不可捉，

① ［英］弗吉尼亚·伍尔夫：《海浪》，曹元勇译，上海译文出版社 2012 年版，第 78 页。

② ［法］波德莱尔：《巴黎的忧郁》，王浪译，江苏凤凰文艺出版社 2018 年版，第 105 页。

③ ［英］理查德·汉布林：《云》，李佳妮译，重庆出版社 2020 年版，第 92 页。

为他第一个摘取，第一个用思想掌握。①

这一轰动科学史的分类方式掀起一阵"云潮"。在 1843 年出版的《现代画家》(*Modern Painters*)中，约翰·罗斯金(John Ruskin)认为英国画家威廉·透纳(William Turner)第一次绘出了真实天空的样貌，他认为古代风景画的大师完全忽略了不同高度云彩的差异所带来的光影变化，而透纳却抓住了这一点："那是唯一一位注意到被忽略到的高空的大师，而高空也是他尤其钟爱的领域；他观察到了高空的每一个变化，并描绘了它的每一个阶段与特征。"②"真实"成为这一时期欣赏天空的一条默认法则，虽然霍华德的分类消解了云形之缥缈不定所带来的神秘感，却揭示了天空深处存在的细腻丰厚的纹理，卷云是风的预言者，积云暗含着雷电之力，而层云则是夜晚薄雾的来源，给浪漫主义的尾声带来一次新的审美跃升。在诗人雪莱的笔下，云具有高度和厚度，蕴含着天空的力量，"用燃烧的缎带缠裹那太阳的宝座"的云充满力度、质感与激情③。19 世纪后期，摄影术的发展为赏云提供了一条新的道路。法国摄影家古斯塔夫·勒·格雷(Gustave Le Gray)于 1855—1857 年拍摄的《海滨，云的研究》(*Marine, étude des nuages*)组照，运用火棉胶湿版工艺，留住了云层边缘的光影。摄影尽管为本雅明批判称其消减了原初作品的"灵光"，但其高度复制性恰恰将天空尤其是云彩的瞬间变化、每道曲线的颤动截留并播散，以至于成为一种可以反复书写的经验。普鲁斯特在 1892 年首次参观摄影师的暗房时晕倒，对于此事摄影师布拉塞(Brassaï)评论道，"一片白纸在化学药水作用下逐渐变黑，显示出过去的影像，足以使得年轻的小说家感到超载"，而《追忆似水年华》中

---

① Luke Howard. *Essay on the Modifications of Clouds*, London：John Churchill & Sons，1803，pp. xi-xiii. 译文为笔者拙译。

② ［英］约翰·罗斯金：《现代画家Ⅰ》，唐亚勋译，广西师范大学出版社 2005 年版，第 199 页。

③ ［英］珀西·雪莱：《云》，《雪莱诗选》，江枫译，湖南人民出版社 1980 年版，第 124 页。

数次出现"暗房",暗示着记忆与摄影间的相似之处。①《追忆似水年华》同样是一本"云之书":"有时,茫茫雾霭从灰蒙蒙中离析出黑影,洗印出最精美的'照片',使它呈现为高雅的黑色"②"我看见了几片有凹边的云朵,那毛茸茸的边缘为玫瑰色;固定成形……"③云雾的显现勾勒出记忆的形状,飘散在回忆的气氛中,如同一首颤动的凡德伊奏鸣曲。

当今愈发严重的生态问题及人类活动所导致的气候危机,又唤起了文学界对人与环境之关系的反思。生态文学、气候小说等成为新的创作与批评主潮。20 世纪 80 年代起,生物学家尤金·施特默(Eugene F. Stoermer)、化学家保罗·克鲁岑(Paul Crutzen)等人提出"人类世"(anthropocene)概念,意味着我们将从"由人类开始的地质革命"来理解环境,即人类活动与地理环境互相改变。④ 这一概念的提出迫使我们从全新的视角审视人在自然中所处的位置,环境即人与身边世界的关系。一些以气候或天气为描写对象的生态诗歌浮出水面。如苏格兰诗人罗宾·罗伯逊(Robin Robertson)的诗集《慢的空气》(*Slow Air*)、牙买加诗人奥利弗·塞尼奥尔(Oliver Senior)的《1903 年的飓风故事》(*Hurricane Story*,1903)等作品,都试图表现当地特殊的气候如何改变人的生存状态。

这一转向也向中文世界的生态写作抛出了问题。其实,气候和天气现象与地方性、与人类情感相互交融,正是中国古典诗歌(尤其是山水诗)的重要审美维度,作为"山川气"的云受到文人的青睐。"无心而出岫"之云可抒发隐逸之志,而"只可自怡悦,不堪持赠君"则蕴含朦胧的情思。在始于 20 世纪的中国现代文学脉络中,"云南云"在西南联大学人笔下成为一道绚丽的风景。沈从文受到卢锡麟摄

① Emily Setina. "Proust's Darkroom", in *MLN French Issue*: *Translating Constrained Literature / Traduire la littérature à contraintes*, Vol. 131, No. 4, September 2016, pp. 1080-1112.

② [法]马塞尔·普鲁斯特:《追忆似水年华Ⅰ:在斯万家那边》,李恒基、徐继增译,译林出版社 1989 年版,第 68 页。

③ [法]马塞尔·普鲁斯特:《追忆似水年华Ⅱ:在少女们身旁》,桂裕芳、袁树仁译,译林出版社 1990 年版,第 198 页。

④ Christophe Bonneuil, Jean-Baptiste Fressoz. *L'Evénement Antrhopocène*: *La Terre*, *l'histoire et nous*, Paris: Edition du Seuil, 2013, p. 11.

影展的影响，注意到云南云的地方特征，即"云有云的地方性"：

> 看过卢锡麟先生的摄影后，必有许多人方俨然重新觉醒，明白自己是生在云南，或住在云南。云南特点之一，就是天上的云变化得出奇。尤其是傍晚时候，云的颜色，云的形状，云的风度，实在动人。①

在《云南看云》这篇散文中，他自陈从摄影中受到启迪，重新发觉云南云景之美。萧荻的诗《云的问讯》写于印缅大反攻背景下，在借"云"表达对印度反法西斯战争的强烈共鸣的同时，也表现出对当地云形成过程的科学认识："是你把热带棕榈青翠的芳香/分润给滇南葱郁的松林/轻盈地萦绕着山，一圈笑靥/把街市的喧嚣溶解在月明"。这一批曾生活于昆明的诗人和作家把当地云塑造成为独特的文学景观，难以忘怀的时代印迹。自 1970 年代起，世界范围内掀起了一波又一波生态浪潮，相对应地在中国，继朦胧诗派后，80 年代出现了"第三代诗群"②，他们以日常事件为主要题材，表达对时代主流的叛逆精神，"自然"则成为一些诗人另辟蹊径的天地，如海子的《九月的云》首句写道——"九月的云/展开殓布"，晴朗与死亡欲望是两道同样强烈而交错的光芒。及至当代，沈苇、冯娜等诗人呼唤并实践着一种心灵与自然互相应答、"物我两忘"的自然写作。1967 年生于湖南湘乡，长期工作于海南的诗人李少君，其诗作如《海天集》《自然集》等，富有自然草木的气味、天光云影的闲适。他善于从自然中汲取诗的灵感，把古典诗歌中对自然之爱的"情境"与现代人的生存状况结合起来，因此被一些批评家称为"自然诗人"③。其于 2021 年出版的《云之现代性》，可被视为当代诗人尝试把天气置入诗歌空间的努力，更启发了我们对天空中的云之风景与现代经验之关系的思考。

本文试图解读李少君诗歌中"云景"的多重含义：云被赋予了主

---

① 沈从文：《水云：沈从文散文》，江西人民出版社 2018 年版，第 172 页。
② 万杰：《论第三代诗歌运动及其诗的日常化倾向》，《学术探索》2008 年第 2 期。
③ 易彬：《"自然诗人"李少君》，《文艺争鸣》2010 年第 3 期。

体性，也给赏云者带来孤独旁观者的生命体验；赏云的两种速度同时进行，使得赏云者成为都市缝隙之中的漫游者；最终，"云之现代性"也是"现代性之云集"，借助对日常生活的抓取和虚构，诗歌反映出"一种带有时代特征和标志的镜像感"。[①]诗歌中的"云景"和自然重塑了现代人的生命体验，也是对现代性的反思。

二、云之主体性：喧嚣与孤独

在李少君的自然诗歌中，"云"不是被观摩的对象，而是成为承载对话的主体，这种对话所带来的"喧哗"一方面似乎搅扰了静观景物之美；但另一方面，也可视为建立自然之物与人类社会之间联系的探索。在《海边小镇》中，"只有一朵云在上空徘徊"，这朵云代替诗人的眼睛成了观察的主体，从一个俯视的视角，看到了这个小镇孤独的全貌："街头空空荡荡，居民踪影全无/只有一条狗在探头探脑/只有一群鸟儿貌似不速之客/自己在门前觅食"。云在徘徊，狗在窥探，而鸟儿是"不速之客"，它们共同处于一种被排斥、被隔绝的感情联系中。接下来出现的"灰白斑驳的老钟楼"和"路边的凤凰花"则是小镇本地的居民，给这种空旷增添了历史的回声和现实的色彩。这些意象组成了一个独立于人世之外的空间，它们之间存在着一种隐蔽的对话，虽然背后仍然是如同摄像机般叙述着的诗人的眼睛。"我在一家小旅馆听了一夜风雨"成为一个转折点，"我"的进入取代了"云"作为观察之眼的地位，因为"我"一来，天空就变得晴朗，"仿佛风雨从未来过"，那朵徘徊的云也消失了。因此，可以把"云"看作"我"的替代，它被赋予了"我"的情感。尽管叙述者的进入取代了它的主体性，但是由云、狗、鸟群等组建的世界已经存在，并且奠定了一个空旷而并不静默的诗境。

另外一首诗《孤独乡团之黑蚂蚁》则试图彻底抹去人的踪迹，自然仍然是这个诗境中强大的主体："每一棵榕树都是一片林子/且相互连接而自成一座森林/鸟儿栖息其上，长须飘拂而下/偌大的绿荫冠盖将孤独也掩埋其间"。榕树以气根为连接互相依存，鸟儿在这个

---

① 李少君：《当代诗歌：事件与情境》，《云之现代性》，太白文艺出版社 2021 年版，第 148 页。

树木的世界里找到了容身之所。这个榕树构成的"小世界"试图向更大的宇宙伸出触角："每一座岛屿就是一个乡团/散落在这一片云水茫茫的海天之际"。"乡团"意为乡兵、团练，这个隐喻表明岛屿自身是一个联系紧密的小社会，它或许由无数个"榕树森林"、无数只"鸟儿"抱团而成，又在漫天白云的隔绝中独自成为并维持着它自身；而无数个岛屿又构成了星球的"乡团"："月亮是那最小的一个孤独乡团/但它与这些岛屿不在同一个平面"。最终，这个世界回到榕树下："但那些遨游宇宙的星球其实也是孤独的/就像老榕树树干上爬行的小蚂蚁一样/又黑又亮触目惊心"。这首诗描写了一个生态宇宙，每个"小世界"看似相互隔绝，却依赖着、嵌套着彼此。这个世界并未把人类包括在内，或许这是诗人称其"孤独"的原因——一向认为自己是万物主宰的人，无法在这样一个自得其乐的生态系统中找到自己的位置，自然界的主体是如此强大，以至于不需要人类的赞言。然而，只有发现了自然万物之间普遍而隐秘的联系，才能意识到自己的孤独。

李少君的自然诗歌中总是充满着孤独的情感，而"云"则是这种情感的主人。白云总是悠然而安宁，它常常出现在一个不为人间侵扰的世界之中。然而这种"孤独"也可视为一种新的现代美学，它并不代表彻底的寂静无声，而是远离尘嚣，把人放在一个观察者的位置，去观察、倾听自然的声音，让它进入人类的生活。就像《道》中所写："道藏于野/在这深山里/道，就是那一朵独自灿烂的白菜花/在这半亩土地上/已经长出了木瓜、南瓜、杨桃和韭菜/就像我在纸上写出了云、流水、小站和暴风雨"。"我"并未隔绝于这个世界，而是栖息于土地上，"我"让白菜花绽放，让木瓜结果，也让白云流水进入"我"的文字、"我"的诗歌。

三、游移的云：赏云的两种速度

在现代性的视野之下，赏云的两种速度同时进行：技术的进步使得跨国赏云甚至机上俯观云层成为可能，诗歌中的云踪雾影遍布全国与全球——从作者故乡的潇湘水云，到"珞珈山上的一朵白云，一片蔚蓝"，再到海南岛的"云水茫茫"，甚至跨出国门，看到"北美

上空霸道凌厉的云"。这种现代社会的速度使得云景呈现出一种旅行视野下的地方性。湖南潇湘之地的云便如烟似雾："我们是从云雾深处走出来的人/三三两两，影影绰绰"（《我是有背景的人》）；西亚上空的云便"高冷飘忽"（《云之现代性》）。虽然这种描写并未能让我们知晓诗作中描写的是卷云、积云抑或雨云等等，但也传达出了不同地域的云景带给人的不同感觉。

同时，"赏云"的行为又自带一种缓步慢行的姿态，需要一颗温润古雅的诗心。例如，在《常熟记》中，赏云是和赏景结合在一起的，读者需要路过诸多景致才能领略到"云景"的意味："兴福禅寺的覃油面，方塔街的包子铺/热气腾腾地渲染着日常生活的气息/老街的青石板时不时地被高跟鞋叩响"。诗句在悠闲的动感中缓慢行进，街边的商铺、行人走路的声音，这样繁华的市民生活与城市古老的青石板形成一动一静的对照。"云"这个意象给诗歌打通了一个高渺的天地，"古琴径传云外，数只白鹭悠悠远去"，暗示着白云笼罩下的诗性空间，它的存在通过琴声连通到更广大的天地，与此刻诗人的耳朵产生共鸣。接下来的"云"意象则把古和今串联起来："虞山是一座草木蒙笼的青山/它的高度，由长江下游堆积的巨石烘托/那枚别在树梢的云霞，是天空褒奖的徽章/最让人肃然起敬的，是在郊外/鸟鸣覆盖之下，沉睡着一些伟大的灵魂"。"别在树梢的云霞"是诗人的脚步停顿下来，对虞山一个特别诗意时刻的捕捉。云霞本易散，却恰到好处地被树梢别住，这个陌生的偶来客，与那些沉眠郊外的伟大灵魂一起组成了虞山的历史与今天。这些流淌的云象征一些游荡的面孔，它们给老城注入新的活力。

赏云者的脚步让我们想起卡尔维诺的《马可瓦尔多》，小工马可瓦尔多跟着猫咪的足迹发现城市中隐藏的一座由间隙、水管、地下室等组成的秘密城市，而赏云者也有一座自己的城市，它是由天窗、摩天楼的线条、山丘和田野的曲线、飞机的尾迹所框定的天空。赏云者过着一种双重生活，既可以借助铁路和飞机的现代速度快捷地到达目的地，同时也跟随光照和风向的变化调整着自己的欣赏节律，而更多情况下，欣赏云景是由现代生活的速度决定的，在快节奏的生活中抬头望云的那一瞬间，人们寻求脱离时间发条的感觉，也许可以达到古人吟咏着"晴空一刻排云上，便引诗情到碧霄"那个悠然的时刻。

四、经验与虚构："云之写真集"与日常图景描绘

正如"拍一套云的写真集"（《抒怀》）这句宣言所表明的，诗人不仅思考存在于云之中的"现代性"，也尝试拾起散落于现代日常生活中的"云"——那些富有微妙变化的碎片，使得庸常生活突然焕发出美的陌生化时刻。苏珊·桑塔格在《论摄影》中提出："当影像极其强有力地决定我们对现实的需求，且本身也成为受觊觎的第一手经验的替代物，因而对经济健康、政体稳定和个人幸福的追求起到不可或缺的作用时，这个社会就变成'现代'"[①]。人们认为通过摄影可以直接保存经验，或通过观看摄影占有他人的"现场感"体验。摄影是一种转喻，我们相信通过保留一帧街角的相片可以获知城市的整体风貌。李少君的近作《云之现代性》也试图在诗句中保存现代生活的体验，书写一些"有血有肉的生命冲动"[②]，作为"现代性"的断章。但诗句不是照相机，它除了对真实的模仿之外还留下了虚构的空间。在这部诗集中，《撞车》《异乡人》《事故》《上海短期生活》《安静》等小诗写的是现代城市生活中普通的，或者灾难性的日常。比如，《安静》描绘了黄昏时分街边一景：

> 临近黄昏的静寂时刻
> 街边，落叶在风中打着卷
> 秋风温柔地抚摸着每一张面孔
> 油污的摩托车修理铺前
> 树下，一位青年工人坐在小凳上发短信
> 一条狗静静地趴在他脚边
>
> 全世界，都为他安静下来了

诗中凝望的眼睛仿佛一台放在街角的摄影机慢慢地移动着它的

---

① ［美］苏珊·桑塔格：《论摄影》，黄灿然译，上海译文出版社 2008 年版，第 153 页。
② 李少君：《草根性与新诗的转型》，《南方文坛》2005 年第 3 期。

镜头：从渐暗的天色，到风中的落叶，再到街上行人的面孔，最终定格在一个发着短信的摩托车修理工人的身上。黄昏是休息和安睡的时刻，这个瞬间对于劳累了一天的工人来说显得格外静谧而珍贵。我们无从得知青年工人发送的短信是喜是忧，但秋风温柔，草木摇动，身边的狗安静地守护着他，诗人从世间万物那里发现了它们对于工人的祝福，给这张照片加上了一层朦胧的光晕。我们可以读到劳动者的日常，更可以发现诗人对这种日常的盼望：一个人与世界达成和谐的安宁的世界。

当我们提及"现代性"，总是把都市的电光、铁路的喧嚣、现代人的烦恼和喜悦等放上讨论席，仿佛总是在追求一种进步而在进步的范畴内思考一切。然而，李少君诗歌中的"云之现代性"既是对"现代性"这个词语的精妙阐释，又是对它的反叛——变化而被定格的流云足以体现"过渡的永恒"。在人类出现之前，云已历经沧海桑田，在"现代性"的词语发明之前，云就已经进入了我们的诗歌、画作，与我们的情感水乳交融。如何定义现代？李少君诗中的云意象为我们提供了一个思考的起点，或许我们可以在现代生活中找到古典的山水自然之境，在生命与生命的互相关联中寻找现代人的位置；也启发今后的写作者继续描述不同高度的云，追踪不同地域的云，勾勒万千云景的细微之处。

［作者单位：武汉大学文学院］

驻足在生命风景中的诗意书写

——漫谈武兆强的诗歌创作与审美向度

王巨川

纪伯伦曾说过，"诗人是画师，用他情感的颜色描绘他周围的影像，用言词记录由他的国家心中升腾而起的欢曲、痛吟及希望与失望、绝望之歌。诗人同时又是一面镜子，可以反射出人们心中暗藏的愿望和被伏在神胸里的遥远距离。"①在一定意义上说，武兆强就是这样一位诗人，在近半个世纪的诗歌写作中，诗人以饱含温度的诗句和充满诗意的激情，不仅记录着自我人生历程的悲欢苦痛，同时，也以诗人特有的思想深度和观察方式倾听着历史的回响，书写着时代的足音，省思着人生的过往。

武兆强自20世纪60年代开始诗歌创作，1966年即在《新疆文学》第二期发表处女作《在英雄的名字下》，从此让生命的思想游弋在诗的海洋中，笔耕不辍，陆续出版《四月草》(1982)、《武兆强诗选》(1990)、《谁替我们而生》(2018)等诗集。总的来说，诗人的诗歌写作历程大致可分为三个阶段：第一个阶段是1964年随中国青年艺术剧院赴新疆演出到"文革"爆发，在这一阶段诗人相继创作了30余首诗作，虽然青涩但也显示出诗歌创作的内在潜力；第二个阶段是"文革"结束后到1986年，诗人以其高涨的热情投入诗歌创作中，先后创作出极具艺术个性和社会影响的诗篇，达到了诗人的第一个创作高峰；第三个阶段是2010年重返诗坛至今，此时"诗人步入老年，但诗思泉涌，风采不减当年"(《诗探索》编者语)，这些饱含生命之思的诗作构成了诗人的第二个创作高峰。就诗人创作整体而言，在这三个阶段的诗歌写作中，诗人不仅创作出各具时代精神和人生历程

---

① ［黎］纪伯伦：《诗人是画师》，《纪伯伦全集3》，李唯中译，百花洲文艺出版社2007年版，第86页。

特征的代表性诗作，同时也在不断探索中温润着自己极具个人艺术特质的写作风格与审美思想。进一步说，正是在不同阶段的时代感知和持之以恒的诗意写作中，串联起诗人意喻深刻、哲思纷呈的生命风景线。

一

　　早在诗歌初创时期，诗人就表现出他的诗歌审美天赋和语言能力。对于年轻的诗人来说，这一时期的作品不仅情绪饱满激昂、内容生动丰富，而且形式整饬、语言凝练。可以说，一出手便确定和显现出诗人特有的写作风格。比如诗人在 22 岁时发表的第一首诗《在英雄的名字下》，这首诗是以战斗英雄"王杰"的形象为主线，对中国军人伟大精神的讴歌与礼赞。诗人在诗的起势便在一本"日记"、一面"红旗"、一声"号角"的意象抵进中展开层层递进的抒情："——青春，/壮丽！——革命，/斗争！/平凡的战士，/不朽的英雄，/在你身上呵，/水乳般的/交融！"接着，在英雄"身影"的不断转换中，诗人以强烈的节奏感和一气呵成的激情将英雄赞歌向历史纵深推进——"雪山""草地""大渡桥横"等具有历史寓意和民族精神的意象，以及董存瑞、黄继光、邱少云等战斗英雄形象在诗人的笔下一一被呈现出来，从而形成全诗的高潮："一本鲜红的日记，/到处传颂，/一面鲜红的旗帜，/飘扬在/战斗的/征程；/呵！革命的大旗，/如今/谁来高擎？/呵！无产阶级的事业，/如今/谁来继承？"

　　在 20 世纪五六十年代以全民"颂歌"为主要表现形态的文艺创作中，诗人的这首诗虽然也是呼应时代之作，但融入诗中的真情实感以及显现出的艺术思考和审美视角仍有其独特的价值与意义。此时，正值 21 岁的诗人在祖国美丽山河的感召中，从伊犁河谷唱到塔里木瀚海，从天山南北唱到草原牧区，在反复吟咏中写下了生命的真情实感："就此请把新疆揣在心坎吧/——新疆太热情了/马奶子足以醉倒八方来客四季时光/让我疑惑的是牛也会醉，羊也会醉/东一群，西一群/彼此你呼我应，比啃食紫苜蓿还要繁忙"（《把新疆揣在心坎吧》）。再如《夜歌》《塔里木火把》《巴沙尔的好日子》等诗作，我们从中真切地感受到年轻诗人那悠扬而舒缓的抒情品质。

可以说，是历史时间与生命空间在不期而然的碰撞中点燃了诗人的诗心，使他欲罢不能地走上了这条属于未来的诗歌之路。他在这一时期的创作特点还是较为清晰的，即在形式上表现出短促激烈的节奏，在语言上呈现出热烈浓郁的抒情。这一时期虽然仅有两年，而且大多数诗作如诗人所说还带着"童稚的胎记"，有着明显的青涩浅显印记，但这些毕竟是诗人的诗意人生的开端，他的底色在这里涂染，旋律在这里调试，雏形在这里形成。

1976 年，令人苦闷的"文革"成为历史，随着思想解放运动如雨后春笋般在中国大地上出现，中国诗歌也迎来了变革与崛起的新时代。沉睡已久的诗人的诗心被时代唤醒，他以满腔的热情拥抱诗歌，回归诗坛，先后写出了一系列既具有创作个性，又符合时代要求的有影响力的诗作，如《阳光下，我思绪飘飘》《黎明抒情》《觉醒》《独白》《我，大地上的一棵树》《有一个美丽的情影》《石板路叩响的一串沉吟》《我和美人鱼》《祖国，给了我一片丰腴的土地》《向日葵的位置》《钢铁交响曲（组诗）》《戈壁沉思》《我在南国听雨》等。

这一时段的创作，诗人的思想深度和生命感悟在诗歌中表现得更为成熟与深刻，其中的书写对象和情感内容也愈加丰满和充实，诗人在与时代保持同步的过程中显现出一种明朗、健硕的诗艺风格。具体来说，诗人在 80 年代的诗歌写作中对时代的更新发展、人生的苦痛记忆并不止于表象的传情达意与批判反思，而是在生命感悟中不断向精神世界的纵深开掘，从而在诗性的物象、诗意的语言和诗美的形式审美表达中，在形而上的诗意思考中展现个体精神与时代精神、个体生命与自然生命的关联。诚如诗人所表达的对诗、对诗人的深刻理解："诗：你来自生命深处，并为生命所灌注。……诗人：如果说你的所有努力，不过是完成着一个梦，那也唯有一个自由、正义与人性的世界。你已从宇宙的精气中聚敛了失落的灵魂，你应当坦露天地间的声音。"①我们是否可以说，这是诗人在遵从内心的感召，它源自其精神深处的立人要求和作诗准则，这也是诗人在生命存在中恒久的人生定律和理想追求。所以，在《我，大地上的一棵树》中，我们看到诗人为自己找到作为精神生命象征的"对应物"：

---

① 武兆强：《写在卷首》，《武兆强诗选》，文化艺术出版社 1990 年版。

"那就做一棵树吧/一棵年轻而健壮的树/把我生命之根，暴跳着/交给岩石，或松软的土壤/为大地凿开啜吸雨露的气窗"。其中所透露出的人生意志与时代精神构成了和谐的图景。在黑格尔看来，诗"是绝对真实的精神的艺术，把精神作为精神来表现的艺术"，同时，诗也"是最丰富、最无拘碍的一种艺术"，它不仅"要把在内心里形成的精神意义表现出来，还是诉诸精神的观念和观照本身"。① 从中不难理解诗人与诗歌之间的精神关联性，诗人通过诗表达自我真实的精神意义，反之，诗又将艺术的精神意义诉诸诗人的精神建构，进而形成艺术的反思与反思的艺术之间的张力。在这个意义上看武兆强的诗歌作品便会发现，诗人总是以真实的精神体验和生命感悟来表现丰富的内心世界，一方面诗人在精神感召中将热烈的情感投身于对新时代的讴歌之中，另一方面又以诗人的智慧坚持着自己的创作个性和审美视角，从而创作出许多既贴近现实、讴歌时代，又有独特艺术风格的诗作。

我以为，在诗人 80 年代的系列作品中，最令人瞩目也最能反映时代特征和诗人特色的诗作应该是《光环，和日月一道旋转》(1983) 和《大地之屋》(1986)，它们当之无愧地成为诗人在这一时期创作的代表作。《光环，和日月一道旋转》是青年诗人拥抱崭新时代的快意之作，诗中所呈现的正是诗人之于精神意义的艺术化表达。诗的开始一节写的是诗人在日月交替之际、早霞初升时刻的舒畅心情，极具视觉画面的冲击感："当北斗七星/在那凝露的夜晚/转动的斗柄，终于/进入疲倦；这时/或许是早霞燃起的天火/格外殷红、斑斓/竟把那一弯银勺悄悄融化/铸成大街上/无数个旋转的光环"。艺术化的语言抒情和具有画面感的视觉冲击只是为了烘托和预示伟大时代的到来，诗人的视角随着"旋转的光环"转向黎明中醒来的都市、车铃中潮涌的生机以及车轮中滚动的旭日，这一切自然也不是诗人想要表达的目标，所有的意象凝塑、艺术表达和精神指向最终会在或隐或明的诗句中揭示出来："经过昨夜梦境的梳理/一个雄发的开端涌至眼前"，"或许，岁月曾对我们做过/痛苦难堪的暗示/十字路上，生活已不能/迟迟地徘徊不前"。至此，诗人之于诗所要表达的意义

---

① ［德］黑格尔：《美学（第 3 卷）》，朱光潜译，商务印书馆 1979 年版，第 19—20 页。

主旨顺势而出——我们要歌颂旭日东升的祖国和坚忍不拔的民族：

> 如此鲜亮的清晨哟
> 每一个转动的车轮都不再是
> 　　空洞的零！白白耗费
> 　　把时光抛入一团团愤怨
> 也不再是多风多雨的泥泞路
> 　　让脚步陷进困惑和忧患
> 一轮崭新的太阳，正从
> 祖国的瞳仁里升起，照耀着
> 一个坚忍不拔的民族
> 把开拓中的道路交给辙印
> 　　向着未来延伸

客观地说，20世纪80年代文坛在批判诗、反思诗、伤痕诗乃至朦胧诗纷纷登场和盛行的文艺气氛中，这首诗带给人们的艺术感受和精神内涵是独具特色的。诗人在凝练的语言、内敛的情绪以及层层叠叠的意象推进中所展开的历史思辨是别具一格的，诗中传递给读者的不再是囿于痛苦的回忆，而是一代人对国家和民族的未来充满希望的感召。

发表于1986年的《大地之屋》是一首14节共112行的长诗，全诗整饬有序而又不失灵动生气，8行一节，双行押韵，形式、内容都与主题形成严密的对应关系——立人之本。诗评家刘士杰在《人的本质力量的礼赞》一文中评价这首诗说："我们从整首诗中所看到的，却不是古今中外形形色色的房屋，而是一个大写的'人'，一个站立在天地之间的人的形象。我们从整首诗中所感受到的，是人的非凡的创造力的勃发和跃动。在这里，人的本质力量熔铸在这样一个优美、生气灌注的整体之中。"①如果说，当我们先入为主地认为，诗人把大写的"人"作为诗意表达对象很容易会让诗落入空洞、泛化的抒

---

① 刘士杰：《人的本质力量的礼赞——评武兆强的诗〈大地之屋〉》，《北京文学》1987年第4期。

情陷阱，是因为已经有太多的类似的失败诗作。然而，诗人的这首诗却成功地避免了失败。除了前面所说的形式的整饬和诗韵的流畅使全诗有了一种天然的庄重感和灵动性之外，诗人并没有停留在表象的歌颂或简单的礼赞，而是有意识地将诗的内涵与外延进行扩大化和深度化处理，从而在历史深度和现实宽度上让全诗达到一种平衡的状态。而这首诗最大的特色，则体现在诗人对语言的娴熟运用和控制上，在语言的召唤中，诗人一层一层地揭开早已沉睡在精神深处的历史记忆，并簇拥着它一步一步向我们走来：

> 必须追溯到很远很远，记忆几乎模糊
> 祖先们栉风沐雨，像是大自然的囚徒
> 　　在毫无遮拦的天地间，野兽放肆地恫吓
> 　　在毫无居穴的脊背上，雷电凶狠地鞭扑
> 没有一片瓦的世界，只能任流火爆烙
> 没有一块砖的时日，只好让暴雨如注
> 　　但求生的浴火燃烧，击亮古铜色的思路
> 　　洞穴环抱的火焰，终于照亮第一座"房屋"

对于人类的历史，"火"与"房屋"无疑是人类文明起点的象征。从这里作为出发之地，诗人在全诗的每一节中都精心地整理着"人"在历史过程中繁衍生息、创造文明的坎坷历程与精神磨难。不难看出，诗人选择"房屋"意象作为讴歌人类的创造精神、反思人类的文明历史的"中间物"，是一次非常有意义的且独特的尝试，因为"房屋"不仅是人类赖以生存的栖息之地，代表着"家乡""故土"等现实存在，同时，它也是人类寻求心灵慰藉与精神皈依的"场所"，具有精神"原乡"之地的象征性。

> 我们把舒展飘扬的大屋顶，摆在东方
> 那交错的檩椽梁柱令人想到神工鬼斧
> 　　力在其间默默传递，美在其中隐隐含露
> 　　每块金瓦都闪现着一个民族恢宏的气度

我们把成棵成棵的古石柱，搁置西方

那雅典的仪姿体态令人怀想奇株异树

　　好像是许多男人或许多女人的身躯变幻

　　即使沦为废墟也以凄清的辉煌辐射洲陆

这首诗表现出诗人宏阔的历史视野和深厚的生命情怀。事实上，在许多的诗作中，诗人并不刻意书写"事物"本身，而是通过对"事物"的诗意化书写来呈现诗人与历史的生命对话和精神交流，进而从历史演进中探寻生命存在的意义，用托尔斯泰的话说便是："人在自己的理性意识中甚至看不见自己的任何起源，而是只意识到自己与其他人的理性意识超越时空的融合。因此他的生命之内，渗进了他们的生命，而他们的生命也吸取了他的生命。"[①]在这里，诗人的生命及其精神无疑是与历史"事物"融合在一起的，而由此构成的生命风景也就愈加显现出它的精彩之处。诗评家刘士杰认为这首诗的形式是新格律的："诗人故意将格律和自由诗的特色交相融汇，把中国典故和外国典故熔为一炉，使作品既有历史感、古朴感，又有现代感、新鲜感。"[②]这样的评价是中肯而客观的，这是诗人在诗歌创作中较为突出的形式特征，也是诗人艺术审美的独到之处。

二

从 1980 年代末期一直到 2010 年，诗人将自己隐退到诗歌之外，我们也可以被称为诗歌的沉潜期。从 2015 年诗人回到诗坛的创作上来看，他似乎从来没有离开过，或者也可以说诗歌从未离开过诗人。因为诗人不仅没有显露出一丝的生涩，而且还有了一种更为成熟的高产状态，从 2016 年到 2021 年，短短几年间他就写下近 300 首新作，先后出版和制作了《谁替我们而生》《昨日风·今夜雨》两部诗集，其创作力之旺盛确实称得上诗思泉涌，风采不减。特别是近几年的诗作，在延续以往诗思的冷峻、诗风的朗健及诗意的思辨等气象风

---

　　① ［俄］托尔斯泰：《论生命》，《天国在你们心中——托尔斯泰文集》，李正荣、王佳平译，上海三联书店 1988 年版，第 49—50 页。

　　② 刘士杰：《人的本质力量的礼赞——评武兆强的诗〈大地之屋〉》，《北京文学》1987年第 4 期。

格中，诗人常常驻足在生命风景中诗意地凝望和冷静地沉思，这是人生进入到一个精神高度的内在表现，也是诗人精神世界的外在显现。因此我们可以看到，诗人这一时期的诗作既包含着浓厚的情感温度，又不乏深刻的哲思与睿智的理趣，总会在不经意间让人获得某种久违的惊喜和会心的笑意。

如果说，中青年时期的诗人的写作可以被称为"鸟，兴奋的歌唱"，那么现在已经步入老年时期的诗人的诗作就如同一坛老酒，带给我们的是生命的沉香和精神的甘润。《诗探索》的编辑老师在看到诗人的诗作时指出：这些诗"有两个特点值得关注：一是所有的诗都是选材于自己的生活体验和生命感悟，内容真挚，言之有物；二是语言简朴、明朗，与诗歌的内涵融为一体，语句生动，细节处理中有诗意"。[①] 这一评价基本上指出了诗人的诗艺特征和审美追求，他早期的诗作已经形成这一风格，比如前面分析的《大地之屋》，以及《哀悼日》《石板路扣响的一串沉吟》《黑色火焰》《独白》等诗作。而在后来的诗歌写作中，诗人更是向日常生活的理性省思抵进，或者说，这些诗作是许多诗人都未曾探寻过的"老人的诗"，不仅是对诗歌空白领域的有效补充，而且其中显现的睿智哲性与人生省思也是很难得的一种阅读体验。

在《和星星说话的老人》中，诗人以冷静的态度旁观着一位老人的"精神"出游，诗中写道：

> 我分明看到他怅望星空
> 指指划划，喃喃自语
> ……
> 我要是一颗长着耳朵的星星就好了
> 可现在我只能站在他的话语之外
> 看着他，像站在另一个静默的世界

在这首诗中，我们看到诗人表达的并不仅仅是"观望"中刹那间

---

① 林莽主编：《新诗集视点·编者按》，《诗探索 12 作品卷 2018 年第 4 辑》，作家出版社 2018 年版。

的精神感悟，更是深刻揭示出个体生命普遍性的精神"孤独"状态，凸显出人与人、人与自然、人与世界之间的某种距离感。《老了，老了》是颇具特色的一首，诗中以轻快的语言和整饬的节奏讲述着"老人"的幸福心境获得其实是很简单的："不图圆满""不计得失"，"倾听内心的高山流水""弹奏体内的清风明月"。这是每位老人都可以做到的，或许，又是非常难以企及的状态。

对人生历程的反思是这一时期较为集中的创作，它让诗人总是能够在自我剖析中获得诗意灵感。比如《救赎》一诗，诗人在儿时"偏激"与年老"妥协"的维度转换中，一方面借"蟋蟀"的"脱逃"行动表达他对生命自由的肯定，另一方面又叹息人"遇事/很容易就滑向：妥协/顺从了世俗与命运的安排"。在我看来，诗中指认的对象固然"偏激与过分"，但诗人理解中的人性之误恰恰又不止于此。为了加强思考的深度，诗人为此设置了一个大胆而全新的"鞋子"意象作为"偏激与过分"的喻体，并且强调那是已"被穿坏的"，"扔在风尘滚滚/自我救赎的来路上"。至此，全诗的完成度已经显现，但诗人并未就此搁笔，而是笔锋一转，以否定性语气抹去了"救赎"的沉重感"——不，谈不上什么救赎，仅仅是/时光挪动了几毫米"，一语道破人的"救赎"终究要被时间所改变、所雕刻，这是无法回避的人生真相。显然，正是在看似随意的跳跃转换中，反而让人生经验与精神追问提升到一个新的高度。

在阅读中可以确切地感受到，诗人的审美思维在精神感悟与生命经验的累积过程中已然形成自身独特的艺术风格和个性气质。比如，对宏大叙事的隐性书写、对生命感悟的细微书写、对日常生活的哲性书写，这些个性特征已经与诗人的精神思考融为一体，在这些创造的诗作中，诗人娴熟地运用形象思维将诗的语言和诗的形式组织在一起，以诗人特有的诗性智慧把日常生活经验与精神感悟化为叮当作响、扣人心弦的生命对话，常常"从惯见的平凡事物中见出引人入胜的一个侧面"（歌德语），透过一个个事物的表象发掘诗歌内在的"真"与"美"，其中不乏哲思理趣既能给人以会心一笑的愉悦，又有引领不断思考的启迪空间。因此，即便是在时代感召中的充满激情或振奋人心的讴歌民族、赞颂人类，诗人也会找到一个非常具

体的物象与抒情形成"对应物"关系，使诗人的义理和思考在赋予了诗感与诗情的语言中间悄然显现。比如，写《神圣时刻》时，诗人会看到"今夜这风/真的变疯了，大把大把的星星摔碎在峡谷"；写《祖国，给我一片丰腴的土地》时，诗人会让自己化为象征劳动者的"犁"，在春天"吻过的泥土"，"消融那风雪中的记忆"。随着诗人愈加成熟的思想和经验，他的诗也愈加显现出一种更加醇厚的味道，比如写"母亲"的辛劳与艰苦，诗人会隐去那些表象的沉重话题，有意识地寻求"对象"的多视角与"内容"的多意象之间的相互碰撞与融合，从而在轻松的语言和丰富的内容中体会母亲的辛酸。在《天快黑了》的一节中诗人这样写道：

> 怎么也躲不开的烟筒里倒灌进来的烟
> 一团团呛咳，与窗外一阵阵北风的怪叫
> 相混，搭配
> 仿佛催促母亲
> 快点拼凑七张嘴等待的残章断页

短短几句，便在读者的视线中把一位伟大的、含辛茹苦的"母亲"形象塑造起来。其中看似平常实则浓郁的情感介入不禁让我想到孙方雨在《春天，我们一起种下母亲》中写下的诗句："我们掀起一块古铜色的土块，那浸渍着泪水的土地，上面镌刻着：疾病、贫穷、无助"，"我们期待你在秋天里再次怀孕，结下/我们神的兄弟"。这两首诗着实有着异曲同工的效果，这些蕴含着深深情感的诗句又如何能不令人感动呢？

《出神的那一瞬》同样是一首哲思理趣俱佳的诗作，诗中以人人皆有的"瞬间出神"这一精神现象，指出"与其说我在看、在看/不如说我在悄悄接近自己的内心"，形象地描写出"我"与"内心"的接近状态，由此展开形而上的思考：

> 我的存在与不存在
> 我的不存在与存在

仿佛全部包含在这出神的那一瞬

也只有此刻

我才朦胧地触碰到了我灵魂的细语

如同

自己在揭示自己的隐秘

同样，在《钉子，钉子》中，诗人将自己对"矛盾"的思考引入诗中，将原本是对立的"破坏"与"建设"转换成一种思辨性的对话："当它响当当地闯入/优美的纹路被摧毁，大自然/勾勒的曼妙旋律/无端地，被终止//但它/同时也是一个不折不扣的/建设者，专等/某个席位空缺，向它发出邀请//小小的/却常常承担起超强的/负担，不摇晃/也绝不三心二意"。可以想见，我们在这样的诗作中所感受到的诗人创造的生命风景是独一无二的，而这个"风景"对于诗人来说，并不取决于自我生命存在的尺度长短，更多的或许还是生命过程中精神确立的标准和心灵安放的空间，就像诗歌最后所写："锈就锈吧/既然已经住进一个/安身立命的家，那就/终老一生"。我想，这绝不是某种宿命或者随遇而安的消极话题，而是一种平和的"安身立命"的相融状态。

事实上，我们以为惯常和琐碎的日常事物体验，在诗人笔下往往能够获得无数种新奇的思考方式，而这些点点滴滴的思考与书写也正是构筑独属于诗人的生命风景的基石。在愈加成熟的思想状态中，诗人并没有停留于诗艺技巧的洗练，而是把关注的视野集中在日常事物的诗意发掘上，如《躲进一片落叶的身体》《别老说她，说她就会哭》《两个老字号的蚂蚁》《一个喜鹊弹翘尾巴的清晨》《维也纳金色大厅的交响》《掌马掌的老米和他的婆姨》《别乡书》等一系列诗作。这些作品多取材于诗人在日常生活中的所见所感，由此生发出的现场感更容易让读者产生一种亲切之感。也如叶圣陶先生所说的那样，"生活犹如源泉，文章犹如溪水，泉源丰盈，溪流自然活泼泼地昼夜不息。"①换言之，亦即诗人在生活的源泉中获得诗意风景，而这风景

---

① 叶圣陶：《〈文章例话〉序》，周红莉主编《中国现代散文理论经典》，苏州大学出版社 2008 年版，第 323 页。

又丰富着诗人的精神世界。比如："一波一浪，他用一块滑板/超渡自身；泅过街市的陌生与湍急/来到此处：一个酒的桑拿屋"（《深夜代驾》）；"红灯，绿灯/缝缀在城市衣摆上的纽扣/扣上，解开/解开，扣上//车流就是不停掀动衣摆的风"（《触摸城市的表象·纽扣》）。"一个体态枯槁的老人/挥动一把比他还要枯槁的竹扫帚/一下一下，清除冬天脸上/滋生的雀斑"（《躲进落叶的身体》）；"吃饭/开始掉上了一米粒，这颠覆性的吃相/使我沦为餐桌上的丑角"……"一粒一粒，就连溜进桌缝的也不放过/像是饿坏了的乞丐，贪嘴的小偷/又像一个站在门外被罚站的孩子"（《吃饭开始掉上了米粒》）。这些诗句中都有一种既熟悉又陌生的双向感受，将日常体验进行陌生化处理不难显现出诗人娴熟的诗意创造性，这也说明如果诗人不是对日常生活有着深刻的洞察力和理解力，以及对诗歌语言有着极强的掌控力和节制力，断然不会写出如此贴切而丰满的诗句。

三

在我看来，诗人的生命风景一定程度上体现在诗人对精神意义的追寻和审美诗意的书写中，这些风景不仅是诗人与自我、与世界、与自然对话的过程，也是诗人对自己的精神起点与征途终点不断确认和总结的过程。就像美国诗人狄金森以一首《灵魂选择自己的伴侣》而广为人知，是因为她用"神圣的决定，再不容干预"的坚决来宣告自己的底色与路径，最终成为令人仰慕的传奇诗人。对于武兆强来说同样如此，概括而言，就是诗人笔下的诗歌是诗人的生命风景底色和人生行进路径。比如写日常状态的《独守老人和他疯长的胡须》《情感市场》《渴望》《饮中》《被疏忽的月亮》《光斑追着我》《居家小札》（组诗）；写自然物象的《下雨的黄昏》《鹰》《结实的闪电》《三月的油菜花》《风与雪》《鸟是多么矛盾的物种》《非洲豹》；写人间亲情的《耳朵出事了》《老孩子》《父亲的宠爱之谜》《穿针孔》《天快黑了》《与友约》；写人生命运的《一个人注定或可能的生活》《一只被放逐的鸟》《阳光不会找不到你》《卑微》《祝福》；写生死思辨的《蚕》《倾听死亡》《老虎与虎牙》《钉子，钉子》《非悼亡诗》《凿碑者与亡灵的对话》《墓碑留言》，等等。还有一些诗，在诗人感知的多向度和诗意的隐喻性中或多或少地引入某种"玄学"元素，如《喝一口我酿的二锅头吧》《香火，向晚》《隐性指纹和世界的黑白与胖瘦》《蓝天开花》《对夜晚我们所知甚少》《诗人的面具》等，这一类诗在现代诗中亦不少见，其模糊性所触及的大体是某种生命意识以及幽深潜在的边界。可以看出，诗人在每一种感悟或体验中都宣示着精神指向，并在多维度的诗意之美中呈现生命风景的亮丽。

其中，对"爱"的清澈理解与对"死"的精神思辨，是诗人近年来创作中的一个明显的倾向性特征。在这一类命题的诗作中，有的表达面对自然灾害时的清醒认知和理解，也有对现实人生的善意总结和反思。比如，他在新冠疫情突发后所写的《雪夜，吹小哨的搪瓷壶》以精细的观察呈现疫情来临时的一种状态。在诗中，诗人以极其淡然而平静的"水就要开了"进入，在"旋律简单而悠长"的哨鸣与"全世界都已睡去"的寂静对比中可以看出这是一个祥和而又平常的夜晚。随后，诗人连续用了三个"吹给"来描绘雪夜的祥和平静：搪瓷壶吹起的小哨"故意压低了嗓音，只是吹给/这个雾气浓重的下雪的夜晚/吹给不停抛洒雪花的仙女们，吹给/床榻上昏昏欲睡漏洞百出的记忆"。然而，危情险境突兀而至：

> 而蓦然，就在窗外
> 急救车的呼啸迫近黑夜
> 从一朵朵雪花的缝隙之间迅疾地穿过
> 拖着人间生死
> 抱着搪瓷壶隐隐吹出的小调
> 奔向
> 下一下雪夜
>
> 那一瞬，壶在火苗上歪了一下

这首诗带给人一种深沉的意境，恰好的节奏、干净的语言，无疑使完全对立的两个时空——思绪的宁静与奔驰的急救车形成一种巨大的情境反差，而这一反差恰恰又耸动出诗的巨大张力。诗的意象与

诗的节奏浑然天成，最后一句的"歪"字也不能不让人想到"诗眼"之说。

古今中外，爱与死的交响从来就为一切文学艺术家一遍遍地演奏，铁定已成为人类艺术永远要努力揭示的主旨。诗人在《两朵昙花》中沉郁而热烈地吟诵着"爱"，断然写下了这样肆意而警策式的诗句——

> 两只用白银打造羽毛的鸟
> 骑着暗夜归巢
> 两朵为爱紧锁喉头的花
> 上升到被宿命拷问的绝顶

而《往世的玫瑰》则在强烈与沉郁的基调中又注入了一种深深的内疚。我们知道，爱的破碎有各种因由，最令人不解而又恰恰实际存在的莫过于就是因为爱本身了，换言之，爱摧毁了爱。于是诗人发出了控诉般的诘问——

> 在叩问无言的寂静中，在玫瑰自己
> 布下的阴影里，谁能已点化善恶与因果
> 于是，在所有不幸中完成的宽容
> 难道就一定会有对于宽容的回应

与爱一样，对死亡的思考也是诗人不可回避的大题。在这方面，武兆强以近来的组诗《墓碑留言》(选材 20 则)作了一次相对集中、深刻的思考，其字里行间依然是以一种平缓的冷静的语言叙述着，其中并没有雪莱式的"欢乐""希望"和"恐惧"的种种场景，就像一段一段日记那么平常。正是这种平常孕育出了精彩。下边就让我们看看诗人独特的感受与神奇的想象吧：

> 时间欠下的债
> 只能由死亡来偿还

墓碑像一块黑板
可留言，擦去
再留言，只是再也不必宣告
你未偿的宏愿

从人间起身
关掉灯
带走所有的记忆
而晨曦已悄然擦亮
雄鸡高亢的一啼

为什么要醒来
醒来干什么
我已经似醒非醒了
再多一些光亮
多一些鸟鸣
多一些露水
——洗涤眼睛
我很可能真的要醒了
而那是多么可怕的事啊

我在泥土里呼吸
与蚯蚓一块进餐
与蚂蚁躺着聊天
我很好
每天都是人间四月天
没有一个梦
前来打扰

这里不是坟墓
这里是一个人的家

他在这里劈柴、升火、做饭
在这里
宴请自己的影子

我不会突然
从这里探出半个身子
不用怕
也不会伸出一只手
挪动谁的奶酪
我只能把我的一生
写进一篇拙劣的后记
然后请谁帮我烧掉

按平米计价的天堂
我住不起
只能壮着胆子
走一趟地狱了，过后
我再向各位汇报吧

这里，我不禁想到纪伯伦在诗句中提出的问题："除了在生命的心灵深处去探寻死亡，你们又怎么可能追寻到死亡呢？"①此时，我似乎明白了诗人对"死亡"这一命题的思考方式，在这组《墓碑留言》中，诗人的语言不过是通往敞开着的生命胸怀的石阶，随着这石阶你会走进诗人的生命风景之中。就像诗中写的：

永在
万物生长的景物里
永在
风晨雨夕
永在
一种被称为死亡的活法里

---

① ［黎］纪伯伦：《纪伯伦诗选》，陈姝译，民主与建设出版社 2020 年版，第 105 页。

　　这里，诗人为自己同时也为读者给出了一个最好的"答案"——死亡只是另一次生命之旅的开始，"最好成为一粒种子/为梦想再一次发芽"，或者"做一粒尘埃/满世界游荡"。在《寂寂归于大地的雪》中，诗人通过"雪"的意象表达出万物关联的生死观："我们何尝不是由天而降，最后/寂寂归于大地的一片雪呢"。

　　在这些诗歌作品中，诗人的理性意识与感性抒情已经达到了近似于完美的交融状态，它们在交相辉映中呈现出来的丰富的世象、凝练的意象，与我们的人生体验及生命感悟之间应该说毫无违和感，而且有很多时候还会让读者有心灵触动和精神契合之感，借用艾略特的话来说，诗人是"把他所感兴趣的东西变为诗歌，而不是仅仅采用诗歌方式来思考这些东西"。① 我曾把武兆强老师的诗给一位从事诗歌翻译的朋友读，向他请教读后的第一感觉如何，回答是"诗风健朗""灵魂干净""坦坦荡荡""心境明澈"。这一连串简洁而痛快的答案既在我预料之中，也稍感意外。应该说，这位朋友对诗（特别是当下某些诗）有着近乎"洁癖"的挑剔，对于自己并不认识的诗人能够客观地在读诗感觉中给予这样的高评实属不易。整体看武兆强的诗歌创作，确实也如朋友给出的回答一样，"坦坦荡荡""心境明澈"，这也是我初见武兆强的印象。这也就是说，作为诗人的兆强老师与他的诗作之间有着一种天然的精神弥合度，这是我们常常期待但又不常得的"人格与文格的统一"。由此也让我想起老舍先生在80年前曾对诗人提出的要求，认为诗人"非谓在技巧上略知门径之诗匠"，诗人需要有自己的人生境界："诗所以彰正义、明真理、抒至情，故为诗者首当有正义感，有为真理牺牲之勇气，有至感深情以支持其文字。"②其中所表明的是老舍先生对诗人应该承担起社会责任的殷切期待，时至今日依然有着不可忽视的现实警醒作用。令人欣喜的是，老舍先生所期盼的"诗人气度"在武兆强老师的精神和诗作中都得到了彰显。

　　从上述列举的诗歌作品中可以看到，诗人在理性审视、深沉思

---

　　① ［英］艾略特：《玄学派诗人》，《艾略特文学论文集》，李赋宁译注，百花洲文艺出版社1994年版，第24页。

　　② 老舍：《诗人节献词》，《老舍全集（第17卷）》，人民文学出版社2008年版，第310—311页。

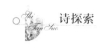
辨以及无处不在的恣肆诗意书写中，所有的现实化物象被凝练成一个个蕴藏着丰富内涵与深刻哲思的意象，完美地融入诗人对生活片段和生命经验的诗意书写中，将情感的浓度化成"水"，虽然看似清透而无色无味，实际上却是能够包容一切生命形态的纯净世界，因此，在诗人的笔下常常有着一种铺陈出新的奇异效果。另外，诗人笔下的这些饱含生命温度的诗歌，是诗人在人生起点的确认和生命之谜的寻破中不断更新的历史足音，它们在一个又一个的征途迭替中持久地丰富着诗的意义与价值，更是诗的荣耀与失落的参与者和见证者。其中，有不妥协的锋利，有柳暗花明的惊奇，有灵魂疗伤的家园，有仰望星空的对话，也有面对死亡的静思。在每一首看似波澜不惊、娓娓道来的诗语背后，都隐藏着诗人对自然万物、人生历程的理解以及生命苦痛的感悟。就像诗中写的，"一个人要背负多少厄运，/揭去多少伤疤，穿过多少迷人幻境，/才能握紧一根小小的火柴。/怀揣初心，在如豆的火中孵化霞光。"细细想来，生命的坎坷与不羁、人生的失败与荣耀，其实都抵不过"初心不变"的坚定和"孵化霞光"的美丽。或许，对于诗人的这些饱含情感浓度、思想深度和生命温度的诗作，任何的语言都是一种失效的过往在场。而真正有效的理解方式，是让自己的内心去安静地倾听、触摸和感受诗歌带给我们的悸动与暖意，它们是独属于诗人的生命风景，而这风景就像一杯老酒般醇厚而甘洌。诚如诗人曾经的总结："诗歌是我持续的钟爱/下笔时空疏，远离时反而更茂密//我经历过不少风风雨雨/但想来最多也只是一生的//如今我老了，而人生的创痛/更老，它们早就锈到了一起//因为服老我把所有的梦都烧了/以便给现实留下些出场的机会"（《个人简介》）。

最后，我想用诗人的一段话来结束这不似评论的评论，以证诗人投注于诗中的那份沉甸甸的情感："一个诗人之所以写诗，显然不是为了获取金钱和掌声，否则，他便不会常常投注一生。世界上有许多事情只有在与天性联系起来的时候才能得到稍许恰当而合理的解释，写诗或许就是其中的一种。"（《未吟诗稿·片语2》）

〔作者单位：北京体育大学人文学院〕

外国诗论译丛

关于有机形式的笔记

[美国]丹妮斯·莱维托芙著　刘瑞英译　章燕审校

[译者前言]

　　丹妮斯·莱维托芙（Denise Levertov，1923—1997）是出生于英国的美国诗人，一生出版了 24 部诗集，并有批评和翻译作品问世，曾获得兰南诗歌文学奖等多种文学奖项。她母亲来自威尔士，父亲为俄罗斯裔哈西迪派犹太人，早年在德国莱比锡大学教过书。莱维托芙从小在英国受到正统的艺术教育，但她一直感觉到一种多重身份的困扰。她 17 岁开始发表诗作，1946 年出版第一部诗集《双重意象》（*The Double Image*）。1948 年她移居美国，1955 年入美国国籍。莱维托芙早年出版的两部诗集风格比较传统，后受到美国黑山派诗歌和威廉·卡洛斯·威廉斯和查尔斯·奥尔森①等人的影响，在美国出版的第一部诗集《此时此地》（*Here and Now*，1956）表明她的诗风开始转向。诗作《我们脑后的眼睛》（*With Eyes at the Back of Our Heads*）建立了她的诗歌声誉。六七十年代她积极参与政治活动，反对越战，主张女权，创作了不少政治诗。晚年，莱维托芙主要在大学执教。

　　20 世纪五六十年代，丹妮斯·莱维托芙像其他与黑山派有关的诗人，如查尔斯·奥尔森和罗伯特·克里利②一样，试图找到新的方式来谈论诗歌的开放形式。在她看来，诗歌应该发现经验的内在独

---

　　①　威廉·卡洛斯·威廉斯（William Carlos Williams，1883—1963），美国诗人、作家、儿科医生。其作品多与现代主义诗歌和意象派诗歌相关。查尔斯·奥尔森（Charles Olson，1910—1970），黑山派开山鼻祖，美国前卫派诗人兼文学理论家。其主要诗作包括《马克西穆斯的诗》（1960）、《在寒冷的地狱中，在灌木丛中》（1953）、《距离》（1960）等。

　　②　罗伯特·克里利（Robert Creeley，1926—2005），美国诗人，"投射派"的主要代表，"语言派"诗歌的先锋。其主要诗作包括《生与死》（1998）、《回声》（1994）、《记忆花园》（1986）等。

特性，即英国诗人杰拉德·曼利·霍普金斯①称为"内景"（inscape）的
东西，而不是给经验强加上一个预想的形式。借用一个半宗教、半
浪漫主义的说法，莱维托芙认为诗歌灵感始于"生命的庙堂"中心怀
敬畏的静思时刻。然后，诗人根据节奏、音响和重复出现的意象的
模式把字词组合在一起，一切都与经验的内在本质和谐一致。有机
诗歌既有别于封闭诗歌的固定形式，也与有些自由诗的杂乱无章不
同，它作为整体出现，不仅内部条理分明，还适应了经验的要求。
她坚持认为"形式从来不过是对内容的揭示"。本文最初发表于 1965
年 9 月的《诗刊》（Poetry）杂志。

对于我来说，在有机形式思想的背后存在着万物（及我们的经
验）皆有形式的观念，而诗人能够发现并揭示之。毋庸置疑，在使用
规定形式和寻求新形式的诗人之间存在着气质上的差异，前者做任
何事都需要紧凑的日程安排，后者则必须手脚自由。不过，他们对
于"内容"或"现实"的不同理解在功能上则更加重要。一方认为内容、
现实和经验本质上是流动的，必须被赋予形式；另一方则努力寻求
内在的形式，尽管这种形式并不会直接显现。霍普金斯发明"内景"
一词来表示内在形式，既指单一物体内部基本特征的模式，（更有趣
的是）也指彼此相关的物体内部基本特征的模式。他还发明了"内压"
（instress）一词来表示感知内景的体验，即内景的统觉。② 考虑到我
所了解的诗歌创作过程，我延伸了这些词的用法，霍普金斯似乎主
要用它们指涉感官现象，而我还用它们指涉智力和情感体验；我会
谈谈体验的内景，这种体验可以由上述任何一种或所有因素构成，
包括感官因素。或者我会谈谈一系列体验或一组体验的内景。

因此，有机诗歌的一个不完整的定义可以是这样的：它是一种

① 杰拉德·曼利·霍普金斯（Gerard Manley Hopkins，1844—1889），英国维多利亚
时期诗人。

② 统觉（apperception）：心理学中的一个术语。指知觉内容和倾向蕴含着人们已有的
经验、知识、兴趣、态度，因而不再限于对事物个别属性的感知。莱布尼茨于 17 世纪首
先使用"统觉"这一术语，指人对其自身及其心灵状态的认识，是一种自发的活动，依赖于
心灵中已有内容的影响。通过统觉，人们理解、记忆和思考相互联合的观念，从而使高级
的思维活动得以完成。

统觉的方法，即它是一种能认出我们感知的对象的方法，它基于一种对于秩序的直觉，这种秩序是超越了多种形式的形式，而多种形式又参与其中，人类的创造性作品是这种形式的类比物、相似物和天然的寓言。这种诗歌是探索性的。

怎样着手创作这样的诗歌？我想是这样的：首先必须有一种体验，一系列或一组足够有趣的感知，被诗人如此强烈地感受到，以至于诗人非得在字词中找到对应物不可：他被带到了言语面前。设想落满灰尘的窗子透进一片天空，鸟儿、云朵和片片碎纸在空中飞过，收音机里传出音乐，刚刚收到的一封信激起的愤怒、爱意与愉悦，与所见、所闻或所感联系在一起的对久已过往的思绪或事件的回忆，他一直思考着的一个念头、一个概念，所有这些彼此互相印证；加上他所了解的历史；他做着的梦——不论他是否记得——都在他身上起了作用。这只是生活中一个可能瞬间的粗略轮廓。但是，做一个诗人，其条件便是，这多种体验的交叠或组合（其中一种或另一种可能居主导地位）周期性地出现，要求他，或在他内心唤醒了这种需求：写诗。满足这个需求首先需要沉思（contemplate）、冥想（meditate），这两个词暗示出情感的热度温暖了理性的状态。"沉思"一词源自"拉丁文 templum，意为寺庙，是占卜师选定的用于观察的地方、空间"。"沉思"不单指观察、凝视，而且指有神在场时进行的观察和凝视。"沉思"就是"让心灵处于沉思的状态"；它的同义词是muse，该词原意为"张口站立"，如果我们想到"灵感"，就不会觉得这个词的本义有什么好笑，因为"灵感"就是将气吸入。

因此，当诗人张口站立于生命的庙宇中，对自己的体验进行沉思，他的头脑里就会浮现出一首诗的最初几个字词：假如一首诗就要诞生了，那么，这些字词便会成为他进入这首诗的通道。需求的压力与对各种元素的思考在幻想的顷刻和具象化的瞬间达到顶点。就在这一瞬间，那些元素之间的呼应被隐约感知；这种感知以文字的形式发生了。假如他在此之前强行开始作诗，就不会有效。这些字词有时会留在诗的开头；有时当这首诗完成后，它们的最终位置会在别处；也许它们只是先导者，将诗人带到诗歌真正开篇的地方便完成了任务。忠实地关注具象化最初瞬间的经验，这使得那些最初的字词或者先导字词浮出水面：从被带入诗的可能性的瞬间起，诗人必须以同样忠实的关注坚持到底，让经验引领他走过这首诗的世界，在他走过时独特的内景揭示了其自身。

在写诗的过程中，诗人之存在的多种元素互相交融并逐渐增强。耳与目、智性与激情比其他时候更加微妙地相互关联。为了语言的准确性而做的"准确检查"，必然发生于整个创作过程，它不是一种元素对其他元素的监视，而是所有相关元素的直觉互动。

同样，内容与形式也处于动态互动中。例如，一次体验是线性的、连续的还是一群组合，从中心焦点或中轴线发射出去又返回来，对这个问题的理解只能在作品中发现，而不是在它之前。

韵脚、和谐、回声、重复，它们不仅将一次体验的元素编织在一起，它们本身就是使浓厚的韵味与感知的回归和循环得以转化成语言，使之获得统觉的手段，而且是唯一的手段。A 可以通过 B、C 和 D 直接通达 E，但要清晰地回忆或回望 A，这种回归必须找到其音律的对应物，这可以通过实际重复说到 A 的最初的字词来实现（假如这样的回归出现了不止一次，诗人就是以叠句来找到自己。叠句放在那里并不是因为诗人决定写一首每节诗都以叠句结尾的作品，而是因为内容的需要）。也许由于返回 A 的过程受到经过 B、C、D 的行程的限制，字词便不再是简单的重复，而是其变体……再则，如果 B 和 D 互为补充，它们的思想韵脚，或情感韵脚便可能找到与之对应的文字韵脚，而相应的意象就是一种非听觉韵脚。通常在整个过程中，在标志着一首诗开始上路的那个具象化的瞬间与集中精力的沉思停止的瞬间之间存在着清晰的意识单位。正是这些意识单位显示了诗节的长度，至少于我是如此。有时这些单位长度相当均等，以至于整首诗都是——比方说——三行一节，规整的格式看起来像是预先决定的，其实不然。

我儿子八九岁的时候，我曾经看他用蜡笔画一幅锦标赛的画。他对形状不怎么感兴趣，但却努力用图画的方式表达这句话的意思："很多人在看比武的骑士。"他需要表现一排排座位和坐在那里的所有人。这个需要产生了美丽的形式设计：由一排排肩膀和脑袋构成的图。同样，对于内压准确表现的需要能够产生一首诗的形式设计，

201

既有整体形式、长度、节奏和语气，也有各部分的形式[比如：一行诗内部音节间的节奏关系，以及行与行之间的音节间的节奏关系；元音与辅音之间的声音（sonic）关系；意象的重复出现、联想的作用等等]。"形式服从于功能"（路易斯·沙利文）①。

弗兰克·劳埃德·赖特②在自传中写道，有机建筑的观念是指"建筑的现实在于其内部的空间，那空间是供人居住于其中的"。他引用柯勒律治的话说，"生活是怎样的，形式也是怎样的。"（爱默生在其散文《诗歌与想象》中写道："向事实要形式。"）《牛津英语词典》引用赫胥黎（很可能是托马斯·赫胥黎）③的话说他使用有机的这个词语"几乎就把它等同于'活着的'一词"来用。

在有机诗歌中，格律的运动，即节拍（measure），是感知运动的直接表现。声音与节拍一起产生作用，形成一种延伸的拟声效果，就是说，它们模仿的不是经验的声音（经验很可能是没有声音的，或者声音对于经验的作用只是偶然的），而是对于经验的感受，其情感基调，其韵味。经验内部不同的感知部分有着不同的速度与步态（我想起在波浪中移动的一缕缕水草），于是产生了对应的格律。

考虑到有机诗歌与自由体诗的不同，我写道："多数自由体诗歌是失败的有机诗歌，在经验的内在形式得以揭示之前作者的注意力便过早地离开了。"但是，罗伯特·邓肯④向我指出有一种"自由诗"不适合这种说法，因为这种自由诗没有任何寻求形式的愿望，事实上可能还渴望避免形式（如果可能的话）并尽可能纯粹地表达那尚未成熟的情感。⑤然而

---

① 路易斯·沙利文（Louis Sullivan，1856—1924），第一批设计摩天大楼的美国建筑师之一。强调功能对建筑的重要性，在美国现代建筑革新中起过重要作用。

② 弗兰克·劳埃德·赖特（Frank Lloyd Wright，1867—1959），工艺美术运动（The Arts & Crafts Movement）美国派的主要代表人物，美国艺术文学院成员，美国最伟大的建筑师之一。赖特认为建筑结构需要和人性以及其环境协调，这种建筑哲学称为"有机建筑"。

③ 塞缪尔·泰勒·柯勒律治（Samuel Taylor Coleridge，1772—1834），英国浪漫主义诗人。拉尔夫·沃尔多·爱默生（Ralph Waldo Emerson，1803—1882），美国诗人，散文家，超验主义者。托马斯·赫胥黎（Thomas Henry Huxley，1825—1895），英国生物学家。

④ 罗伯特·邓肯（Robert Duncan，1919—1988），美国诗人。

⑤ 例如 20 世纪早期一些被遗忘的诗歌，还有艾米·洛威尔（Amy Lowell，1874—1925）、卡尔·桑德堡（Carl Sandburg，1878—1967）和约翰·古尔德·弗莱彻（John Gould Fletcher，1886—1950）的一些诗歌。一些意象派诗歌就是这个意义上的"自由诗"，但并非所有的意象派诗歌都是这样（原文注释）。

这里有个矛盾,因为如果像我设想的那样存在着情感和感觉的内景,假定感知的节奏或基调在诗中得到表现的话,要避免形式的呈现是不可能的。不过,也许它们的差异是这样的:自由诗将每一行或每个节奏的"正确性"隔离开,如果某一行或某个节奏看起来富于表现力,也不会关心它与下文的关系;而在有机诗歌中,如果需要,各部分的独特节奏会为了显现整体的节奏而发生一定程度的改变。

然而,难道整体的特征不是取决于、产生于各部分的特征吗?的确是。但是就像画一幅大自然的画一样:设若你在调色板上完全模仿你要画的各种景物的不同颜色,当它们在实际的绘画中被紧密地并置在一起时,你可能不得不把每种颜色调亮、调暗、变模糊或变清晰,以产生与你在自然中看到的景物相一致的效果。你必须考虑到空气、光线、灰尘、阴影和距离。

也可以这么说:在有机诗歌中,形式意识或斯特凡·沃尔普①所说的"交通意识"与忠实于冥想的启示并行不悖(是的,这似乎自相矛盾)。形式意识是一种斯坦尼斯拉夫斯基有关想象的那种东西②:在舞台前方两英尺的地方放两把椅子,让舞台左后方的一小群旁观者紧挨着站在一旁,让这位男演员提高点儿嗓门,让那位女演员再慢一点儿进入舞台;他凭直觉知道这些都是为了服务于整体形式。或者,这是一种直升机侦察员飞过诗歌原野上空的体验,他在空中拍照,报告森林和那里的生物状态,要么就是飞越大海上空,密切监视成群的鲱鱼并把捕鱼船队引向它们。

形式意识的一种表现在于诗人的耳朵注意到一首特定的诗歌特有的节奏规则,这成为每一诗行的起点与终点。我听亨利·考威尔③说过印第安音乐中的持续低音被称为地平线音符。画家阿尔伯特·克雷施④送给我一句爱默生的话,"眼睛的健康需要地平线。"我把

---

① 斯特凡·沃尔普(Stefan Wolpe,1902—1972),德国出生的作曲家,1952—1956年任黑山学院的音乐系主任。他的音乐在结构上是非线性的,或者说是"有机"的模式,允许未经设计的环境噪音元素的介入。

② 康斯坦丁·斯坦尼斯拉夫斯基(Konstantin Stanislavski,1863—1938),俄国与"方法"派表演有关的剧院导演,表演中演员利用个人回忆和情感创造一个真实可信的角色。

③ 亨利·考威尔(Henry Cowell,1897—1965),美国作曲家。

④ 阿尔伯特·克雷施(Albert Kresch,1922—),美国具象主义画家。

整体背后的节奏感或节拍感视为诗歌的地平线音符。它与决定要强调哪些单词的感觉的细微差别或力量相互作用，在很大程度上决定了一个特定的诗行由什么构成。它将对于支配诗歌节奏的感觉-力量的需求与相关部分的需求联系在一起，因此也与整体联系起来。

邓肯还提到一种可能是有机诗歌的变体的诗歌：语言冲动诗。在我看来，对语言本身着迷，意识到声音、字词、句法揭示的一个多元意义的世界，并在诗歌中进入这个世界，这就如同非语言的感觉或心理事件的内压一样，是一种体验或感知的聚合。写语言冲动诗的诗人看起来好像完全处在另一个轨道上，促成这种状况的原因可能是他的领悟需求似乎与我们认为的真实相反；也就是说，这个问题是从感觉逻辑来讲的。然而，在这样一首为了语词效果而写的诗中，那种表面上的经验扭曲实际上是对真实的严格坚持，因为这种经验本身就是语言的经验。

形式从来不过是对内容的揭示。①

"规则：一种感知必须立即直接引起进一步的感知"（查尔斯·奥尔森在《投射诗》一文中引用了爱德华·达赫伯格②的这句话）。我总是把这句话理解为，"不要把矿石填入裂缝"③，因为那样就没有了裂缝。而与此真理并行的正是另一条真理（这一点我从邓肯那里学到的比从其他任何人那里学到的更多）：诗中必须为裂缝留位置（永远不要用进口矿石将它们填满）。如果非得越过不同感知之间的大裂隙不可，那就一定要跳过去。

那未知的元素，即魔力，正是当我们遇到裂隙并跳跃这些裂隙时到来的。对真理以及对真实性的光辉的宗教式投入使作者参与到一个本身有所回报的过程；但是，当这种投入将我们带入那些意想不到的深渊，而我们发现自己正慢慢驶过这些深渊，在对岸登陆时，

---

① 参阅罗伯特·克里利的说法："形式从来不过是内容的延伸"。其黑山派诗人同仁查尔斯·奥尔森在《投射诗》一文中引用了这句话，如上文所示。

② 爱德华·达赫伯格（Edward Dahlberg，1900—1977），美国诗人。

③ 参阅英国浪漫主义诗人约翰·济慈（John Keats）于 1820 年 8 月 16 日写给同为浪漫主义诗人的雪莱的信中的建议："若要更像一个艺术家，就得用矿石填满你的题材的'每一个裂隙'"〔这是对英国文艺复兴时期诗人埃德蒙·斯宾塞（Edmund Spenser，1552—1599）的《仙后》（The Faerie Queene）中诗行的附和〕。

狂喜便降临了。

1965 年

［译者单位：中国政法大学外国语学院］
［审校者单位：北京师范大学外文学院］

CONTENTS

Poetry Exploration
(2ʳᵈ Issue, 2023)

STUDY OF POETIC NARRATOLOGY

Preface to *Frontier Essays on Poetic Narrative Studies*
.... Sun Jilin(2)

COMMEMORATE ZHENG MIN

Death is the Last Art—Memories of Zheng Min's Late Life
.... Tong Wei (14)

The Happy Song of the Cuckoo Bird Reverberated in My Heart for a
Long Time—Zheng Min's Feelings in English Romantic Poetry
.... Zhang Yan(37)

The Fusion of Classical and Postmodern—An Analysis of Zheng
Min's Late Creation .... Peng Jie Sun Xiaoya (49)

The Cross-cultural Translation, Classicization, and International
Reputation of Zheng Min's Poetry .... Liu Yan (63)

"I hope to Start Some New or Old Ways…"—Starting from Zheng
Min's Reply .... Zi Zhang(80)

RESEARCH ON HAIZI

On the Cruel Beauty of Ritual in Haizi's Poetic Dramas—An Investi-
gation Centered on *The Sun • Killing* ....
.... Zang Zijie Jiang Dengke (90)

A Study of "Invisible Female Poets": Biographical Criticism of Some
Haizi's Poems .... Hu Liang (107)

MEET A POET

"There is Always a Train Passing through My Body"—The Reality
　　and Variant of Jiang Yiwei's Poetry ············ Wu Danfeng（120）
"Whoever is Lonely at this Moment will Always be Lonely"—Read-
　　ing Jiang Yiwei's *In a Town* ················ Xue Hongyun（126）
The Entanglement of Dreams and Reality—An Analysis of Jiang
　　Yiwei's *Dreaming of Father* ················ Li Yanshuang（129）
Poetry to Me is an Accident ························ Jiang Yiwei（132）

THE BIRTH OF A POEM

The Inevitable Life ···················· Huang Shazi（136）
Walking Man: Turning the Turn of Rhetoric ····· Xu Junguo（138）
I Love Those Wings That Keep Flapping, and I also Love Their
　　Shadows ································ Wu Yiyi（141）
My Body ································ Lu Ya（144）

ATTITUDE AND SCALE

The Light in the Gaps—On Wang Xiaolong, the Pioneer of Contem-
　　porary Spoken Poetry ···················· Chen Dawei（148）
The Poetic Nature of Details—Reading Zhu Yan's Poems ············
　　································ Ye Lu（164）
From Cloud Realism to Modern Experience—Interpretation of the
　　"Cloud" Image in Li Shaojun's Poetry ····· Guan Xueying（169）
Poetic Writing Stopping in the Landscape of Life—On Wu
　　Zhaoqiang's Poetry Creation and Aesthetic Orientation ············
　　································ Wang Juchuan（179）

TRANSLATION OF FOREIGN POETICS

Some Notes on Organic Form ·············· （USA）Denise Levertov
　　　　　　　　　　　　　　　　Translated by Liu Ruiying
　　　　　　　　　　　　　　　　Reviewed by Zhang Yan（198）

（Translated by Min Lian）